NARRATIVA

757

Claire Douglas

LA VACANZA IDEALE

Romanzo

TRADUZIONE DI
FRANCESCA TOTICCHI

EDITRICE NORD

Titolo originale
Last Seen Alive

ISBN 978-88-429-3080-8

In copertina: foto © David Lichtneker / Arcangel Images
Art director: Giacomo Callo
Graphic designer: Marina Pezzotta

LA VACANZA IDEALE

Per Claudia e Isaac

PROLOGO

Aveva occhi bellissimi, color dell'oceano. Erano il suo tratto migliore. Ora invece sono vitrei e spenti come quelli di una bambola di porcellana. Fissano il cielo che imbrunisce, vuoti e ciechi. La statuetta mi scivola di mano e gli cade addosso, sulla coscia.

Provo un tale orrore che per qualche istante fisso paralizzata la ferita sul cranio e il rivolo di sangue che ne fuoriesce, macchiando l'erba di rosso. Poi però m'inginocchio accanto a lui, sull'erba bagnata. Faccio attenzione a non toccarlo. Non posso lasciare impronte.

Alzo lo sguardo, furtivamente. Il palazzo è a cinquanta metri da me. Le luci sono spente, alcune finestre hanno le tende aperte, altre le veneziane tirate su. Qualcuno era affacciato? Ragiono già come una criminale. Qualcuno mi ha visto tra l'erba alta del giardino incolto?

Mi hanno visto uccidere mio marito?

PARTE PRIMA

CORNOVAGLIA

1

Jamie alza al massimo il volume dello stereo per sentire gli Stone Roses sopra il rumore del vento. Muove la testa a ritmo, sembra uno di quei pupazzetti da cruscotto con la testa ciondolante. « Quanto mi piace questa canzone. »

« Non l'avrei mai detto », lo prendo in giro. Quando si mette a cantare, faccio una smorfia.

Lui se ne accorge, ma mi stringe la gamba per farmi capire che non si è offeso. « Cosa c'è? Guarda che a diciotto anni cantavo in un gruppo. Avresti potuto essere la nostra groupie. »

Sono tentata di ricordargli che all'epoca stava con Hannah e che sarebbe stata lei, la sua groupie. Non ho voglia di rovinare l'atmosfera, però. È tanto tempo che non lo vedo così felice. Ammiro la mascella affilata, il collo lungo, i capelli biondi che sfiorano il colletto della polo. Sento le farfalle nello stomaco. Poso la mano sulla sua, che è ancora sulla mia gamba, e intrecciamo le dita.

Jamie mi lancia un'occhiata e sorride, poi torna a guardare la strada deserta che si stende davanti a noi.

« Non vedo l'ora di arrivare a questa casa. Chissà com'è. Speriamo non sia una catapecchia. »

Jamie è perplesso. « Una catapecchia? Non credo proprio. Com'è che l'ha descritta Philip Heywood quando avete parlato al telefono? 'Una grande villa sul mare con vista panoramica sulla baia...' »

L'imitazione mi fa scoppiare a ridere. «Smettila.»

Jamie rimette le mani sul volante mentre prende una curva. «Pare che la penisola di Roseland sia bellissima.»

«Be', già il nome è suggestivo.»

«In lingua cornica, *ros* significa 'brughiera'.»

«E tu come fai a saperlo?»

Jamie alza un sopracciglio. «Perché sono un secchione.»

«È vero.» Ma lo dico sorridendo. Alzo il colletto del cappotto. Sono anni che porto i capelli corti, però a volte rimpiango di non averli lunghi, soprattutto nei mesi invernali. Il sole si riflette sulla carrozzeria dell'auto, tuttavia l'aria è freddina: sebbene sia sereno, la minaccia di un acquazzone primaverile è sempre dietro l'angolo. Non ho il cuore di chiedere a Jamie di chiudere il tettuccio. Ha bisogno di questa vacanza quanto ne ho io. I nostri primi nove mesi di matrimonio non sono stati facili.

Guardo Ziggy, il nostro golden retriever, nello specchietto retrovisore. È spaparanzato sul sedile posteriore, ha gli occhi chiusi e la lingua ciondolante. Abbiamo deciso di portarlo all'ultimo minuto. Katie, la sorella minore di Jamie, aveva promesso che l'avrebbe tenuto, poi ci ha dato buca all'ultimo momento, come suo solito.

Mentre Jamie prende un'altra curva, il mal d'auto comincia a farsi sentire. Cerco di respirare lentamente, per cacciare la nausea. Le mie narici cercano disperatamente l'aria di mare che ci è stata promessa, ma trovano solo l'odore pungente dei gialli campi di colza che ci circondano. Il braccio destro è pesante e prude dentro il gesso, però se non altro mi ha fornito una scusa per non guidare. Non che Jamie m'incoraggi più a mettermi al volante, dopo la volta in cui mi sono immessa su una statale e ho quasi fatto un frontale con un camion che proveniva dalla direzione opposta.

Un puntino lontano si fa sempre più grande, interrompendo la monotonia della strada di campagna: una piccola stazione di servizio in mezzo al nulla, simile a un ragazzino sperduto nel bosco.

« Dev'essere lei. » La indico felice e cerco di ricordare le istruzioni telefoniche di Philip Heywood.

Jamie si ferma nel parcheggio e spegne il motore. Dopo la musica a tutto volume e lo sferzare del vento, il silenzio è molto gradito. I rumori forti m'infastidiscono, mentre Jamie adora mettere la musica più alta che può.

Si allunga sul sedile posteriore e attacca il guinzaglio al collare di Ziggy. « Vai tu a prendere le chiavi, Libs? Nel frattempo io faccio benzina e porto Ziggy a fare i suoi bisogni. » Indica un fazzoletto di terra ed erbacce accanto al negozio.

Accetto, felice di scendere finalmente dall'auto.

Il ragazzino dietro il bancone avrà a malapena vent'anni. Ha la faccia piena di cicatrici lasciate dall'acne e mi fissa con espressione ebete quando gli chiedo le chiavi della casa. « Non so di che chiavi parla. Vado a chiamare il mio capo. Nome? »

« Scusa? »

Alza gli occhi al cielo e non prova nemmeno a nascondere il fastidio. « Qual è il suo nome? »

« Ah. Libby... »

« Cognome? »

« Elliot... cioè, Hall. È il mio cognome da sposata. » Sono talmente abituata a farmi chiamare col mio cognome da nubile al lavoro che a volte dimentico di fare parte di un'altra famiglia, adesso.

Il ragazzino foruncoloso va verso il retro dondolando

le braccia come una scimmia e sparisce dietro una porta grigia. Il negozio è piccolo, con gli scaffali carichi di scatolette di tonno, fagioli e pelati. Sono l'unica cliente. Prendo un pacchetto di mentine dall'espositore davanti a me e poi cerco qualcosa al cocco per Jamie, che ne va pazzo. Guardo fuori dalla finestra e vedo mio marito che cerca di far risalire in macchina Ziggy, che non è per niente convinto. La nostra Mini Cooper è l'unica auto nel parcheggio.

Il ragazzo non torna e mi viene l'ansia che sia stato tutto uno scherzo, che non esistano nessuna chiave e nessuna casa sul mare.

Poi però una donna robusta con un cespuglio di capelli biondi tinti emerge dal retro. Dalle dita cicciottelle pende un mazzo di chiavi. « Elizabeth Hall? » Ha un accento della Cornovaglia molto pronunciato.

Annuisco.

Lei mi consegna le chiavi con un sorriso smagliante. « È proprio fortunata ad andare in quella casa. Ha una vista magnifica. Non che io ci sia mai stata, eh. Non sapevo neppure che la affittassero. »

Prendo le chiavi. « In realtà non so se lo facciano, di solito. Abbiamo fatto uno scambio di case. »

La donna spalanca gli occhi. « Uno scambio di case? Ma che bella idea. Quindi loro stanno a casa vostra e voi qui? »

Inserisco la carta di credito nel POS. « Sì, però il nostro è un semplice appartamento. A Bath. »

« Ho sentito che Bath è molto carina. Non ci sono mai stata. Ma pensa, uno scambio di case. Che bella idea. » Strappa la ricevuta ed estrae la mia carta, poi si accorge del gesso che ho al braccio. « Ha avuto un incidente, cara? »

Mi piacerebbe risponderle di farsi gli affari suoi, e anni fa probabilmente lo avrei fatto. Ma quei giorni sono lontani, ormai. Col lavoro che faccio non posso permettermi di perdere le staffe. Per cui inspiro e ignoro il fastidio che la sua impertinenza mi dà. Non posso dirle la verità, se non voglio restare qua dentro tutto il giorno a rispondere a chissà quante altre domande. Opto per una mezza verità. « Sono scivolata e me lo sono rotto nel cortile della scuola. Sono una maestra. »

Lei fa una smorfia. « Oh, che peccato. L'ha spintonata uno di quei monelli? »

Io scuoto la testa e mi sforzo di ridere. Le spiego che in realtà sono inciampata in una corda per saltare lasciata per terra, e nel mentre mi dirigo verso l'uscita per tagliare corto. « Grazie ancora delle chiavi! »

Jamie è in auto che tamburella le dita sul volante.

Abbiamo discusso parecchio, ultimamente, soprattutto per via dei soldi, e non ho nessuna voglia d'intaccare il fragile equilibrio che abbiamo trovato da quando ho perso il bambino. Risalgo in macchina. « Scusa se ci ho messo un po', ma la signora del negozio non la smetteva di farmi domande. »

Jamie aggrotta subito le sopracciglia. « Domande su cosa? »

« Solo sul gesso. Sull'incidente. »

« Non gliel'hai raccontato, vero? »

Allaccio la cintura di sicurezza. « No, certo che no. »

« Bene, perché siamo venuti quaggiù proprio per non pensarci. Te le ha date, le chiavi? »

Gliele faccio vedere. Sono attaccate a un portachiavi, un cuoricino di vetro che brilla al sole.

« Ah, meno male. Temevo che ci fossimo sbagliati. Sai, sembrava troppo bello per essere vero... »

Lo bacio sulla guancia. La barbetta corta mi punge le labbra. È bello vederlo emozionato. Finalmente ha ritrovato l'ottimismo di una volta. È proprio questo che mi ha fatto innamorare di lui: il suo entusiasmo per la vita. Jamie è il tipo di persona che vede sempre il bicchiere mezzo pieno, ma negli ultimi mesi, da quando ha perso il lavoro e si è dovuto mettere in proprio, le continue preoccupazioni economiche hanno offuscato la sua vivacità come la patina su una moneta.

Percorriamo l'ennesima stradina di campagna fiancheggiata da folte siepi spruzzate di fiori bianchi.

« Eccola! Dev'essere lei! » Per l'emozione, Jamie ha parlato con una traccia di accento del Sud-ovest. Indica una casa sul lato opposto di un incrocio a T.

Seguo la direzione del suo dito. No, non può essere. È una casa enorme, persino più grande di quella di Sylvia, sua madre. « Impossibile. »

Jamie sterza e s'immette nel vialetto d'entrata. Il pietrisco scricchiola sotto le ruote e la voce nasale del navigatore ci annuncia che siamo arrivati a destinazione.

L'auto si ferma e Jamie spegne il motore. Ammiriamo inebetiti la casa, una villa indipendente a pianta rettangolare e con tanto di torretta su un lato. È la tipica costruzione locale in pietra scura e vetro. Un rampicante ne ricopre la facciata come una barba. È circondata da alberi e cespugli in varie gradazioni di verde che sembrano abbracciarla. L'oceano su cui si affaccia brilla a perdita d'occhio. Gli unici rumori che si sentono sono il cinguettio degli uccelli e il brontolio delle onde. Nell'aria c'è profumo di sale mescolato a tracce di letame.

« È abbastanza isolata », commento, un po' frastornata. Sono cresciuta in campagna – in una casetta su due piani in un complesso di case popolari del North Yorkshire –, ma gli ultimi dieci anni li ho passati in città. Sono abituata ad avere dei vicini. Essere in mezzo alle persone mi fa sentire al sicuro, tranquilla.

« È uno spettacolo. Non mi sembra vero che passeremo una settimana in una casa del genere. Ben fatto, Libs. » Jamie fa un respiro profondo, tutto contento. « Ah, senti che aria. Fresca e pulita. Niente smog, niente inquinamento. »

Già, solo puzza di merda, vorrei dire io, però mi mordo la lingua. Mi sembra già di vedere la tensione degli ultimi mesi cominciare a svanire dal suo volto, restituendomi l'uomo che ho sposato.

Uno scoiattolo si arrampica in cima a un albero. Ziggy si agita e abbaia, un rumore profondo che squarcia il silenzio.

Jamie si mette a ridere e attacca il guinzaglio al collare. « Andiamo, bello. Lo so che non vedi l'ora di esplorare. » Poi scende dall'auto e viene ad aprirmi lo sportello.

« Che cavaliere. » Scendo, cercando di trattenere una smorfia di dolore per via del braccio rotto.

Jamie se ne accorge lo stesso. « Stai bene, Libs? »

« Non vedo l'ora di togliere questo gesso, tutto qui. Rende tutto più difficile. »

« Coraggio, non manca molto, mia piccola eroina. »

Gli do una gomitata col braccio buono. « Smettila di prendermi in giro. »

Lui mi bacia la fronte. « Non ti prendo in giro. Sei davvero un'eroina, non te lo dimenticare. »

Poi Ziggy lo trascina via e io li seguo un po' in ansia, temendo che da un momento all'altro uscirà fuori il padrone della villa a urlarci di uscire dalla sua proprietà.

Notando la mia preoccupazione, Jamie mi fa cenno di avvicinarmi alla porta d'entrata, tirata a lucido come il resto della casa. Al telefono, Philip Heywood mi aveva detto che avevano finito da poco di ristrutturarla.

Gli occhi di Jamie brillano di felicità mentre consulta il foglietto che ha in mano. « È proprio lei », dice per rassicurare me ma anche un po' se stesso. Indica il foglietto e poi la lastra di ardesia su cui è scolpito il nome della villa, IL RIFUGIO. « Il nome torna. E poi non ci sono altre case nel raggio di un chilometro. Fra l'altro non è distante da Lizard Point. Sono sempre voluta andare a vedere il faro. » È emozionato come uno dei miei scolaretti.

Mi sento un po' in colpa per avere scambiato con questa meraviglia il buco di appartamento in cui viviamo a Bath, coi peli di Ziggy ovunque e con la puzza di cibo per cani. Tra l'altro casa nostra non è nemmeno in stile georgiano, come ci si aspetterebbe a Bath, ma tardo vittoriano. « Secondo te abbiamo fatto bene a portare Ziggy? Non ci ho pensato, a chiedergli se per loro era un problema. »

Jamie spalanca gli occhi, preoccupato. « Porca miseria, Libs. Perché non glielo hai chiesto? Io non ne ho idea. »

« È che non mi aspettavo che andassimo a stare in una casa del genere. Philip ha detto che c'erano lavori di ristrutturazione ancora in corso e pensavo di trovarla un po' più... » Lascio la frase a metà mentre mi giro a guardare il giardino perfettamente curato. « ... un po' più disordinata, ecco. »

La conferma alle mie paure arriva non appena varchiamo la soglia. Decisamente non è il genere di abitazione in cui è il caso di portare un cane. È tutto bianchissimo: i divani, i tappeti, le pareti. Già lo so che li macchieremo in qualche modo, con le zampe sporche di Ziggy o con la nostra tipica sbadataggine. A parte dei calcinacci vicino a un albero in fondo al giardino, non si direbbe che ci siano stati dei lavori fino a poco fa.

Prendo il guinzaglio dalle mani di Jamie. Non me la sento di lasciare libero Ziggy. Entriamo e andiamo verso la cucina, ma continuo a sentirmi un'intrusa. La cucina è un enorme open space, coi piani di lavoro in marmo e coi mobili tutti bianchi e laccati. Una portafinestra dà su un grande giardino che si affaccia sulla spiaggia. Infilo la testa in un frigorifero all'americana pieno di cibo. «Guarda che roba, Jay. Ci sono talmente tante cose dentro che ci si potrebbe sfamare una famiglia di dieci persone.»

Lui mi raggiunge e ammira quello spettacolo. «Oooh, pâté, salmone affumicato, un pezzo enorme di Stilton e guarda quante birre artigianali! Questo è il paradiso!»

«Il nostro frigo è praticamente vuoto.» Penso con profonda vergogna alla bottiglia di latte e alla confezione aperta di prosciutto che abbiamo lasciato ai nostri ospiti. Non ci ho proprio pensato, a lasciargli un po' di provviste.

«Ma non ti preoccupare: hanno cose più importanti cui pensare.» Jay si avvicina all'isola al centro della cucina e prende un foglietto a righe che sembra essere stato strappato da un bloc notes. «C'è scritto che possiamo mangiare tutto quello che vogliamo. Non è fantastico?» Senza darmi il tempo di rispondere, lascia il foglietto da parte e comincia a girare per la cucina, mettendosi a toccare elettrodomestici, premere bottoni e aprire armadietti. Un televisore venti pollici emerge dall'isola. «Che cucina da favola!»

Mi viene da sorridere, perché so bene quanto gli piacerebbe poter spendere soldi in questo genere di tecnologia. Lo trascino via da una macchina del caffè che sembra una navicella spaziale. «Ci giocherai più tardi. Adesso andiamo a dare un'occhiata in giro.» Sgancio il guinzaglio dal collare di Ziggy.

Jamie mi prende la mano e cominciamo a correre per casa come due adolescenti impazziti, col cane che ci viene dietro, abbaiando per la felicità.

C'è parquet ovunque. Per raggiungere il piano di sopra, al centro del salone c'è una grossa scala di vetro che sembra fluttuare nel vuoto. Appesi alle pareti bianche ci sono quadri astratti dai colori vivaci e una grande foto incorniciata di una donna che probabilmente è Tara Heywood. Lo scatto la ritrae mentre ride, con la testa gettata all'indietro e gli occhi marroni felici. Una volta al piano di sopra, guardo dentro la prima stanza. Ci sono un divano letto e una casa delle bambole dall'aria antica. Ci sono scaffali colmi di giocattoli, ma non articoli moderni, come quelli con cui giocherebbero i bambini della mia classe. Sono giochi datati e inquietanti. Ci sono due burattini e una bambola di porcellana senza un piede, un clown orrendo e una donnola impagliata. Non può essere la stanza della figlia. Se da bambina avessi avuto una cameretta del genere, non avrei chiuso occhio, la notte.

Ci sono altre due camere da letto, più grandi della prima, e uno studio. Dentro ci sono un vecchio scrittoio e una grande libreria che però è mezza vuota. Vedo un paio di romanzi con le pagine piegate, un libro sulle auto d'epoca e un'enciclopedia. Anche qui ci sono animali impagliati: un furetto, una volpe e un roditore dall'espressione infelice che potrebbe essere un ratto, o una specie di talpa.

In fondo al corridoio, nella torretta che abbiamo visto da fuori, c'è la camera da letto principale. È la stanza più grande del piano, con tanto di bagno privato e cabina armadio.

« Per la miseria, questa stanza da sola è più grande di casa nostra. » Sono affascinata: le finestre vanno da terra fino al soffitto, il letto ha il baldacchino e una bellissima tenda bianca in mussolina, e nel bagno c'è una vasca da bagno rétro. Anche qui c'è una fotografia di Tara, stavolta in bianco e nero. Qui è molto più seria.

Mi avvicino alla finestra. Sulla spiaggia su cui si affaccia non c'è anima viva. È un posto idilliaco. « Non mi aspettavo che fosse una casa così moderna e sontuosa. Credevo di venire a stare in un cottage o qualcosa di simile. »

Jamie mi raggiunge alla finestra e mi guarda sbalordito. « Non ti piace? »

« No, al contrario, è una meraviglia. Letteralmente. Il tipo di casa che si vede nei film. Varrà miliardi. Il problema è che... non mi sembra uno scambio equo. »

Jamie si stringe nelle spalle e mi mette un braccio intorno alla vita. « Lo hanno voluto loro, ricordatelo. È stata loro, l'idea. »

« Lo so... »

« Dai, Libs. Per una volta abbiamo avuto un colpo di fortuna. »

Lo guardo: ha le borse sotto gli occhi e la carnagione spenta. Basta questo per cacciare le mie remore. L'aria della Cornovaglia farà bene a lui e anche a me. Sovrappensiero, mi accarezzo il ventre.

Jamie se ne accorge. « È proprio quello di cui abbiamo bisogno. Di cui *tu* hai bisogno. Dopo l'incidente a scuola e la perdita del bambino... »

Mi vengono le lacrime agli occhi, ma le caccio. Non devo pensarci. Questa vacanza mi aiuterà a dimenticare. A guarire. « Hai ragione. È un posto bellissimo. Siamo molto fortunati. »

« Ci toccherà tenerlo pulito e ordinato. » Jamie sorride.

Siamo entrambi molto disordinati, ma ci piace scherzare accusandoci di esserlo l'una più dell'altro.

Lo osservo: mio marito si veste ancora come uno studente. Adesso ha jeans scoloriti strappati al ginocchio e Converse malconce. « Ci saremmo dovuti togliere le scarpe. E dovremo pulire le zampe a Ziggy ogni volta che lo portiamo fuori. Dovevamo comprare quei calzini che vendono nei negozi di animali. » Mi viene da ridere al pensiero di Ziggy coi calzini. Non ce lo perdonerebbe mai.

Jamie scoppia a ridere. Una risata squillante, spontanea, che riecheggia per tutta casa.

È tanto che non lo sentivo ridere così. Mi viene un groppo in gola.

« Sai cosa dobbiamo fare? » Ha un luccichio malizioso negli occhi.

« No, cosa? »

Mi prende la mano e fa un cenno verso il letto. « Battezzarlo. »

Io alzo un sopracciglio. « Dici sul serio? Ora? »

« Non rimandare ciò che puoi fare adesso. » Mi prende in braccio senza sforzo – è mezzo metro più alto di me – e mi porta a letto. Cadiamo abbracciati sulle lenzuola soffici e lui comincia a baciarmi il collo, perché sa che mi piace.

Lo stringo fra le gambe, felice come non mi sentivo da mesi.

Restiamo a lungo a letto, prendendoci il nostro tempo per esplorare i nostri corpi, come facevamo i primi tempi, quando ancora non eravamo sposati e le cose non erano complicate. Prima che la sua famiglia cominciasse a interferire, prima che la presenza silenziosa di Hannah mi destabilizzasse.

Dopo avere fatto l'amore, mi accoccolo contro di lui. È strano essere costretta a stare sdraiata sul lato sinistro, per via del braccio rotto. Il gesso è pesante, ingombrante. Meno di due settimane e potrò finalmente toglierlo.

Restiamo per un po' a letto a guardare il sole che cala e le ombre che si allungano in giardino. Poi mi alzo e mi copro col lenzuolo, visto che non ci sono tende alle finestre.

Jamie si copre col piumone. «Dove vai?»

«A curiosare tra i vestiti di Tara.»

«Libs! Non si fa!»

«E dai! Tu non sei curioso? Non vuoi saperne di più su Philip e Tara Heywood?»

Lui si stringe nelle spalle con un sorrisetto non troppo convinto. «Veramente no.»

«Be', io sì.» Vado verso la cabina armadio, sempre col lenzuolo addosso a mo' di toga.

Ziggy mi segue e si sdraia sul tappeto.

La cabina armadio è grande quanto la nostra camera da letto a Bath. Una parete è completamente occupata da un grande specchio, con accanto una poltrona dallo schienale trapuntato. Sembra di essere nel camerino di un elegante negozio di abbigliamento. E pensare che è solo una casa delle vacanze. Chissà com'è quella in cui abitano, a questo punto. Comincio a ficcare il naso tra i vestiti: abiti da sera, vestitini corti con le spalline, gonne svolazzanti, camicette di seta. Tiro giù dalla stampella un abito da sera verde smeraldo e me lo metto davanti per vedere come mi sta. È troppo lungo per me e l'orlo mi si ammucchia ai piedi. Sembro una bambina che prova i vestiti della mamma. Un bambino, anzi, con questo taglio corto. Rimetto a posto l'abito verde e apro il cassetto in cui Tara tiene la biancheria intima. Ci sono tanga molto sexy e corsetti di pizzo dall'aria costosa. Ne riconosco uno che ho visto sul sito di Agent Provocateur. Tutto molto di classe e decisamente di lusso. Non c'è biancheria a buon mercato, qua dentro.

Passo alle scarpe. Sono sistemate su scaffali di metallo e ce ne sono di ogni tipo e colore. Sono tutte griffate, e alcune marche nemmeno le conosco. Prendo un paio di scarpe rosse col tacco a spillo e penso alle mie malconce ballerine dello stesso colore comprate da Topshop. Sono 40 di numero, troppo grandi per me che porto il 37. Le rimetto a posto, avvilita, e torno in camera da letto. «Non posso neanche prendere in prestito le sue scarpe. È altissima. Una top model.»

«O forse un'aliena.»

«Un'aliena bellissima, però. Certo che se la passano proprio bene, questi qui.»

Jamie mi abbraccia. «Questa settimana ce la passeremo bene noi, Libs. Godiamocela.»

2

Non avrei mai pensato a una vacanza, se non fosse stato per il volantino che ci hanno infilato nella buca delle lettere qualche giorno fa.

CERCASI URGENTEMENTE SCAMBIO CASA

«Io e mia moglie Tara cerchiamo disperatamente un posto in cui stare per una settimana, forse due. Casa vostra sarebbe l'ideale, perché vogliamo essere il più vicino possibile all'ospedale. Dobbiamo assistere la nostra cara figlioletta che dovrà sottoporsi a un intervento al cuore. In cambio, vi lasceremmo la nostra bellissima casa in Cornovaglia, che è stata da poco ristrutturata e gode di una splendida vista sul mare. Se pensate di poterci aiutare, vi preghiamo di contattare Philip Heywood.»

Il numero di cellulare era riportato in fondo al volantino.

All'inizio non gli avevo dato importanza. Ero in ritardo per il lavoro. Per via dell'incendio e dell'aborto, ero stata in malattia per due settimane. La mia responsabile, Felicity Ryder, aveva insistito perché restassi a casa fino a dopo le vacanze, ma volevo andare lo stesso a salutare la classe e augurare buona Pasqua ai bambini. Ormai mi sono affezionata a loro. Mi sento responsabile della loro istruzione e temo che la supplente non possa soddisfare le loro necessità come so fare io. Mi manca la scuola: mi mancano la classe decorata coi disegni colorati dei bambini, le chiacchiere coi colleghi nell'aula insegnanti, le grida felici in giardino durante la ricreazione, i pettegolezzi con Cara, la giovane tirocinante che mi è stata affiancata. Mi manca persino l'odore del disinfettante in corridoio. E quindi l'altro giorno ho messo il volantino nella borsa uscendo di casa e per qualche ora non ci ho più pensato.

Vedere i danni causati dall'incendio mi ha turbato. Le pareti sono state ridipinte e il parquet è stato sostituito, ma si sente ancora odore di bruciato, come se i muri e il pavimento ne fossero ancora impregnati. La mensa, da dove probabilmente è originato l'incendio, è ancora chiusa. Sbirciando dalla porta a vetri ho visto la macchia nera sul pavimento dove c'erano i forni. Uno spettacolo molto triste. Per il momento la scuola ha chiesto alle famiglie di preparare ai bambini il pranzo al sacco, per cui adesso mangiano in classe sui banchi, coi loro contenitori di hummus, verdurine biologiche e bricchi di succo di frutta.

Ho ripensato al volantino solo quando i genitori sono venuti a riprendere i bambini a fine giornata. Tutti quanti mi hanno fatto i complimenti per il mio coraggio e hanno chiesto notizie di Celeste.

Mrs Hunting, la mamma di Theo, a un certo punto mi ha accarezzato il gesso, commentando che avevo bisogno di una vacanza. « Che brutta esperienza dev'essere stata, maestra. Poteva andare a finire malissimo. Se non fosse stato per lei, Celeste sarebbe potuta morire in quell'incendio. Guardi, mi vengono i brividi solo a pensarci. » Aveva il tono di chi si rivolge a qualcuno cui è morto un familiare. Anche suo figlio era nella scuola durante l'incendio, e io mi sono portata d'istinto una mano al ventre, pensando al bambino che ho perso.

La storia è finita su tutti i giornali, con mio grande disappunto. Sul *Mail* hanno persino pubblicato una foto di me che suono la chitarra, con la frangia sugli occhi e i bambini tutt'intorno. Credo che quella foto risalga a diversi anni fa, quando mi avevano appena assunta. È l'unica che la scuola ha di me.

Normalmente una storia del genere troverebbe spazio solo sui giornali locali, però ha avuto risonanza perché tra i bambini che ho tratto in salvo c'era anche Celeste Detonge, la nipotina di un famoso attore teatrale. Quel giorno a scuola c'era solo la mia classe, perché i bambini di prima e quelli della materna erano in gita. Cara era andata nel panico quando il fumo aveva riempito l'androne in cui ci eravamo radunati, e io avevo dovuto mantenere la calma benché l'allarme mi avesse riportato alla memoria un altro incendio, il cui ricordo mi paralizzava. Mi ero sforzata d'ignorare la paura e restare concentrata: dovevo portare fuori dall'edificio i bambini e Cara. Celeste era inciampata ed ero tornata indietro a prenderla, col fumo che mi soffocava e mi accecava. Ero caduta a mia volta e mi ero fatta malissimo, ma avevo ignorato il dolore e raggiunto Celeste, prendendola in braccio per poi portarla in salvo. Non credo di essere stata coraggiosa. Penso che chiunque altro l'avrebbe fatto, al posto mio. Sono un'insegnante, un mestiere che amo e che mi dà tante soddisfazioni. I bambini per me vengono prima di tutto.

Mentre mi facevano la radiografia al braccio, avevo cominciato a perdere sangue. Ero quasi alla dodicesima settimana.

« Va da qualche parte, per Pasqua? Si meriterebbe una vacanza, dopo tutto quello che ha passato. » Le parole di

Mrs Hunting mi hanno fatto pensare che sarebbe stato bello andare da qualche parte. Fare una vacanza. Da quando Jamie si è messo in proprio, siamo a corto di soldi. L'ultima vacanza è stata la nostra luna di miele, e stiamo parlando di cinque giorni all'isola di Wight. Dopo la Thailandia, l'idea di viaggiare mi terrorizza, come pure quella di salire su un aereo. Sono convinta che finirebbe per schiantarsi. Per questo le uniche vacanze che abbiamo fatto sono state in Inghilterra, stando via un paio di giorni o al massimo una settimana. Mentre tornavo a casa, quel giorno, ho ripensato al volantino e alla bellissima casa al mare in Cornovaglia. M'immaginavo un piccolo cottage, magari in un villaggio di pescatori, come quello di *Doc Martin*. L'aria di mare avrebbe fatto bene a Jamie e, visto che tanto lavora da casa, si sarebbe potuto portare dietro il PC. Così, nel tragitto da scuola a casa, mi sono convinta che quel volantino era la risposta alle nostre preghiere.

Quando sono tornata, Jamie parlava al telefono nella stanza adibita a ufficio. Ho messo su l'acqua per il tè, fatto due coccole a Ziggy e cominciato a riscaldare la cena. Non è proprio facilissimo cucinare con un braccio solo, ma Florrie - la sorella maggiore di Jamie - ci ha riempito il congelatore di sformati e sughi. Mentre aspettavo che lo sformato fosse pronto, mi sono seduta al tavolo della cucina col portatile davanti e ho cercato Philip Heywood su Google.

Potevo usare una mano sola per digitare e ci ho messo più del solito, ma - nonostante la frustrazione - alla fine è comparsa sullo schermo una lista di tutti i Philip Heywood esistenti: un musicista negli Stati Uniti, un biologo in Australia, un chirurgo plastico in una clinica privata a Londra. Cliccando sul link della clinica, è apparsa sullo schermo la foto di un uomo sulla cinquantina dall'aria distinta, coi capelli e coi baffi neri. Era lui il Philip Heywood del volantino? Facendo qualche altra ricerca ho trovato anche la sua pagina Facebook, ma le impostazioni sulla privacy mi permettevano di vedere solo un paio di foto profilo. La prima lo ritraeva su una spiaggia deserta, abbracciato a una donna molto bella e molto più giovane di lui. Forse si trattava di sua moglie? Forse erano in Cornovaglia?

Visto che Jamie era ancora al telefono, ho continuato a cercare digitando *Philip Heywood + Cornovaglia* ed è venuta fuori la foto di un evento di beneficenza a Truro. Philip indossava un completo elegante ed era in compagnia della stessa donna, che aveva un abito lungo color smeraldo e portava i ricci neri raccolti. Nella didascalia c'era scritto: *Il chirurgo Philip Heywood e sua moglie Tara, ferventi sostenitori della causa*. Coi loro denti bianchissimi, con la pelle perfetta e col sorriso raggiante, avevano tutto l'aspetto di una coppia stimata e di successo. Forse, quando la figlia si era ammalata, avevano provato a prenotare un albergo, ma si erano resi conto che non ce n'era uno abbastanza vicino all'ospedale. Di certo avevano un'aria affidabile.

Continuando a fare ricerche, ho digitato *Philip Heywood + figlia*, ed è comparsa una foto che ritraeva Philip, Tara e una ragazzina con un bellissimo sorriso, i capelli chiari e i tipici tratti di chi è affetto dalla sindrome di Down. Scorrendo l'articolo, sono rimasta un po' delusa dalla mancanza di dettagli personali sul matrimonio o sulla famiglia. Si evinceva solo che Philip Heywood era un uomo di successo che si prodigava con generosità per varie cause di beneficenza. La decisione, per me, era presa.

Per convincere Jamie ci è voluto meno di quanto mi fossi aspettata. Mi ero preparata un bel discorsetto: io ero in ferie, non ci sarebbe costato niente, lui aveva bisogno di riposarsi e si sarebbe comunque potuto portare dietro il computer perché ci sarebbe stato il wi-fi, non ero mai stata in Cornovaglia, gli Heywood sembravano persone rispettabili, avevano una figlia con la sindrome di Down evidentemente molto malata, visto che doveva sottoporsi a un intervento salvavita, e quindi sarebbe stata anche una buona azione da parte nostra...

Jamie è rimasto seduto ad ascoltarmi in silenzio, con la sua tazza di caffè davanti. Finito il mio discorso, si è alzato per andare a mettere la tazza nel lavandino e si è stretto nelle spalle. « Va bene. Se ti occupi tu di tutto, per me possiamo andare. »

Ho chiamato Philip Heywood dopo cena, mentre Jamie era fuori con Ziggy. Mi hanno colpito la voce gentile e giovanile e l'accento simile al mio. Mi ha chiesto di quale parte del Nord fossi, ma io sono rimasta sul vago, dicendogli di avere vissuto in vari posti.

« Sarei felicissimo se veniste a stare da noi per una settimana. » Si capiva che era molto sollevato.

Abbiamo preso accordi su dove lasciarci le rispettive chiavi - le loro alla pompa di benzina, le nostre da Evelyn, la vicina -, promettendoci che ci saremmo chiamati per qualsiasi tipo di problema.

Sabato saremmo partiti. Era tutto perfetto, non c'era niente che potesse andare storto.

3

Dalle grandi finestre che occupano quasi tutta la parete si vede il cielo pieno di stelle. È come avere un planetario tutto per me. Sdraiata a letto, provo a individuare Orione o il Grande Carro, ma non riesco a riconoscere nessuna costellazione. Sembra una di quelle cartoline che andavano tanto di moda quand'ero bambina: dovevi riuscire a vedere un'immagine in 3D nascosta in uno stereogramma. Mi facevo venire il mal di testa per cercare l'unicorno o il volto di donna in mezzo a quella seria di triangoli e quadrati.

Fatico ancora a credere che ci troviamo davvero qui, in questa casa meravigliosa con tanto di giardino e a due passi dalla spiaggia. La *spiaggia*. Pensare che potremo trascorrerci una settimana intera mi riempie di gioia: pregusto già le passeggiate romantiche sul bagnasciuga con Ziggy, o i pomeriggi di relax nel bellissimo giardino con vista sul mare, o le ore passate a spadellare nella cucina supertecnologica che meriterebbe di stare su una di quelle riviste d'arredamento che adoro. Il rumore delle onde che s'infrangono sugli scogli è soporifero. È dal giorno dell'incendio che non mi sento così rilassata.

Chissà come si trovano a casa nostra gli Heywood. Ne saranno rimasti delusi? Per forza, considerati i loro standard. Penso a Tara, coi suoi abiti eleganti, in un appartamento arredato coi mobili di seconda mano che ci ha dato Sylvia. È anche probabile però che siano talmente in pensiero per la figlia che non gli interessi nulla di com'è arredata la casa, fintantoché è vicina all'ospedale.

« Forse è il caso che ci alziamo. » Jamie si stiracchia pigramente e il suo tono non è molto convinto.

« Che ora è? Porca miseria, sono quasi le otto. Cosa prepariamo per cena? Sto morendo di fame. E non abbiamo ancora finito di vedere tutta la casa. » Sono elettrizzata all'idea di curiosare in giro. Non ho mai fatto niente del genere: non sono mai stata da sola in casa di qualcun altro. Persino Jamie, che è cresciuto in un quartiere rispettabile con genitori laureati e benestanti, sembra colpito da tanta agiatezza.

Scendo dal letto. Il parquet è caldo – evidentemente c'è il riscaldamento a pavimento – e la valigia è ancora dove l'ha posata Jamie quando siamo arrivati. La apro e cerco la vestaglia, poi infilo il braccio buono in una manica, l'altra la lascio pendere dalla spalla in modo che copra il gesso. Non vado da nessuna parte senza. Jamie non riesce a capire per quale motivo mi piaccia tanto mettermela, non ne vede proprio l'utilità. È stato uno dei primi regali che mi ha fatto quando abbiamo cominciato a uscire insieme, quattro anni e mezzo fa. Era rimasto a dormire nel mio monolocale e, quando aveva visto la logora vestaglia di spugna con le tasche scucite che mi ero messa, aveva cominciato a prendermi in giro. Due giorni dopo, una fredda domenica pomeriggio, mi aveva fatto una sorpresa regalandomi quella che ho adesso. È stato allora che mi sono davvero innamorata di lui.

« Bisogna dar da mangiare anche a Ziggy. Poverino, siamo rimasti chiusi in camera tutto il pomeriggio. » Visto che Jamie non risponde, mi giro per vedere cosa stia facendo e lo vedo in piedi, nudo, che procede a tentoni lungo la parete. « Ma che fai? »

« Cerco l'interruttore. Non vedo un cavolo. Com'è che è già così buio? »

« Succede, quando si abita in mezzo al nulla. » Non ci sono lampioni, né i fari delle auto che passano davanti alle nostre finestre. Qui non è come stare a Bath, dove siamo circondati dalla gente. Anonimi. Al sicuro. Comincio a ridacchiare.

« Cos'hai da ridere? È ridicolo, Libs. Non c'è un cazzo d'interruttore. » Nonostante il suo tono, si sente che anche lui è un po' divertito.

Batto le palpebre, cercando di abituare gli occhi alla penombra e aiutarlo a cercare. Però il buio è così fitto che sembra smog. Tastiamo entrambi le pareti, ma senza successo.

Urto il braccio contro qualcosa di duro, che cade a terra con un tonfo. « Merda! » Arretro e mi accorgo che sopra la mia testa ci sono delle mensole. Guardo l'oggetto caduto. Sembra una specie di uccello. Mi spavento.

Jamie è subito vicino a me. « Cos'è? »

« Sembra un animale morto. » Anche se è a faccia in giù, si capisce che è grosso e che ha le penne.

Jamie si accovaccia e lo gira. « È un gufo. » Lo raccoglie con delicatezza e lo porta alla finestra per guardarlo alla luce della luna.

Io gli vado dietro e mi stupisco quando mi rendo conto che è impagliato. Jamie lo osserva con curiosità, a me invece fa venire i brividi con quegli occhi fissi. « Rimettilo a posto, Jay. » Mi sento come se da un momento all'altro possano arrivare Philip o Tara.

« Ah, ho capito: tu puoi metterti le cose di Tara, provare i suoi vestiti, le scarpe e... »

« Non ho provato i suoi vestiti. Sono troppo lunghi. Mi sa che non le arrivo neanche alle spalle. » All'improvviso mi viene di nuovo da ridere. Sono contenta di vedere che anche Jamie sorride mentre rimette a posto il gufo, facendogli una tenera carezza sulla testa. Gli piacciono tutti gli animali, anche quelli morti, a quanto pare. « Non sarà il caso di metterti qualcosa addosso? Sei proprio davanti alla finestra. » Osservo il suo fisico agile e asciutto, i peli biondi che scendono dal ventre verso l'inguine. Provo un fortissimo desiderio. Oggi è stata solo la seconda volta che abbiamo fatto l'amore da quando ho perso il bambino. E adesso, improvvisamente, non riesco a staccarmi da lui.

Jay gonfia i muscoli come a una gara di body building, facendomi scoppiare a ridere. « Siamo in mezzo al nulla. Chi vuoi che mi veda? »

Alzo gli occhi al cielo, fingendomi scocciata. « Eppure dev'esserci un altro modo per accendere la luce. »

« Ma certo! Sono a comando sonoro. L'ho visto fare nei film. » Allora batte le mani, però non succede niente. Le batte di nuovo, due volte e in rapida successione. Le luci si accendono improvvisamente quasi accecandoci con la loro intensità.

« Non si possono abbassare un po'? » domando, mentre cerco di cacciare i pallini neri che mi galleggiano davanti agli occhi.

« E io che cavolo ne so? » Batte di nuovo le mani e torna il buio pesto. « Al diavolo. Perché non usare gli interruttori come la gente normale? » Si china e s'infila i jeans che aveva lasciato sul letto. A questo punto usciamo dalla stanza a tentoni e ci dirigiamo di sotto, con Jamie che cammina davanti per farmi strada.

Quando arriviamo sull'ultimo gradino della scala di

vetro, Jamie batte le mani e si accende subito la luce. « Dovrà pur esserci un telecomando da qualche parte. Mi sento un idiota a battere sempre le mani. »

Lo seguo, con Ziggy che mi viene dietro. Girato l'angolo mi fermo, col cuore in gola. La porta d'ingresso è spalancata e oscilla cigolando sui cardini. Una folata di vento mi gela le caviglie.

Jamie va a chiuderla, accigliato. Non dice nulla. Non c'è bisogno che lo faccia.

« L'avevamo chiusa. » Cerco di non far trasparire il panico che provo.

Lui sembra tranquillissimo, ma lo so che finge. Dal giorno dell'incendio a scuola, si comporta come se camminasse sui gusci d'uovo in mia presenza. È convinto che dovrei parlare con sua madre o con un altro psicologo per appurare se soffra di disturbo post-traumatico da stress. Sono certa di no. Non è possibile, visto che sono uscita indenne da qualcosa di ben più grave.

« Magari non l'ho chiusa bene prima e si è riaperta per via del vento. » Evita di guardarmi mentre entra in cucina.

Lo seguo senza dire una parola e mi siedo su uno sgabello cromato col sedile in pelle, mentre lui apre i cassetti alla ricerca del telecomando. Mi frullano in mente mille domande. Da quanto è aperta? Siamo arrivati alle quattro. È rimasta aperta tutto il tempo? Poteva entrare chiunque. Poi mi dico che la casa è isolata e non ci passa nessuno davanti. Questo non è il quartiere dello Yorkshire in cui sono cresciuta e nemmeno la strada su cui viviamo a Bath, sempre trafficata, piena di gente a passeggio o bambini che tornano da scuola. Persino nel cuore della notte ci sono le luci delle ambulanze o della polizia che filtrano dalle tende delle finestre.

« Eccoti! Era proprio te che cercavo », esclama Jamie trionfante, alzando il telecomando. Comincia a pigiare pulsanti a caso e le luci lampeggiano come se fossimo nella discoteca del circolo dei lavoratori in cui mi portava mio padre quand'ero piccola.

La porta è rimasta aperta per ore. Potrebbe essere entrato qualcuno. Questo pensiero mi martella in testa e mi fa sentire male. Se gliene parlo, Jamie si arrabbierà. Mi dirà che mi sto facendo prendere dall'ansia e ricomincerà a insistere che io vada da uno psicologo, dopodiché la tensione si sostituirà al clima tranquillo e rilassato che regna da quando siamo arrivati. Cerco di reprimerlo, però ormai ce l'ho in testa, ha messo radici e continuerà a crescere, se non lo blocco subito. Un tempo ero brava a togliermi dalla testa questo tipo di pensieri distruttivi, ma dal giorno dell'incendio a scuola mi ritrovo sempre a immaginare che succeda il peggio e faccio fatica a pensare positivo.

Ziggy mugola e mi fissa implorante coi suoi occhioni castani. « Oh, povero piccolo, hai ragione. Jay, dove hai messo le crocchette di Ziggy? »

« Mmm? » dice, senza alzare lo sguardo.

« Le crocchette di Ziggy. Dove sono? »

« Ah, nell'armadietto vicino al lavandino. »

Tutti gli sportelli di questi mobili laccati sono senza maniglia e si aprono a pressione. Trovo le crocchette di Ziggy e gli riempio la ciotola, cercando di non urtargli il muso che ha già tuffato dentro.

« Finalmente ho capito come funziona questo affare. Non staremo mai più al buio, mia cara. » Jamie sorride, ma non appena mi guarda cambia espressione. « Cosa c'è? »

« Niente. »

« Libby, sembri terrorizzata. Qual è il problema? »

« La porta... »

Vorrebbe sospirare, però non lo fa. « Perché? »

« È rimasta aperta per ore, Jay. Non lo so, non mi sento tranquilla. »

Non mi dice che sono paranoica. Non ce n'è bisogno, ce l'ha scritto in faccia. Senza fiatare, esce dalla cucina e mi lascia da sola con Ziggy. Mi chiedo se sia arrabbiato, anche se non sarebbe da lui. In genere è molto paziente. Mi sforzo di non farmi prendere da altre paure, immaginando che Jamie sia salito di sopra e un ladro gli abbia dato una botta in testa. L'unico rumore che sento è Ziggy che ripulisce la ciotola.

Alla fine Jamie torna in cucina. « Ho controllato tutta la casa, per farti stare tranquilla. Niente. Non è entrato nessuno. Siamo molto più al sicuro qui che a Bath, a dirla tutta. Anche se a dire il vero... ho trovato altri animali impagliati. Hanno proprio la fissa della tassidermia, gli Heywood. »

Gli animali impagliati non c'entrano niente col resto dell'arredamento. Mi stringo nelle spalle, cercando di non sembrare troppo sollevata. « Sono proprio stupida... »

Jamie mi abbraccia e mi bacia la testa. « Non ti preoccupare, lo capisco. È normale, Libs. Dopo l'incendio, hai i nervi tesi. Adesso basta, devi rilassarti. Smettila di vedere tutto come un potenziale pericolo. È uno dei motivi per cui siamo in vacanza. Però vorrei tanto che decidessi di vedere un... »

Sembra sua madre. « Jamie, non siamo tutti come te. O come tua madre. Non sono cresciuta con una psicologa in casa. »

Jamie si scosta e alza le mani in segno di resa. « Sì, sì. Lo so, lo so... non sei cresciuta così. Continui a ripetermelo.

A proposito, mi hai fatto ricordare che devo scrivere alla mamma per dirle che siamo arrivati.» Prende il cellulare dalla tasca posteriore dei pantaloni e guarda lo schermo. «Fantastico, non c'è campo.» Va al frigorifero e lo apre. «Allora, cosa ci facciamo per cena? Qui dentro c'è un sacco di cose buone. Ci vogliono proprio viziare.»

Sorrido, ma in realtà non lo sto ascoltando davvero. Un altro pensiero mi frulla in testa. Non gliene ho mai parlato, perché se lo facessi mi porterebbe di peso da uno psicologo. Non riesco a liberarmene, però.

E se l'incendio a scuola non fosse stato un incidente?

4

Mi sveglio presto, domenica mattina. La luce inonda la stanza e mi rendo conto che non mi abituerò mai al fatto che non ci siano tende alle finestre. Tutte le paranoie di ieri sera vengono spazzate via dal sole mattutino, dal cinguettare degli uccellini e dallo sciabordio del mare.

Mi sono rigirata nel letto non so per quanto tempo, stanotte. Non riuscivo a prendere sonno per via del buio pesto e del silenzio assoluto. Quando ci siamo coricati, ieri sera, la luce della luna non c'era più e la stanza era nell'oscurità completa, come quando si chiudono gli occhi. Anche da bambina ero abituata a dormire con una lucina accesa. Ziggy si era accoccolato ai piedi del letto, non lo vedevo ma lo sentivo. Non c'erano rumori se non il soffiare del vento e lo sciabordio del mare. Nessuna macchina, nessun aereo, niente musica o chiacchiere dei vicini. Silenzio assoluto. Mi sentivo oppressa, come se fossimo le uniche persone rimaste nell'universo. È stato un sollievo quando alla fine è arrivata l'alba.

Jamie russa accanto a me, Ziggy sonnecchia sul piumone e col suo peso mi fa addormentare le gambe.

Cerco di scostarlo coi piedi. « Ziggy, non dovresti stare sul letto. » A casa glielo lasciamo fare, però mi sento in colpa a vederlo stravaccato sul candido piumone di Tara.

Lui comunque m'ignora e si limita a spostarsi quanto basta per farmi muovere le gambe e scendere dal letto.

Sulla parete alle nostre spalle c'è una foto di Tara e Philip. Sembrano così belli e innamorati, lei col suo ampio abito da sposa, lui elegantissimo nel suo vestito su misura con la cravatta di seta color avorio. Lei lo guarda adorante e lui le sorride con tenerezza. Anch'io e Jamie sembravamo così innamorati, quando ci siamo sposati? In questa foto sono molto più giovani rispetto a quella che ho visto sul giornale; Philip non ha capelli bianchi e il viso di Tara è privo di rughe. I suoi occhi sembrano più grandi, perché era più magra. Avranno almeno quindici anni più di noi, quindi dovrebbero essere oltre i quaranta. Ma devono essersi sposati più o meno alla nostra età. Voglio saperne di più sulla bellissima Tara, questa donna agiata nella cui casa passerò una settimana.

Dopo avere posato un bacio affettuoso sulla testa di Ziggy, m'infilo la vestaglia e vado in bagno, facendo attenzione a non svegliare Jamie.

Mentre faccio pipì, guardo con invidia la vasca rétro, i rubinetti splendenti e gli scaffali pieni di candele profumate. Mi sono sempre piaciute tanto, ma costano troppo per le mie tasche. Immagino Tara che si rilassa nella vasca piena di schiuma, leggendo un libro sulla mindfulness, circondata da candele accese che riempiono la stanza di un profumo soave. Mi lavo le mani e prendo una delle candele per annusarla. Sa di lime e mandarino. Comincia a battermi forte il cuore. Chi se ne accorgerebbe, se ne portassi via una? Ce ne sono almeno sei. Molte più di quante gliene servano. Di sicuro non ricorda esattamente quante ne abbia comprate, e poi non ci deve tenere troppo, se le lascia nella casa delle vacanze. Mi giro verso la porta, come se temessi che Tara appaia sulla soglia. Da qui vedo a malapena il letto a baldacchino. Jamie dorme ancora, con un braccio sugli occhi. Guardo la candela. Sarebbe un furto, c'è poco da fare. La rimetto a posto.

Apro l'armadietto sotto il lavabo, non so bene perché. Lo faccio per il gusto di curiosare, ecco. Trovo una boccetta turchese di Tom Ford. Me ne spruzzo un po' sul collo e sui polsi. Tara profuma così, di classe alta. Rimettendo a posto la boccetta vedo un beauty-case in fondo all'armadietto. Sto per prenderlo quando sento Jamie che mi chiama.

« Libs? Tutto a posto? »

Richiudo subito l'armadietto e torno in camera.

Jamie è alzato su un gomito, mentre Ziggy dorme ancora ai piedi del letto. « Cos'è quello sguardo colpevole? Non ti sarai mica provata di nuovo i vestiti di Tara? »

Mi sento arrossire. « La vuoi smettere? Sono solo andata a fare pipì. »

Lui si stiracchia. « Mi fa male tutto. Questo letto è troppo morbido. »

« Sembra di sentire Riccioli d'Oro. Scendo a preparare una tazza di tè. » Sono un po' irritata che sia andato più vicino alla verità di quanto si renda conto.

La luce del mattino entra dalla portafinestra, illuminando il salone. Non voglio tornare a casa. Mi avvicino al camino e tocco un bel vaso di vetro lavorato e, senza volerlo, sfioro una pulcinella di mare impagliata accanto all'ennesima candela profumata. Ritiro subito la mano. Gli animali impagliati mi fanno impressione, coi loro occhi fissi e privi di vita. Non è possibile che a Tara piacciano. Devono essere una fissa di Philip. I tappeti, i copridivano e i cuscini li avrà sicuramente scelti Tara. Ne sono certa: è un tocco femminile. Forse Philip voleva dare il suo contributo all'arredamento con questi animali impagliati, credendo che dessero una nota rustica. Ma è probabile che in realtà facciano schifo anche a lui. Non c'entrano proprio niente col resto.

Mi butto sul divano bianco a L. Mi sdraio sulla parte lunga, posando la testa sui cuscini. Osservo i loro motivi ricamati e accarezzo la coperta di cashmere grigio tortora. Chissà dove ha comprato queste cose, e se riuscirei a imitarne lo stile a casa nostra. Se solo avessimo qualche soldo in più per rimodernarla. Non sarebbe male dare un'imbiancata alle pareti e sostituire il vecchio letto ingombrante che ci ha dato Sylvia.

Devo essermi addormentata, perché a un certo punto sono svegliata di soprassalto da una musica a tutto volume. Mi alzo di scatto, col cuore in gola. Il televisore davanti al divano è acceso. Mi guardo intorno per trovare Jamie, immaginando che sia stato lui a premere il pulsante. Poi però lo vedo scendere di corsa dalle scale, con indosso solo i boxer e una maglietta a maniche corte. Ha i capelli tutti arruffati e Ziggy alle calcagna.

Deve urlare per riuscire a farsi sentire. « Diamine, Libs, non c'è bisogno di tenerla così alta! »

« Ma non... non sono stata io ad accenderla... Si è accesa da sola. » Fisso lo schermo, confusa. È il concerto di un gruppo heavy metal. Il cantante è scatenato e sudato fradicio.

Jamie si avvicina accigliato al televisore. « Dov'è il telecomando? »

« Non lo so. Ti ho già detto che non l'ho accesa io. » Lo sa che detesto la musica ad alto volume. È così assordante che devo lasciare la stanza. Vado in cucina, rabbrividendo, e mi stringo nella mia vestaglia, come se potesse proteggermi da quel fracasso. Come ha fatto ad accendersi da sola?

Do da mangiare a Ziggy e mi preparo una tazza di tè

in un attimo. Gli Heywood non hanno un bollitore, ma uno di quei rubinetti che fanno uscire subito l'acqua bollente. Dal salone arriva ancora la musica a tutto volume, per cui apro la portafinestra ed esco in giardino. Sono scalza e il pavimento in pietra è gelido. Da fuori vedo Jamie che apre tutti i cassetti del mobile sotto la TV, cercando di trovare un modo per spegnerla. Per fortuna non ci sono vicini che possano lamentarsi del fracasso.

Ziggy mi segue in giardino, per nulla infastidito dal rumore.

« Vieni qua. » Mi accovaccio al suo fianco e gli metto il braccio buono intorno al collo.

Lui guarda il prato, ansioso di esplorarlo.

« Va bene, va' pure. » Mi rialzo e lo guardo perlustrare l'erba bagnata.

Ci sono delle impronte sul prato. Grandi. Quelle di un uomo.

Mi giro subito per assicurarmi che il cancello sia chiuso. Ricordo di averlo controllato, ieri. Adesso è spalancato e cigola al vento. Ripenso alla porta di casa aperta e mi viene la pelle d'oca.

Jamie me lo ripete per l'ennesima volta mentre passeggiamo sulla spiaggia, qualche ora più tardi. « Libs, ti prego, smettila di preoccuparti. Te l'ho già detto... »

Alghe annerite scricchiolano sotto i nostri piedi. A parte qualcuno che porta il cane a passeggio, la spiaggia è deserta. Ziggy ci corre davanti sul bagnasciuga, con la lingua penzoloni e le zampe bagnate. Tira vento e ho il cappello ben premuto in testa. Ha un enorme pompon attaccato in cima che lo appesantisce.

« Cos'è che mi hai già detto? Che quelle impronte saranno vecchie di chissà quanto? Ne dubito. Sai com'è, è piovuto negli ultimi giorni. E del cancello che mi dici? E del televisore? »

Jamie sospira. « La TV aveva il timer, tutto qua. Non so perché il volume fosse così alto. Forse a Philip e Tara piace la musica alta. »

« Non mi sembrano il tipo. »

Jamie si ferma e mi lascia la mano. « E come fai a dirlo? Non li conosci. Non hai la minima idea di chi siano. »

Mi viene da piangere. « Come sarebbe a dire? Credo di conoscerli abbastanza, invece. So che hanno gusti raffinati e che fanno molta beneficenza. Philip è un chirurgo. Tara è... be', sarà una casalinga. E una madre. È bellissima e premurosa. Hanno una figlia molto malata... »

« Libby, lo so che ci hai parlato al telefono, che hai visto le loro foto e curiosato fra le loro cose. Hai letto articoli che parlavano degli Heywood e adesso siamo ospiti a casa loro. Ma sono comunque degli sconosciuti. »

« Lo so. »

« Bene. Perché probabilmente non sono perfetti. Cacano e pisciano pure loro, come tutti noi. »

Lo spingo via. « Jay, ti prego, non parlare così. »

« È solo per dire che sono normalissimi esseri umani. Non metterli su un piedistallo solo perché sono pieni di soldi. »

Ha ragione, l'ho fatto. Mi hanno sempre affascinato le persone altolocate, che vivono una vita lussuosa e di classe. Forse è perché sono cresciuta con genitori squattrinati: mia madre era costretta a fare le pulizie per arrivare a fine mese. Parlava sempre di Mrs Haughton – la signora per cui lavorava – come se fosse migliore di noi solo perché viveva in una villa.

Prendo Jamie per mano e lui mi guarda negli occhi per

un secondo di troppo. Però non dice niente. Andiamo verso l'acqua in silenzio, coi pantaloni arrotolati, per cercare granchi sugli scogli.

Quando torniamo a casa, tutti spettinati dal vento, abbiamo sabbia ovunque, tra i capelli e sulla pelle. Saliamo in camera da letto, ci togliamo i vestiti e corriamo ridendo verso la doccia, con Jamie che mi prende per la vita e mi bacia il collo. Lo so che vuole farmi passare le mie ansie. Lo fa da quando ho perso il bambino. Cerca sempre di farmi star bene.

La perdita del bambino mi ha devastato. Nessuno si aspettava che la prendessi così male.

« Era solo un ammasso di cellule non più grande di una nocciolina », mi aveva detto Sylvia.

« Lo hai perso a causa di un gesto altruista e molto coraggioso », aveva cercato di consolarmi Cara.

« Vuol dire che non era sano », aveva osservato Florrie.

Jamie non mi aveva mai visto crollare così. Aveva sempre ammirato la mia indipendenza, la mia forza. Gli piaceva quando gli raccontavo di come mi ero tirata fuori dai bassifondi per studiare e realizzare il sogno di diventare insegnante. Di quando avevo abbandonato tutto per andare in Thailandia da sola dopo la morte di mio padre. Ma i bambini sono il mio tallone d'Achille. Li adoro. Amo fare l'insegnante e ho un fortissimo desiderio di essere madre.

Adesso le cose sono cambiate. Jamie non mi vede più sotto la stessa luce. È più protettivo. Per lui ora sono un essere fragile, col braccio rotto e col cuore spezzato. Mi vengono le palpitazioni quando sento rumori troppo forti. Sono tesa, paranoica. Spaventata. Mi sembra di non avere più nulla sotto controllo, come se il mondo che mi sono costruita ad arte mi stesse crollando sotto i piedi. Insieme con la vita che ho inventato con tanta fatica.

5

Mi fischiano le orecchie. È un suono monotono, fastidioso, assordante, come quello di uno pneumatico. E familiare.

Un allarme antincendio. Il panico m'investe, mi paralizza, mi squarcia il petto. *Al fuoco!* Devo scappare. Sudo freddo. Sono in ostello. Fa caldissimo. È tutto buio, sono in trappola. Sento gente che scappa e grida in lingue che non capisco. Urla. Il fumo mi riempie le narici e i polmoni. Mi soffoca. Delle braccia mi stringono e cerco di divincolarmi. « Lasciatemi! Lasciatemi! »

« Libby. Va tutto bene... Sstt, svegliati. »

Spalanco gli occhi e vedo Jamie che mi guarda preoccupato. Mi tiene le mani sulle spalle.

Sono sul divano. Nella villa degli Heywood. Sono al sicuro... al sicuro. Devo essermi addormentata... ma mi sembra di sentire ancora quel suono.

Jamie sorride mortificato. « È solo l'allarme antincendio. Stavo facendo un toast ed è scattato. Volevo un po' di quel pâté che ci hanno lasciato. Questo allarme del cavolo è così sensibile... Tra un minuto si spegne. Ho già premuto il pulsante... »

Mi divincolo e lui si ritrae, come se lo avessi morso.

« Avevi un incubo. Sono venuto a svegliarti. »

Mi metto a sedere. « Credevo... » Finalmente l'allarme

si spegne e il mio cuore rallenta. Ma è come se continuassi a sentirne l'eco.

Jamie si mette a sedere accanto a me, senza sfiorarmi. Sul tavolino davanti al divano c'è un piatto con due toast bruciacchiati. « Libs, stai tremando... »

« Credevo di essere in ostello. » Ho un brutto sapore in bocca. Il sudore mi fa appiccicare la maglietta alla pelle, sotto la vestaglia. Mi guardo intorno, disorientata, come se volessi assicurarmi di essere davvero a casa degli Heywood e non in Thailandia. Tara mi sorride dal ritratto in bianco e nero sulla parete sopra il televisore. Vedere la sua foto mi ancora al presente. Comincia a tremarmi il mento. Non voglio piangere.

Jamie se ne accorge e mi abbraccia. « Amore mio. » *Amore.* Sono anni che non mi chiama così.

« Sembrava tutto così vero. » Ho la voce roca, come se avessi rischiato sul serio di soffocare per via del fumo. Mi alzo e allargo il collo della maglietta. Non respiro. Senza smettere di tremare, vado verso la portafinestra ed esco in giardino. Resto ferma sotto un cielo senza stelle e mi accarezzo il braccio rotto. Mi sono tolta la fascia dal collo, ma il gesso è comunque pesante. Sgranchisco le dita. Non vedo l'ora che me lo tolgano.

Il cielo è scurissimo, come lo si vede solo in campagna. Un nero profondo, infinito, senza luci artificiali che lo annacquino. Inspiro l'aria fresca. Sento il sapore della salsedine, e il ruggito delle onde più in là. Stare qui fuori, nel buio totale, mi fa rendere conto di quanto siamo isolati. All'improvviso mi manca Bath, con le sue strade rumorose e piene di gente. C'è troppo silenzio, quaggiù. È troppo tranquillo.

« Non ne parli mai. Di quello che è successo in Thailandia. »

La voce di Jamie mi fa trasalire. Mi giro e lo vedo sulla soglia della portafinestra, incorniciato dalle luci soffuse del salone. Ha combattuto per ore con quel telecomando per cercare l'intensità giusta.

« Non mi piace rivivere quei momenti. »

Non esce in giardino. « Però alla fine lo fai. Li rivivi. È appena successo, per te. E probabilmente li hai rivissuti anche quand'è andata a fuoco la scuola. »

« Voglio dimenticarli. Seppellirli per sempre. È il mio modo di andare avanti. »

Non gli ho mai davvero raccontato quello che è successo. A me. A Karen. Sa che la mia amica è morta, che io invece sono stata fortunata e sono riuscita a mettermi in salvo. Le cose che non gli ho detto a volte mi fanno preoccupare. Perché non dovremmo avere segreti. Però ce li abbiamo eccome. So benissimo che anche lui mi nasconde delle cose. Quello che provava per Hannah, per esempio. Il prestito che ha chiesto alla madre e di cui pensa io sia all'oscuro. E va bene così. Lo capisco. Ci amiamo e dobbiamo avere fiducia l'uno nell'altra. Io non ci credo, a questa stronzata della terapia. Non finirò mai sul divano di uno psicologo a raccontargli i fatti miei, a rispondergli quando mi chiede: « E questo come la fa sentire? » Non è da me. Per quello che mi riguarda, il passato è passato. E lì deve restare.

Dormo un sonno agitato, e la mattina dopo Jamie annuncia che dovremmo fare una gita. Non lo dice, ma so benissimo che vuole farmi uscire un po' da questa casa. Vedermi in preda al panico per via dell'allarme antincendio dev'essere stata l'ultima goccia. « Che ne dici se andiamo al castello di Saint Mawes? È stato fatto costruire da Enrico VIII. Deve valere la pena visitarlo. Oppure preferisci andare a Lizard Point a vedere il faro? » Studia attentamente la mappa aperta sul tavolo mentre fa colazione coi suoi Cheerios. Mi fa sorridere il fatto che mangi cereali da bambini. Va matto anche per i Frosties. Se li porta dietro ogni volta che facciamo un viaggio.

« Quant'è distante il faro? »

« Un'ora di macchina al massimo. »

Non mi fa impazzire l'idea di stare chiusa in macchina così a lungo. È da ieri sera che ho la nausea. Però non mi va di deluderlo, e preferisco andare a vedere un faro che visitare un castello umido e diroccato. Tra l'altro mi farà bene uscire un po' da questa casa, per quanto la adori.

Discutiamo se sia il caso di portarci dietro anche Ziggy, ma alla fine decidiamo che è meglio di no, anche se i suoi occhioni color nocciola che ci fissano mi fanno venire i sensi di colpa.

« Torniamo presto, Zigs », gli dice Jamie.

Io gli soffio un bacio prima che si chiuda la porta.

Jamie però è incerto. « Dici che possiamo lasciarlo qui? E se fa pipì dentro casa? »

Scoppio a ridere. « Ma smettila, è abituato. »

« Non mi sento tranquillo a lasciarlo qui, Libs. » Infila la chiave nella serratura e la porta si spalanca.

Ziggy ci corre incontro.

Alzo gli occhi al cielo, ma in realtà sono divertita. « E va bene, però resta in macchina mentre noi visitiamo il faro. Poi lo porteremo a fare una bella passeggiata. »

Jamie corre in casa a prendere il guinzaglio.

« E non dimenticare la ciotola per l'acqua », aggiungo, mentre mi chino per calmare Ziggy.

Fa più freddo di quando siamo arrivati. Il cielo è grigio

ardesia e dal mare soffia un vento gelido. Mi sistemo la sciarpa mentre Jamie fa salire Ziggy sul sedile posteriore.

« Non aprire il tettuccio, però. Fa freddissimo e non riesco neanche a infilarmi bene il cappotto, col gesso. »

« Non avevo nessuna intenzione di aprire il tettuccio. » Il tono di Jamie è pacato, ma mi accorgo che mi guarda con la coda dell'occhio, come per capire di che umore sono.

Vorrei tanto urlargli di smettere di trattarmi come una bambola di porcellana, però mi trattengo, perché lo so che lo fa per amore. È solo che detesto sentirmi una specie di donzella indifesa. Certo, la colpa è anche mia, visto che mi faccio venire le paranoie per qualsiasi cretinata, per cui mi riprometto di stare più tranquilla, di non essere sempre sulle spine. Voglio che Jamie torni a vedermi come la donna forte e indipendente di cui si è innamorato. Quella che non aveva paura di niente. Quella che, dopo un'accesa discussione con Katie sul sistema educativo, era stata definita da Sylvia in tono dispregiativo « un tantinello ostinata ».

Non parliamo. Io guardo il paesaggio verde e grigio che ci sfreccia accanto. I campi sono pieni di pecore. Il loro manto bianco e lanoso sull'erba verdissima mi fa pensare ai disegni dei bambini.

Jamie accende la radio ma non canta. Dopo un'eternità, svolta a destra e finalmente vediamo il faro, circondato da casette basse e bianche coi davanzali dipinti di verde. L'auto sobbalza sull'asfalto sconnesso, facendo peggiorare ancora di più la mia nausea.

Jamie parcheggia in retromarcia. « Eccoci qua. Cosa facciamo? Andiamo prima a visitare il faro? »

« In realtà vorrei andare da Starbucks. »

Lui sorride. « Mi sa che da queste parti di Starbucks

non ce ne sono. Ma possiamo comunque andare a prenderci un caffè. »

« Basta che abbiano quello al caramello. Sai che non bevo il caffè senza caramello. »

« Va bene, dai. Vediamo quello che si può fare. »

Siamo rilassati, finalmente.

« E, quando torniamo, ti portiamo a fare una lunga passeggiata, bello mio », dice a Ziggy, girandosi a guardarlo.

La guida del faro è una ragazza giovane e carina coi capelli ricci e rossi che si chiama Ruth. Mi viene un po' di claustrofobia a stare in un ambiente così piccolo con altre diciannove persone. Non mi è ancora passato il mal d'auto e il tizio accanto a me puzza. Jamie ascolta affascinato le spiegazioni di Ruth sulla storia del faro, mentre la guida ci conduce su per la scala pericolante per farci godere la vista sul mare. Io cerco di sembrare entusiasta, ma in realtà mi sembra di essere in gita scolastica.

Quando usciamo, riempio più che posso i polmoni di aria fresca e salmastra, cercando di liberarmi dalla puzza di quel tizio e dei vecchi locali polverosi. Il mio olfatto è più sensibile del normale: percepisco l'odore dell'erba bagnata, dell'aria di mare, del caffè al bar qui vicino, dello shampoo fruttato della signora che mi passa accanto. Ero così sensibile agli odori solo in gravidanza. Forse sono di nuovo incinta? D'istinto mi accarezzo il ventre, però in fondo al cuore lo so, che sarebbe abbastanza improbabile. Prima di venire in Cornovaglia, io e Jamie l'avevamo fatto solo una volta. Lo so che può essere sufficiente, ma non mi reputo così fortunata.

Passeggio sull'erba, assorta nei miei pensieri, e solo dopo un po' mi rendo conto che Jamie non è accanto a me. Mi giro e lo vedo ancora all'entrata del faro, che chiacchiera con Ruth. La ascolta interessato e concentrato, con la fronte aggrottata. Poi si vede che a un certo punto le fa una battuta, perché lei scoppia a ridere e gli mette una mano sul braccio, e ce la tiene un po' troppo a lungo per i miei gusti. Mio marito avrà almeno dieci anni più di lei, ma è ovvio che le piace: fa sempre colpo sulle secchione. Ha quell'aspetto da secchione timido che molte donne - me compresa - trovano sexy. Sembra una versione più giovane e bionda di Jarvis Cocker dei Pulp. Indossa un cappotto lungo, un paio di jeans trasandati e una sciarpa rossa. Potrebbe essere un professore o uno studente maturo.

Smetto di guardarli e riprendo a camminare verso il bar, sapendo che tanto poi Jamie mi raggiungerà.

Quando lo fa, ha il fiatone e le guance rosse. Mi prende sottobraccio tutto emozionato. « Lo sapevi che, prima che passassero al sistema computerizzato, il faro era controllato da tre persone? » Jamie se ne esce sempre con aneddoti bizzarri e spesso inutili.

« No, non lo sapevo. »

« Alcuni anni fa ce n'erano due. Poi però le cose sono cambiate. Perché? »

Mi stringo nelle spalle.

« Eddai, Libs. Reggimi il gioco. »

Sospiro. « E va bene. Perché? »

Ci manca poco che si strofini le mani per la soddisfazione. « Be', secondo Ruth, molto tempo fa, su un'isola remota del Galles, uno dei due guardiani è morto d'infarto, o una cosa del genere. E l'altro è rimasto da solo col cadavere. Per mesi. »

A forza di chiacchierare, con mio grande dispiacere, abbiamo superato il bar e siamo arrivati al limitare della scogliera. Mi fermo a cercare il cellulare in borsa per fare una foto alla baia. Il cielo è nuvoloso e tira un vento fortissimo, che ci scompiglia i capelli e agita gli orli dei cappotti come se volesse distogliere la nostra attenzione da quel bellissimo panorama. Il mare è scuro e minaccioso, le onde si alzano sugli scogli e s'infrangono rabbiose sulla battigia. Il rumore è assordante, tanto che dobbiamo urlare per sentirci.

« Aveva paura che la polizia credesse che l'aveva ucciso lui, per cui ha tenuto il cadavere come prova del contrario e l'ha appeso fuori dalla finestra », continua Jamie.

Rabbrividisco per il freddo, mentre l'odore di sale e pesce mi fa arricciare il naso. « Oddio, che orrore! Ma perché appenderlo fuori dalla finestra? »

« Perché non c'era spazio dentro. Il faro era piccolo. E poi era morto, Libs. Avrebbe cominciato ad andare in putrefazione e a puzzare. Aspetta, ti aiuto. » Mi prende il cellulare, visto che io faccio fatica con una mano sola.

« Grazie. E come ha fatto ad appenderlo fuori? » Non riesco a trattenere la curiosità, anche se so che farei meglio a non incoraggiarlo.

Gli occhi di Jamie s'illuminano. « Ha costruito una bara improvvisata, ci ha infilato dentro l'amico morto e poi l'ha appeso fuori. » Ha sempre provato un fascino morboso per le cose bizzarre. È un avido lettore di *Fortean Times*. « Ma il maltempo ha rotto la cassa e il cadavere è rimasto appeso lì fuori a putrefarsi e a sbattere contro la finestra, come per attirare l'attenzione del suo collega. Cavolo, t'immagini? Essere costretto a vedere un tuo amico che va lentamente in decomposizione... »

Mi viene la nausea. « Va bene, Jay, non c'è bisogno di scendere nei particolari. Perché quell'altro non è andato a chiedere aiuto? »

Alza gli occhi al cielo, come se fosse ovvio. « Perché

non poteva lasciare il faro, no? Ha provato a inviare segnali di soccorso, ma per mesi nessuno ha potuto raggiungerlo. E alla fine la vista del suo amico morto lo ha fatto uscire di testa. »

« Be', non sono stupita. Adesso però possiamo cambiare argomento? »

Mi sorride, con lo sguardo da furbetto. « Ma certo. »

« È questo che ti stava raccontando Ruth prima, quando rideva delle tue battute e faceva la civetta? »

Jamie è sorpreso, si stringe nelle spalle, fa il modesto, poi mi fa l'occhiolino. « Che vuoi che ti dica, faccio ancora questo effetto alle donne. »

Gli do un buffetto sul braccio. « Ah, quanto ti piace! Ricordati che sei mio. »

« Come potrei dimenticarlo? »

Saliamo fino in cima alla collina per avere una vista migliore del mare e della costa frastagliata. La parete rocciosa sotto di noi ha un profilo irregolare, a zig-zag. Indico un punto più scuro tra le onde. « È una foca, quella? »

« No, è solo uno scoglio. » Continua a fare foto col mio cellulare mentre un gruppo di turisti francesi ci segue.

Dietro di lui noto un uomo, forse sulla quarantina, con un maglione grigio a collo alto che gli copre il mento, e un berretto nero che mi ricorda il copriteiera che usava la mamma quand'ero piccola. Appesa al collo ha una fotocamera con tanto di zoom e la sua espressione non promette niente di buono. Ha qualcosa di familiare. Adesso sembra puntare l'obiettivo su Jamie e scattare una foto dopo l'altra, come un paparazzo. Si sposta seguendo i movimenti di Jamie, puntando su di lui la macchina fotografica. Mio marito non si accorge di niente e continua a raccontarmi del documentario sulle foche che ha guardato ieri sera, dopo che io sono andata a dormire. Quell'uomo ha qualcosa che mi turba. È a me che sta scattando foto? Oppure a Jamie? Per un attimo mi viene il timore che possa trattarsi di un poliziotto o di un investigatore privato. Mi sudano le mani. Allungo il passo e mi trascino dietro Jamie, cercando di nasconderci tra la folla di turisti.

Mi giro verso il bar. Ho disperatamente bisogno di un po' di caffeina, ma non possiamo fermarci adesso. Mi volto per vedere se l'uomo ci segue. Vedo solo il suo cappello, dietro una signora alta. Ha perso interesse? Forse non ce l'ha mai avuto. Guardo Jamie, sollevata. Certo che non è un investigatore privato. Chi avrebbe dovuto ingaggiarlo? E perché, poi?

Sto per chiedere a Jamie se gli va di tornare indietro a prenderci un caffè, quando lo sento urlare. Inciampa e mi viene addosso, prendendomi alla sprovvista.

Barcollo e cado. Nel tentativo di proteggere il braccio rotto, comincio a rotolare verso il limitare della scogliera. Sento il cuore che mi batte nelle orecchie mentre penso che precipiterò di sotto e mi schianterò sugli scogli. È come essere su un tapis roulant senza riuscire a fermarsi. Sento urlare, ma non so se sono io.

Poi qualcuno mi afferra la sciarpa e frena la mia caduta prendendomi per la vita. « Tranquilla, Libs. Ti ho preso, ti ho preso. » È Jamie, affannato e impaurito.

Siamo proprio sull'orlo della scogliera. Se non avesse fermato la mia caduta, sarebbe stata la fine. Mi tremano le gambe e mi fa male la gola, dove Jamie ha strattonato la sciarpa. Torniamo in cima alla collina e sull'asfalto, poi ci sediamo, vicini come gemelli siamesi. Tremo. I turisti, spaventati, si avvicinano a chiedere se sto bene. Un signore di una certa età mi porta una tazza di tè caldo. Lo accetto volentieri e lo ringrazio, coi denti che battono ancora per la paura. Il suo gesto gentile, unito allo choc, mi fa venire le lacrime agli occhi.

« Porca miseria, Libs. Stavi per cadere di sotto. Scusa. Qualcuno mi ha spinto e ti sono venuto addosso. »

« Tranquillo, lo so che non volevi uccidermi. » Gli sorrido sorseggiando il tè e stringendo la tazza per riscaldarmi le mani.

Mi sorride, ancora sconvolto. « Scema. Che paura, però. »

I turisti cominciano a disperdersi quando capiscono che sto bene.

Ho di nuovo la nausea. « Hai visto chi ti ha spinto? »

« Non ne sono certo. Dietro di me c'era un tipo alto e grosso, ma non sono sicuro che sia stato lui. »

« Aveva un berretto? »

« Non lo so, forse. Perché? »

« Prima che mi venissi addosso, avevo notato un tipo. Aveva una macchina fotografica e scattava foto. »

« E quindi? »

« Le scattava a te. Aveva l'obiettivo puntato su di te, Jay. »

Jamie sembra turbato e abbassa lo sguardo. « E perché mai avrebbe dovuto farlo? »

Non gli rispondo subito. « Non lo so. » Sospiro e gli passo la tazza di tè.

Lui si alza e mi aiuta a fare altrettanto. « Senti, Libs, è stato un incidente. Eravamo in troppi e troppo vicini. Non mi starai dicendo che quel tizio l'ha fatto apposta? »

Io guardo a terra mentre mille pensieri mi affollano la mente. « Non ne sono sicura. No, penso di no. Solo che... sembrava davvero interessato a te. »

Jamie fa un sorrisetto. « Forse piacevo anche a lui, oltre che a Ruth. »

Nonostante tutto, scoppio a ridere. « Quanto sei cretino. »

Mi abbraccia. « Stai gelando. Avanti, andiamo a mangiare qualcosa, così ci riscaldiamo. E poi sarà il caso che torniamo da Ziggy e lo portiamo a fare due passi. »

Annuisco e lo seguo verso il bar. Sono inquieta mentre cerco l'uomo tra i turisti che tornano verso il faro e il parcheggio. Jamie può dire quello che vuole, ma so cos'ho visto. Quell'uomo si comportava in modo strano ed era interessato a mio marito.

6

È già l'imbrunire quando torniamo a casa degli Heywood. Dalla strada vedo che le luci di sicurezza si sono accese nel giardino sul retro, proiettando sul prato le lunghe ombre scure degli alberi.

Perché sono accese?

Jamie entra nel vialetto. Non appena passiamo, si accende anche la luce davanti alla porta. Lui spegne il motore e si gira a guardarmi. Quando vede che non mi muovo per scendere dall'auto, mi chiede: «Stai bene?»

«Sul retro ci sono le luci accese. Le ho viste dalla strada.»

Aggrotta la fronte. Mi domando se sta per criticarmi, se sta per dirmi che mi preoccupo per niente. Ma non lo fa. «Sarà solo passato un gatto, vedrai.» Apre lo sportello posteriore e Ziggy salta giù dall'auto, correndo verso casa e sollevando la ghiaia con le zampe.

Lo seguo, sforzandomi d'ignorare la sensazione di pericolo. Avvicino i lembi del cappotto perché il vento me lo apre. Mi guardo intorno, osservo le piante che circondano la proprietà. E se qualcuno fosse entrato in giardino? Mi avvicino al cancello, che è l'unico accesso al retro, e passo un dito sul legno, come farebbe la polizia scientifica. Non ha lucchetto. Chiunque sarebbe potuto entrare. O forse sono saliti dalla spiaggia? M'investe di nuovo la nausea, ma non capisco se è per il mal d'auto o per la preoccupazione.

« Cos'è che cerchi? » mi domanda Jamie.

« Non lo so. Forse prove... »

Jamie ci ride su. « Prove? E chi sei, Miss Marple? Non c'è mica stato un delitto, Libs. » Sembra così tranquillo che mi convinco che effettivamente non ci sia nulla di cui preoccuparsi. Mi prende la mano e me la stringe, come per rassicurarmi. « Avanti, andiamo a controllare, così ti tranquillizzi. Comunque anche mia madre ha le luci di sicurezza in giardino e si accendono in continuazione per via dei gatti del vicino. » Usa di nuovo quel tono gioviale e falso, come se fossi una vecchietta o una bambina impaurita. Mi porta sul retro. Le luci, che si erano spente, si riaccendono non appena ci avviciniamo alla portafinestra. Jamie sfila le chiavi di tasca e la apre per poi entrare in cucina.

Io resto dove sono. Da qui si vede il mare, scuro e arrabbiato. Sembra tutto grigio, alla luce del crepuscolo. Osservo il giardino, le sedie e il tavolino in vimini, il patio. Sembra tutto in ordine. In questo momento – e non è la prima volta – vorrei tanto che la casa non fosse così isolata.

Vedo Jamie che prepara il tè prendendo l'acqua bollente direttamente dal rubinetto. Sembra così a suo agio in questa casa, nella cucina supertecnologica. Ziggy gli sta vicino, gli gratta la gamba con la zampa. Anche lui vuole essere servito.

Faccio un respiro profondo. È tutto a posto. Le luci si sono accese per via di un gatto. Non ci sono intrusi. Era solo un gatto. *Smettila di preoccuparti, Libby.*

La mattina dopo andiamo a fare una passeggiata in spiaggia con Ziggy. Parliamo della sorella più piccola di Jamie, Katie, che ha di nuovo problemi col fidanzato del momento. Jamie è il secondo di tre figli, è l'unico maschio e le sue due sorelle lo fanno sempre disperare, per un motivo o per l'altro; a volte sono troppo protettive nei suoi confronti, altre - quando hanno problemi sentimentali - lo prendono per il loro confessore.

Il padre di Jamie è morto quando lui era all'università, prima che noi due ci conoscessimo. All'epoca stava con Hannah, la sua prima fidanzata, cui poi aveva spezzato il cuore, come tiene sempre a ricordarmi sua madre. A volte mi convinco che Sylvia avrebbe preferito avere Hannah - che adesso è una mamma single - come nuora, e lo dimostra invitandola a pranzo o a cena ogni volta che ne ha l'occasione, trattandola come fosse di famiglia e non semplicemente un'ex fidanzata. Il fatto che Hannah sia la migliore amica di Katie da quand'erano bambine certo non aiuta.

A Katie non sono mai piaciuta. Si capisce dal tono in cui mi parla, sempre brusco e sostenuto, e dal modo in cui mi guarda. Cerco di non darle peso, perché so che Jamie ama me e qualsiasi sentimento provasse per Hannah appartiene al passato. Tra l'altro mi dispiace anche un po' per lei, perché non ha avuto una vita facile. Ha sposato un uomo che la tradiva e che l'ha mollata quand'è rimasta incinta. Non è di molte parole, preferisce osservare. È evidente che ama ancora Jamie, ce l'ha scritto in faccia ogni volta che lo guarda. A volte, quando vedo insieme Jamie, Hannah e Felix - suo figlio, che ha quattro anni -, sembrano proprio una famigliola. E la cosa mi ferisce, perché mi fa pensare a quanto sia insensibile Sylvia nei miei confronti, invitandoli a ogni riunione di famiglia.

Il fatto poi che abitiamo tutti nello stesso quartiere non aiuta. A volte il loro legame mi mette a disagio. Mi sento un'intrusa. Io non ho un nucleo familiare o un gruppo di amici stretti. Ho solo Jamie.

Ma qui in Cornovaglia siamo lontani da tutto quanto. Siamo solo io e Jamie. Posso prendere fiato.

Ieri notte ha piovuto e i nostri passi lasciano impronte sulla sabbia bagnata. Camminiamo mano nella mano, con Ziggy davanti. Dalla spiaggia si vede il retro della casa, però è così in alto che per arrivarci bisogna scalare un centinaio di gradini di pietra scavati nella roccia. Guardo in su e mi gelo. Lascio la mano di Jamie, ho il cuore in gola. C'è un uomo in giardino. E ci guarda.

« Jamie! »

Lui ha continuato a camminare senza accorgersi che mi ero fermata. Si volta e torna indietro. « Cos'è successo? »

« C'è qualcuno nel nostro giardino. Lassù, guarda! »

L'uomo ha una macchina fotografica al collo. Se l'avvicina al volto. Mi sento invadere dalla rabbia. Come si permette?

Jamie guarda e aggrotta la fronte. « Ma che cavolo... Chi diavolo è quello? »

Il berretto. La macchina fotografica. Capisco chi è. « È quello di ieri! »

Jamie corre verso la scalinata, alzando la sabbia con le scarpe. « Ehi! »

Tira un forte vento e la casa è molto lontana. È improbabile che lo senta.

« Jamie! Non andare! Torna qui! » Non so bene cosa fare. Dovrei chiamare qualcuno? Prendo il cellulare. Ovviamente non c'è campo. Ma tanto a chi potrei telefonare? Chi potrebbe aiutarci? Mi accovaccio e abbraccio Ziggy, che sta all'erta, tutto teso e con le orecchie dritte.

L'intruso si rende conto che Jamie sta correndo verso di lui e indietreggia, sparendo alla mia vista. E se aggredisse mio marito?

Ziggy scatta e corre dietro Jamie. Lo raggiunge in pochi secondi. Mi sento più tranquilla sapendo che è con lui. Ziggy è buono, però non esiterebbe ad attaccare se ce ne fosse bisogno. Arrivati in cima alla gradinata, entrambi spariscono in giardino.

Io resto ferma, paralizzata. Riesco solo a dire una preghiera a un Dio in cui non sono così certa di credere. *Ti prego, proteggi Jamie.* La paura m'immobilizza. Proprio un'eroina, non c'è che dire. Non mi sento al sicuro su questa spiaggia deserta. A parte le poche case in cima alla collina, non c'è nessuno. Le impronte di Ziggy e Jamie sulla sabbia sono la sola testimonianza del fatto che fino a poco tempo fa non ero sola. L'unico suono è quello delle onde che accarezzano il bagnasciuga.

Alla fine, dopo cinque minuti che mi sembrano durare ore, Jamie riappare. Lo vedo scendere la gradinata con Ziggy.

Gli corro incontro. Lo abbraccio e lui mi bacia la testa. «Stai bene? Era lo stesso tizio di ieri? Ero molto preoccupata.»

«Non dovresti correre con questo braccio rotto. Comunque quando siamo arrivati se n'era già andato. Ho perlustrato ovunque: sparito. In ogni caso non ha provato a entrare in casa o cose del genere. Doveva essere un turista che voleva fare qualche foto al panorama e ha tentato la sorte. In effetti da quel punto la vista è spettacolare.»

Mi scosto. «Come fai a dire che era un turista? Non mi

pare un posto da turisti, questo. Sono certa che era il tizio di ieri. Aveva lo stesso berretto.»

«Un mucchio di gente porta il berretto, Libs...»

«Sì... ma...»

Jamie aggrotta la fronte. «E poi anche noi siamo turisti. Magari è passato con la macchina e si è voluto fermare a fare qualche foto. Non lo so. Comunque non c'è più, adesso.»

«Non può essere sparito, però! Dove potrebbe essere andato? Non ci sono case vicino alla nostra. Magari è ancora lì e si è nascosto dietro qualche cespuglio...»

Jamie scuote la testa e mi fa segno di calmarmi. «Te lo ripeto, sarà passato davanti alla casa con la macchina, e pensando che non ci fosse nessuno...»

«Ma se c'è la nostra auto parcheggiata nel vialetto! Senti, Jay, se era lo stesso uomo che ti ha spinto ieri...»

«Certo che no. Lizard Point è a chilometri da qui. E poi nessuno mi ha spinto...» Il suo tono è calmo, però capisco che comincia a innervosirsi.

«Sei stato tu a dirmelo.»

«Sì, ma c'era un sacco di gente. Eravamo troppi e troppo vicini. Non penso assolutamente che qualcuno mi abbia spinto apposta.» C'è compassione nei suoi occhi. «Io lo so perché pensi queste cose, Libs. Lo capisco.»

Lo spingo via. «Ti prego, non ricominciare con questa storia che è tutta colpa del disturbo post-traumatico!» Alzo le braccia al cielo, esasperata, e mi sfugge una smorfia di dolore.

«Dovresti mettere la fascia.»

«Non mi va. E non cambiare discorso...»

«Non c'è niente di cui preoccuparsi.» Per lui la questione è chiusa.

Vorrei continuare a parlarne, però so bene che, qualsiasi cosa dica, adesso mi farebbe solo sembrare una moglie petulante e nevrotica, per cui preferisco stare zitta mentre torniamo a casa. Anche se Jamie non lo dice, è evidente che gli dispiace per il fatto che le mie nevrosi, cominciate il giorno dell'incendio a scuola, non siano rimaste a Bath ma ci abbiano seguito fino a qui. Sperava che questa vacanza mi avrebbe aiutata. Forse ha ragione a pensare che io soffra di disturbo post-traumatico da stress. Forse mi sono solo immaginata che l'uomo di prima sia lo stesso di ieri. Non lo so, non so più cosa pensare.

Di solito non sono ansiosa. Ho sempre pensato di essere coraggiosa, forte, indipendente. In gamba.

Non ho avuto un'infanzia facile. La verità è che mio padre era un alcolista. Beveva troppo e passava le serate al pub a tracannare i soldi che mia madre si sudava. Io restavo con lei a casa. Ci mettevamo sul divano a mangiare polpettone e patate fritte davanti alla televisione, fingendo di non essere preoccupate al pensiero di quando il papà sarebbe tornato a casa, con un sorriso ebete in faccia e la puzza di alcol e sigarette addosso.

Poi, quando avevo quattordici anni, la mamma è morta e le cose sono peggiorate. Mio padre stava troppo male per lavorare ed è toccato a me portare a casa la pagnotta con la misera paga dei lavoretti che facevo nel fine settimana. Quando poi l'alcol lo ha ucciso, ho deciso di lasciarmi tutto alle spalle e di partire da sola. Il mio unico desiderio era quello di andare il più lontano possibile dallo Yorkshire, da casa e dalla mia vecchia esistenza.

Tornata dalla Thailandia dopo l'incendio nell'ostello, mi sono trasferita nel Middlesex e ho sudato sette camicie per specializzarmi come insegnante. Mi mantenevo lavorando nei supermercati e servendo birre nei pub.

Qualsiasi cosa mi andava bene, pur di riuscire a ottenere un'esistenza migliore di quella che mi aveva assegnato il fato. Ero determinata a non fare la fine di quella poveretta di mia madre, sfruttata tutta la vita. Cosa penserebbe se mi vedesse adesso? Mi piace credere che sarebbe fiera di me.

Non parlo quasi mai di quei tempi. Jamie non sa praticamente niente del mio passato. Non è necessario. Lo deprimerebbe sentirmi parlare della mia infanzia, così diversa dalla sua. Con ogni probabilità non capirebbe neanche. Come potrebbe?

Ho perso i contatti con tutti il giorno in cui sono salita sull'aereo per la Thailandia, nove anni fa. Volevo un nuovo inizio.

Quand'ho conosciuto Jamie in un pub di Bath non avevo ancora venticinque anni, ma mi sentivo vecchissima. Mi ero trasferita lì da poco per lavorare come insegnante e non conoscevo quasi nessuno. Me ne stavo seduta al bancone insieme con la mia collega Cara e lanciavo occhiatacce a qualsiasi uomo si azzardasse a guardarmi. Poi Jamie si era avvicinato, chiedendomi se poteva offrirmi una birra. La mia scontrosità non lo aveva scoraggiato, e con quei capelli biondi e gli occhi gentili mi aveva fatto pensare un po' al mio primo amore.

Tempo dopo, Jamie mi ha rivelato di aver subito capito che dietro quella facciata da dura si nascondeva una ragazzina spaventata. «Ho provato subito tanta tenerezza e il desiderio di proteggerti, perché si vedeva che eri fragile, anche se ti sforzavi di sembrare tosta.»

La sua sicurezza e il suo ottimismo erano rassicuranti. Jamie Hall aveva una famiglia chiassosa e litigiosa, una casa gigantesca e un'istruzione alla scuola privata. Una vita completamente diversa dalla mia. Da allora tutto ha cominciato ad andare per il verso giusto. Nonostante il mio passato, mi ritengo una persona fortunata. Una sopravvissuta.

7

Mi sento addosso lo sguardo di Jamie mentre asciugo le zampe di Ziggy con un vecchio asciugamano che ci siamo portati da casa. Per un po' mi sforzo di non guardarlo, concentrandomi sul cane, poi alzo la testa di scatto. « C'è qualcosa che non va? »

« Tu. Non puoi andare avanti così. Basta, parlo con la mamma. Le chiedo di consigliarci un bravo psicologo. » Ha le braccia incrociate e il viso teso, come prima di un litigio. Non si è ancora neanche tolto la giacca. Si appoggia al bancone della cucina.

« Ti proibisco di parlare con tua madre dei fatti miei. » Lascio andare Ziggy. Il pensiero che Sylvia sia al corrente dei miei problemi e la paura che possa usarli contro di me mi fanno ribollire il sangue. Gli passo davanti, andando a mettere l'asciugamano bagnato sul calorifero.

Jamie parla in un tono determinato che conosco bene. « Libby, hai un problema. Non sarò uno psicologo, ma vedi pericoli ovunque. È così da quando c'è stato l'incendio a scuola. Prendi l'uomo di prima, per esempio. Poteva essere chiunque, però sei convinta che si tratti di quello di Lizard Point. Troviamo la luce di sicurezza accesa sul retro e per te è automatico che ci sia un intruso in casa... »

« C'era davvero qualcuno in giardino! C'era oggi e forse pure ieri. »

« Lo so, ma è anche vero che questa casa di solito è disabitata. Quel tizio è scappato non appena ci ha visto. Non significa per forza che fosse malintenzionato. Te l'ho detto: secondo me voleva solo dare un'occhiata al panorama dal giardino. »

Oppure a noi? La versione di Jamie non mi convince per niente, però non posso dire nulla, perché sembrerei solo paranoica. Invece di controbattere, mi tolgo il cappotto e lo appoggio sullo schienale di una sedia.

« Ti prego. » Jamie si avvicina. Ha ancora le guance arrossate dalla passeggiata. Posa una mano sulla mia. È fredda. « Voglio solo che ti rilassi e ti goda la vacanza. Ne abbiamo entrambi un bisogno disperato. »

Mi sento in colpa. La perdita del bambino ha fatto soffrire anche lui, ma le attenzioni della gente sono state tutte per me. E lui non se ne è lamentato. « Scusa. Detesto sentirmi così. »

« Capisco perfettamente perché succede. Ti prego, fatti aiutare da qualcuno... »

Intende quella stronza di sua madre. Mi mordo il labbro così forte che sento il sapore metallico del sangue. Jamie è bravo. Il migliore. È premuroso nei miei confronti e verso la sua famiglia, anche se a volte vorrei tanto che avesse un po' di spina dorsale quando c'è di mezzo sua madre. « Forse sono ancora troppo scossa. Faccio un tè? » Apro l'armadietto e prendo due tazze.

« Sì, grazie. » Mi guarda in silenzio mentre metto i filtri nelle tazze e le riempio di acqua bollente. Poi va a prendere il latte in frigo e lo posa sul bancone senza dire niente.

« Grazie a te. » Gli sorrido, ma è ancora preoccupato. Il silenzio comincia a pesarmi. « Forse è solo che questa casa è troppo isolata e non mi sento al sicuro. Non lo so... »

Gli porgo la tazza. Non ce la faccio a guardarlo negli occhi, perché ho paura di vedere la delusione sul suo viso. Finalmente era riuscito a rilassarsi un po' dopo mesi, e io gli sto rovinando la vacanza. Da fuori arrivano il rumore delle onde e i gridi dei gabbiani.

«Non puoi permettere che la presenza di quell'uomo ti faccia sentire così.»

«Lo so. Mi dispiace. Sto rovinando tutto.»

«Non stai rovinando niente. Ti amo. E poi c'è Ziggy qui con noi, a proteggerci.» Ridacchia. «Anche se abbaia e non morde, metterebbe in fuga qualsiasi malintenzionato.»

Gli faccio un sorriso triste.

«E poi non hai notato che questo posto è più sicuro di Fort Knox?» Sembra me quando cerco di rassicurare i bambini della mia classe, spiegando loro che mostri e vampiri non esistono. «Si vede che gli Heywood hanno la fissa della sicurezza. Guarda, c'è persino una telecamera vicino alla porta. Da quello schermo puoi controllare fuori e vedere se c'è qualche malintenzionato nei paraggi...» Mi guarda e si rende conto che forse non era la cosa più rassicurante da dire. «Non che ci siano malintenzionati qui intorno, per carità.»

Lo schermo di cui parla Jamie è diviso in due: su una metà si vede il vialetto d'ingresso, sull'altra il giardino sul retro. Ma ci sono aree scoperte, punti bui e anfratti nascosti. Avevo notato la telecamera già prima che me ne parlasse lui, però, se devo dire la verità, la sua presenza mi fa sentire ancora meno tranquilla. Cosa potrei fare, se vedessi nello schermo qualcuno che cerca d'introdursi in casa? Qui i cellulari non prendono e non mi pare di avere visto nessun telefono fisso.

«Tesoro, se non riesci a rilassarti in questo posto, visto

che tra l'altro era lo scopo principale per cui siamo venuti, forse è il caso di tornare a casa. »

« Ma gli Heywood... »

« Non m'importa nulla degli Heywood. Troveranno un altro posto in cui stare. Tu sei più importante per me, Libs. »

Penso a Philip e Tara, alla figlia gravemente malata. Non posso fargli questo. E per quale motivo, poi? Perché un uomo si è messo a guardare il panorama dal nostro giardino anche se non avrebbe dovuto? È molto improbabile che si tratti dello stesso tizio di Lizard Point. Magari avevano solo un cappello simile, tutto qua. Mi sto comportando da sciocca. Non posso rovinare la nostra vacanza. Adoro questa casa, e la adora anche Jamie. « Va bene. Magari quando torniamo a Bath vado a parlare con qualcuno. Uno psicologo o qualcosa del genere. » Sorrido ma resto sul vago, perché in fondo al cuore so che non lo farò mai. Sono cresciuta in una famiglia in cui i panni sporchi si lavavano in casa. Mia madre era una donna vecchia maniera, il suo motto era « o ti dai da fare, o la smetti di frignare ». Ed era proprio così che viveva lei, senza lamentarsi mai di niente, neanche del dolore alla gamba e al petto che provava per colpa della trombosi che poi se l'è portata via. La madre di Jamie, invece, pensa che sia più salutare esprimere ciò che si prova, e infatti lo fa in continuazione.

« Non permetterò che ti succeda nulla di male, te lo prometto. »

Guardo il suo fisico slanciato ma mingherlino, le sue braccia toniche però magre. Non ha proprio un aspetto minaccioso.

Segue il mio sguardo e si mette a ridere, gonfiando il

bicipite. «Va bene, non sono proprio Schwarzenegger, però...»

«Mi piaci così come sei.» Cito il suo film preferito, *Blade Runner*. Il nostro rapporto è fatto anche di questo, di citazioni da film che ci piacciono, che sono in qualche modo importanti per noi. *Blade Runner*, per esempio: mi aveva voluto portare a tutti i costi a vedere la versione con le scene tagliate quando gli avevo detto che non mi piaceva la fantascienza. Era determinato a farmi cambiare idea. E infatti alla fine c'era riuscito.

Jamie si alza di scatto. Sembra più tranquillo, più fiducioso, dopo la chiacchierata che abbiamo fatto. «Va bene, vado a prendere il portatile e mi metto a lavorare un po'. Sembra che stia per piovere. Che ne dici se restiamo a casa, stasera?»

Guardo fuori dalla portafinestra: il cielo è grigio e pieno di nuvoloni minacciosi. Non siamo mai usciti la sera da quando siamo arrivati. Di solito mi piacerebbe la prospettiva di restare in questa casa magnifica a rilassarmi, cenare al tavolo grande abbastanza per dieci persone, sorseggiare vino mentre fuori fa buio, guardare i vetri che si appannano. Mi piace questo tipo di cose, mi fa sentire come se al mondo esistessimo solo noi due. Ma per una volta preferirei uscire. «Perché invece non andiamo a Portscatho? Non abbiamo girato molto ed è il posto più vicino.»

Jamie storce il naso. «Sinceramente, sono molto stanco. E devo proprio lavorare. Se mangiassimo a casa col cibo che ci hanno lasciato? Tanto è gratis. Se vuoi cucino quelle belle salsicce che abbiamo visto in frigo. Sembrano buone, non sono scadute.»

«Se sei stanco, cucino io...»

«No, non me lo lasci mai fare. Una volta me la cavavo,

però... » Si toglie la giacca e prende anche la mia, che avevo buttato sullo schienale della sedia. Mi lancia un'occhiataccia. « Ma non avevamo detto che avremmo provato a essere più ordinati? Vado ad appenderle io. »

Sono ai fornelli a cucinare le salsicce quando Jamie torna in cucina col portatile.

Si siede su uno sgabello con aria pensierosa.

« Che succede? »

« Niente. » Mette le mani sulla tastiera, con la fede al dito che brilla alla luce del faretto sopra di noi. Mi emoziona ancora vedere il simbolo della nostra unione. Ma Jamie ha la fronte aggrottata.

« Non mi sembra... » rispondo, in tono calmo.

« Ho trovato il portatile spento. Ero sicuro di averlo lasciato acceso. Forse si è scaricata la batteria... » Intanto pigia il tasto dell'accensione e lo schermo s'illumina.

Questa storia non mi piace. Giro le salsicce sfrigolanti, l'olio schizza e mi brucio la guancia. « Ahi! » grido, portandomi una mano al viso per massaggiare la pelle dolorante.

« Stai bene? »

Annuisco. Non mi va di dirlo. Non mi va neanche di pensarlo. Però non ci posso fare niente, è più forte di me. « Credi... credi che qualcuno abbia toccato il PC? »

Dalla faccia che fa, si capisce subito che si è spazientito. « Che diamine, Libby. Abbiamo appena finito di parlare delle tue paranoie. Stai scherzando, vero? »

Vorrei tanto rispondergli di sì, che era solo una battuta. Ma non è così, non è vero.

Devo sembrare mortificata, perché il suo tono è proprio esasperato. « Ti prego, dimmi che non pensi che quell'uomo sia entrato in casa. »

« Non sarebbe meglio controllare? » La mia ansia cresce sempre di più, si gonfia come la marea minacciando d'inondare tutto. Deglutisco, cercando di calmarmi prima di parlare. « L'hai detto tu che è sparito nel nulla. Magari è sparito dal giardino perché è entrato in casa, no? »

Jamie abbassa lo schermo del portatile. « E da dove, scusa? Non ci sono finestre rotte. Le porte non sono state forzate. »

« Non c'è bisogno di scaldarsi tanto. Non è colpa mia se mi sento così. »

Jay allora fa un respiro profondo. « D'accordo, andiamo. Facciamo un giro a controllare, così ti tranquillizzi. » Si sta sforzando di essere paziente, di aiutarmi.

Spengo il fornello e sposto la padella con le salsicce. Poi seguo Jamie di sopra, con Ziggy che ci viene dietro. Jay controlla tutte le porte e le finestre e mi fa vedere, anche in modo un po' teatrale, che sono chiuse e non sono state forzate.

Mi sento così stupida mentre gli vado dietro.

« Visto? È tutto a posto. Adesso però possiamo mangiare le salsicce? »

Siamo tornati di sotto. Il mio sguardo indugia sulla porta accanto alla cucina. « Da lì si va in cantina? »

« Credo... »

Alzo un sopracciglio.

« Vuoi che scenda anche in cantina? »

« Perché no? »

Scoppia a ridere, incredulo. « Che ficcanaso. Non crederai mica che ci sia qualcuno, là sotto? »

Mi stringo nelle spalle, senza rispondere. All'improvviso provo il bisogno fortissimo di vedere la cantina di Tara e Philip. È l'unica parte della casa in cui non siamo stati.

Con un sospiro esagerato, Jamie si avvicina alla porticina e abbassa la maniglia. La scuote, ma non si apre. « È chiusa a chiave. »

« Adesso sono ancora più curiosa. Perché mai chiudere a chiave la cantina? » Lo lascio lì e vado in cucina, dove so di avere visto delle chiavi appese vicino al frigo. Ne prendo una. « Dovrebbe essere questa. »

Jamie la prende e prova ad aprire la porta. Che infatti si apre.

« Prima tu. »

C'investe subito un forte odore di muffa e umidità, il che mi fa pensare che, per quanto l'abbiano modernizzata, la casa in realtà dev'essere molto vecchia. C'è anche un altro odore che non riconosco, ma che sembra quello metallico del sangue. Me lo sento in gola. Mi copro il naso con la manica. Ci sono dei gradini di pietra e un interruttore, che Jamie preme. Una lampadina molto forte, come quella di una sala operatoria, illumina tutta la stanza. Ziggy vorrebbe passare, però io lo blocco per non farlo scendere.

Sono esterrefatta mentre batto le palpebre per liberarmi dei puntini neri che ho davanti agli occhi per via della luce improvvisa. La cantina sembra una scena del crimine.

È un ambiente quadrato, col soffitto basso e senza finestre. Al centro c'è una specie di tavolo operatorio in miniatura, su cui sono stati lasciati dei guanti di lattice, un bisturi, un coltello seghettato e la pelle di chissà quale animale. Appeso lì accanto c'è un grembiule cerato.

Jamie fa una smorfia schifata e io cerco di non vomitare. « Che puzza. »

Nell'angolo c'è un secchio. Mi vengono i conati quando vedo quello che c'è dentro.

« Ma... sono interiora, quelle? »

Continuo a coprirmi il naso con la manica, cercando di concentrarmi sul profumo dell'ammorbidente ai fiori di ciliegio e non sentire la puzza di sangue e interiora. Ripenso agli animali impagliati che abbiamo visto di sopra. Credevo che Philip li avesse comprati.

« Che schifo. Mr Heywood imbalsama gli animali. Avrebbe almeno potuto dare una ripulita, visto che sapeva che saremmo venuti. È rivoltante. » Nonostante il disgusto, scende anche gli ultimi scalini: è più forte di lui, tutto ciò che è macabro lo affascina. Si avvicina piano piano all'animale morto, come se temesse di spaventarlo.

« Guarda che è morto, Jay. Non ti morde mica. »

Allora lui si gira verso di me e mi fa la linguaccia. Ziggy si divincola dalla mia presa e va subito verso il secchio nell'angolo. Jamie lo ferma afferrandogli il collare. « No, no. Non ci pensare proprio. » Poi torna a guardare la carcassa sul tavolo operatorio. « Non riesco a capire di che animale si tratti. Non sarà mica un gatto? Oddio, Libs, speriamo che non abbia sofferto. »

Io tremo, ancora sulle scale. « In teoria s'impagliano quando sono già morti. A meno che Philip Heywood non sia una specie di serial killer di animali... »

« Non lo dire nemmeno. »

« Sì, però adesso andiamocene. Questo posto mette i brividi. »

Jamie indica un grosso congelatore in un angolo. « Credi che li tenga lì dentro? Pronti per essere impagliati? » Incuriosito, apre lo sportello e da dentro il congelatore cade a terra una grossa busta di plastica. Ziggy si avvicina per annusarla. È un tasso, con la busta stretta al collo, come se fosse stato soffocato.

A quella vista caccio un urlo, e Ziggy abbassa subito le orecchie. « Jay, rimettilo dentro, ti prego. » Comincio a entrare nel panico e a sentirmi claustrofobica, anche se in realtà sono ancora a metà scala. M'immagino altre carcasse di animali che rotolano giù dal congelatore.

Jamie raccoglie la busta e la rimette dentro, rabbrividendo per lo schifo. Poi viene verso di me, con Ziggy dietro. «Scusa, tesoro. Ma ha un non so che di affascinante, non trovi?»

«No, veramente no.»

Prima che arrivi alle scale, inciampa sbattendo contro qualcosa, che finisce in mezzo alla stanza. È una grossa valigia in metallo. Jamie si massaggia la gamba e intanto guarda la valigia.

Mi viene da piangere quando capisco cosa vuole fare. «Jay, *andiamo.*»

«Un secondo.» La sta già aprendo.

«Adesso sei tu il ficcanaso.» Cerco di mantenere un tono calmo, però in realtà sono terrorizzata. Cosa ci sarà, lì dentro?

La valigia si apre e Jamie resta senza fiato. «Santo cielo, Libs. Non indovinerai mai cosa c'è dentro. Apparecchiatura di sorveglianza. Telecamere e cose così. E sembra pure roba costosa. Niente male. Ma come mai ce l'hanno? *Chi sono gli Heywood?*»

8

Jamie richiude a chiave la porta della cantina. « Credi che siano delle spie o qualcosa del genere? »

« Non siamo in un film di spionaggio. » Mi tremano le gambe. Riscaldo le salsicce, anche se l'idea di mangiare dopo quello che abbiamo visto mi dà la nausea. Ho mille pensieri in testa. Per quale motivo gli Heywood hanno un'apparecchiatura del genere? E perché la tengono in cantina? Costerà un mucchio di soldi. Mentre giro le salsicce sulla padella, mi guardo intorno. Non ci saranno telecamere nascoste in cucina? E nel resto della casa? Non ci staranno spiando, per caso? Si sentono spesso queste cose, per esempio di gente che nasconde telecamere in casa per controllare la babysitter. Una volta ho letto di una ragazza che era stata spiata con una telecamera nascosta dal padrone di casa mentre faceva sesso col fidanzato.

No, Tara non farebbe mai una cosa simile. È una donna di classe. Una donna stupenda. Non è viscida. Philip, però? Potrebbe essere che abbia perversioni di cui lei non sa nulla. Magari è uno di quelli che si eccitano a spiare la gente mentre fa la doccia o va in bagno.

Più tardi, mentre ci prepariamo per andare a dormire, perlustro la camera da letto, cercando telecamere nascoste tra i vari soprammobili, quadri e animali impagliati. « Potrebbero averla messa in uno dei faretti sul soffitto? »

Jamie sospira. « Sono sicuro che non siano dei pervertiti. »

« Ma è un po' strano, no? Il fatto che abbiano tutte quelle apparecchiature sofisticate in cantina, dico. »

Lui si sfila i jeans e li butta sulla sedia accanto alla finestra. « Be', meglio che le tengano lì. Vuol dire che non le usano. »

« E cosa ci fanno, allora? » Vado in bagno a fare pipì. Seduta sul water, guardo le mensole piene di candele profumate e noto un altro oggetto. È alto e sottile, e in cima ha un foro. Credevo si trattasse di un soprammobile, però in effetti potrebbe essere qualcos'altro. E se fosse una telecamera e Philip mi sta spiando mentre faccio pipì? « Jamie! »

Lui arriva di corsa. « Che c'è? Cos'è successo? »

Gli indico l'oggetto. « Guarda. Quel coso sopra la mensola vicino alle candele. Che cos'è? »

« Perché non ti alzi da lì e controlli da sola? Mi hai spaventato, credevo fosse successo qualcosa. »

« Mi è venuto il dubbio che sia una telecamera. E poi non mi posso alzare, visto che sto facendo pipì. » Cerco di tirarmi su il pigiama per coprirmi davanti all'occhio indiscreto della telecamera.

« Oh, per la miseria... Questo, intendi? »

Annuisco. « Oddio, è una telecamera, vero? Ci avrà filmato e spiato mentre facevamo sesso e sotto la doccia. Che schifo... » Mi sento il viso in fiamme.

« È un profumatore d'ambiente. »

« Cosa? »

« Un profumatore d'ambiente. Annusa. » Me lo mette

sotto il naso: profuma di lavanda. Alza gli occhi al cielo ma sorride sotto i baffi.

«Non ho mai visto un profumatore d'ambiente così chic.» Scoppio a ridere mentre Jamie lo rimette a posto.

Esce dal bagno, con le spalle che tremano dalle risate. Quando lo raggiungo a letto e mi accoccolo vicino a lui, mi rinfaccia la cosa. «Sei proprio una scemotta. Ti pare che questo Philip Heywood possa essere davvero un pervertito? Non ne parliamo più, va bene?»

«Va bene.» Appoggio la testa sul suo petto.

«Brava.» Jamie batte le mani due volte e nella stanza cala il buio più totale.

La mattina dopo lascio dormire Jamie e Ziggy e scendo in cucina a prepararmi un tè. Mi metto davanti alla finestra a sorseggiarlo, ancora in pigiama. Sono sollevata. Non c'è niente di cui preoccuparsi. Jamie ha ragione. Posso rilassarmi.

C'è silenzio, fuori. Il mare balugina e uno stormo di uccelli vola sopra la casa. Questo posto è un altro mondo rispetto a quello da cui vengo io. Probabilmente non ci capiterà mai un'altra occasione di stare in una casa così bella. *Oh, Tara, quanto sei fortunata ad avere tutto questo.*

Mi sposto dalla finestra e vado a farmi un toast, mentre fantastico che questa sia casa mia, che sia la nostra vita. Come farò a tornare al nostro appartamento microscopico dopo essere stata qui? È già mercoledì. Abbiamo solo altri tre giorni. Mi guardo intorno: le pareti bianche, le mensole laccate, i mobili su misura. È tutto perfetto. Potrebbe benissimo essere una foto su un giornale di arredamento. Quando Jamie si sveglia, voglio convincerlo ad andare in paese a comprare dei fiori da mettere sul tavolo; devono essere bianchi e delicati, ci vogliono le rose o i gigli. Questa casa si merita un po' di frivolezza. Ci sarà un vaso da qualche parte. Mi viene in mente che potrei accendere una delle candele di Tara. Le dispiacerebbe? O forse se lo aspetta? Del resto, le ha lasciate qui alla nostra portata. Vado in salotto e ne prendo una da sopra il camino. Torno in cucina e apro tutti i cassetti alla ricerca di un accendino. Trovo una scatolina di fiammiferi tra coltelli e forchette. La candela è nuova, ma la accendo lo stesso e la stanza si riempie subito del suo profumo prezioso.

Apro la portafinestra. Stanotte è piovuto e l'aria è fresca come il bucato appena fatto. Prendo la mia tazza e mi siedo fuori. La sedia non è ancora completamente asciutta e sento inumidirsi i pantaloni del pigiama. Non m'importa, voglio restare seduta qui e sentirmi in vacanza. Sento il ticchettio delle unghie di Ziggy sul pavimento della cucina. Viene a sedersi vicino a me e mi appoggia il muso in grembo. Jamie non si vede ancora.

«Paparino dorme ancora?» chiedo a Ziggy, mentre gli accarezzo le orecchie vellutate.

Sono quasi le undici meno un quarto. M'immagino Jamie seduto a gambe incrociate sul letto col suo portatile davanti e con la casella di posta aperta. Se resta indietro col lavoro gli viene l'ansia, soprattutto da quando non ha più un capo che gli sta col fiato sul collo.

Non volendolo disturbare, resto in giardino e chiudo gli occhi mentre il sole mi bacia il viso, col rumore delle onde nelle orecchie. Il profumo del mare si mescola a quello della candela e a un odore muschiato misto a sudore.

Poi succedono due cose allo stesso tempo: un ramoscello calpestato si spezza e Ziggy abbaia. Spalanco subito gli occhi e faccio in tempo a vedere un uomo scendere i gradini che portano dal giardino alla spiaggia. Mi alzo di scatto, facendo cadere la sedia. « Ehi! »

Mi stava spiando?

Attraverso il giardino di corsa. Ziggy mi segue e abbaia come un matto. L'erba bagnata m'inzuppa l'orlo dei pantaloni e le pantofole. Provo una rabbia così cieca che butto la prudenza alle ortiche. Sbircio dal cancello.

C'è un uomo che scende i gradini. È diverso da quello di ieri: è più vecchio, meno robusto, con le gambette storte e secche. Ha un basco in testa e indossa un paio di jeans e una giacca impermeabile. Cammina con un bastone, anche se sembra agile e in forma.

Sono sconvolta da tanta impudenza. Mi chiedo cosa faccia e dove vada. Forse usa il nostro giardino come scorciatoia? Sarà un vicino? Ma com'è possibile che da queste parti gli sconosciuti si sentano in diritto di entrare tranquillamente nelle proprietà altrui? Forse ha a che fare col fatto che la casa è vuota per gran parte dell'anno.

Rientro in casa, ancora un po' tremante per la botta di adrenalina e per lo spavento. Corro in salotto e su per le scale.

Jamie dorme ancora.

« Jamie! » Lo scuoto. Sono quasi le undici: è stranissimo che mio marito dorma ancora a quest'ora.

Apre gli occhi e si tira su a sedere. Si guarda intorno un po' rintronato. « Cosa... cos'è successo? »

Gli racconto i fatti, ancora affannata.

« Sarà un vicino. C'è un'altra casa, più in là. Chiama Philip... » Ricade sul cuscino, esausto.

« Ti senti bene? »

Jamie di solito è mattiniero. Persino il fine settimana si sveglia molto prima di me e si mette a lavorare al computer oppure esce con Ziggy per una corsetta. È disordinato e disorganizzato, ma non è un poltrone. Ha i capelli scompigliati, le borse sotto gli occhi, il viso pallido e la fronte imperlata di sudore. « Mi fa male lo stomaco e mi sento rintontito. Come quando bevi troppo. Ho un cattivo sapore in bocca, come se avessi leccato il fondo della gabbia di un pappagallo. »

Scoppio a ridere. « Buono. Però ieri sera non hai bevuto molto. » Gli tocco la fronte. È calda e sudata.

« Mi fa malissimo la testa. Se non ti dispiace resto ancora un po' a letto. » Poi si tira la coperta su fino al mento e si gira dall'altra parte, con un lamento.

« Vuoi che ti porti qualcosa? Dell'acqua? Un analgesico? »

Borbotta di no da sotto le coperte e allora lo lascio, cercando d'ignorare l'ansia. Ieri sera io non ho quasi mangiato, non ho nemmeno toccato le salsicce e tantomeno la birra. Lui sì. Erano ancora chiuse e le abbiamo prese dal frigo. Forse erano scadute? O forse Jamie stava già incubando qualche virus? Lo conosco da quasi cinque anni e l'ho visto star male solo una volta, quando aveva bevuto troppo.

Torno in cucina, verso un po' di cereali in una tazza e mi metto a mangiarli seduta su uno sgabello. Provo a chiamare Philip, anche se non mi aspetto che risponda: sarà in ospedale con la figlia. Come previsto, infatti, scatta la segreteria. Non lascio nessun messaggio. Poi fisso il telefono e mi chiedo se ho fatto bene a disturbarlo.

Giro in cucina per un po'. Il silenzio mi snerva e mi metto ad armeggiare con la radio. Ho già provato a capire come funzioni, ma non riesco a sintonizzarla su nessuna stazione. Visto che si sente solo un fruscio, la spengo irritata e me ne vado.

Lavo la tazza della colazione. Davanti al lavandino c'è una finestra che dà sul giardino. Alzo lo sguardo e mi prende un colpo: sta passando di nuovo il signore di prima. Busso sui vetri della finestra, però lui m'ignora e prosegue. Corro alla porta d'ingresso giusto in tempo per vederlo svoltare l'angolo del nostro vialetto diretto verso la strada. Lo chiamo, ma è troppo tardi: se n'è già andato.

Sono furiosa, quando torno in cucina. Prendo il telefono e richiamo Philip.

Stavolta risponde. « Pronto? » Evidentemente la mia chiamata ha interrotto qualcosa d'importante. Il tono scocciato con cui ha risposto è del tutto diverso da quello con cui mi aveva parlato l'altro giorno.

« Philip Heywood? Sono Libby Elliot... scusi, Hall. Quella dello scambio di case. »

« Libby. » La sua voce si addolcisce subito, anche se sembra distratto mentre mi chiede come vanno le cose a casa loro.

« Benissimo... » Mi tornano in mente le carcasse di quegli animali e l'apparecchiatura di sorveglianza in cantina. Mi sembra di sapere troppo di lui, come se avessi origliato una conversazione privata tra lui e la moglie. E lui cos'avrà scoperto, di noi? Che siamo disordinati, che non siamo ricchi o importanti, che la nostra vita è l'opposto della loro? Deglutisco. « Ehm... C'è un uomo che continua a entrare in giardino. Credo che lo usi per scendere in spiaggia. » Gli descrivo il signore di stamattina, anche se non sono certa che sia lo stesso di ieri.

« Ah, è Jim, un vicino. Lo ignori. È un tipo un po' particolare, gli piacciono i fossili e la flora marina. » Ride. « Ci tiene d'occhio la casa quando non ci siamo e noi gli abbiamo dato il permesso di passare per il nostro giardino, perché casa sua non ha accesso diretto alla spiaggia. Diciamo che non è uno che si fa gli affari suoi.» Ride di nuovo, ma sembra forzato. «Senta, sono contento che abbia chiamato. C'è stato un cambio di programma...» Esita un po'. «Mia figlia può uscire dall'ospedale prima del previsto.» Improvvisamente sembra andare di corsa e ha di nuovo un tono strano. «Lo so, lo so, è una bellissima notizia. Quindi torneremo prima a casa nostra a Londra. Stasera, domani al massimo. Lascio le vostre chiavi dalla vicina, va bene?»

Londra? Aggrotto la fronte. E allora per quale motivo hanno portato la figlia fino a Bath per farla operare, se vivono in una grande città? O forse è solo una scusa per nascondere il fatto che non vedono l'ora di andarsene da casa nostra. Arrossisco. «Che bella notizia. Sono felice che sua figlia si stia rimettendo. Spero che vi siate trovati bene da noi.» L'imbarazzo mi fa balbettare.

«Benissimo, grazie. Posizione perfetta per l'ospedale. Voi però non dovete andarvene in anticipo. La signora delle pulizie verrà sabato, per cui potete stare fino ad allora, se volete. Ricordatevi solo di lasciare le chiavi dal benzinaio. Grazie ancora... *Libby.*» Sottolinea il mio nome, come per sentire come suona. Poi riaggancia.

Io fisso il telefono, perplessa. Possibile che la figlia si sia ripresa così in fretta da un'operazione al cuore? E, se loro lasciano l'appartamento, noi come possiamo restare a casa loro? Dovrebbe essere uno scambio. Poi penso che probabilmente mi ha detto solo una bugia per nascondermi il fatto che hanno trovato un posto più bello in cui stare. Sì, sarà così, altrimenti troppe cose non tornerebbero.

9

È un sollievo quando Jamie mi dice che non se ne vuole andare, perché non voglio neanch'io. Mi mancherà questa casa. Mi mancherà vivere come Tara.

« È solo mercoledì. L'accordo era che saremmo rimasti fino a sabato. Non m'importa che se ne vogliano andare prima, è una scelta loro. » È ancora sotto le coperte. Ha un non so che di effeminato, in questo letto a baldacchino circondato da mussola bianca: sembra certi cantanti New Romantic anni '80.

Mi siedo sul bordo del letto. « Non è un po' strano che noi restiamo a casa loro mentre gli Heywood se ne vanno, però? Non è più uno scambio, allora. »

« Non m'interessa. Sto da schifo, Libs, mi puoi lasciare in pace? » Si tira le coperte sopra la testa. Rimane fuori solo una ciocca di capelli.

« Carino. » Mi alzo ed entro nella cabina armadio. Non ho ancora disfatto la valigia da quando siamo arrivati, forse perché non mi andava di appendere i miei vestiti accanto a quelli di Tara, sapendo che avrebbero sfigurato. M'infilo un vestitino di jeans e un paio di Birkenstock. Quando esco, sbatto volutamente la porta: sono arrabbiata con Jamie perché non ha nessuna intenzione di alzarsi, sprecando un preziosissimo giorno di vacanza.

Quando arrivo in cucina per dare la colazione a Ziggy, però, mi sento già in colpa. Jamie non è un poltrone. Se è rimasto a letto è perché davvero non si sente bene. Mi aspetta una lunga giornata di noia. Non abbiamo quasi mai avuto occasione di passare un po' di tempo da soli da quando Jamie è diventato un libero professionista, eppure io ieri gli ho rovinato la giornata con le mie paranoie su intrusi e malintenzionati.

Sono per terra a cercare se tra i DVD degli Heywood c'è qualcosa di bello da guardare per passare un paio d'ore. Purtroppo gli unici film decenti che ci sono li ho già visti. Tutti gli altri sono pellicole erotiche francesi o film horror. Non proprio il mio genere.

Il rumore metallico della buca delle lettere fa gelare me e abbaiare Ziggy, che corre subito verso la porta. Io lo seguo. Dev'essere passato il postino, visto che per terra ci sono delle buste.

«Basta, Ziggy. Buono.» Cerco di superarlo per prendere la posta. Non ce n'è molta: qualche volantino, uno di un ristorante nuovo, un altro di una fiera che ci sarà nel paese qui vicino. Poi c'è il catalogo patinato di un mobilificio scandinavo di cui non ho mai sentito parlare. Torno in cucina sfogliandolo e mi metto a sedere, immersa nella lettura. Vorrei poter comprare tutto, dai divani ai tavoli, alle sedie. Ma i prezzi sono astronomici. Chiudo il catalogo, abbattuta.

Ziggy comincia a girare in cerchio: significa che ha bisogno di uscire.

«Dai. Andiamo a fare una passeggiata.» Gli attacco il guinzaglio al collare e mi preparo a uscire, anche se so che Jamie non vuole che esca da sola con Ziggy visto che ho ancora il gesso. C'è da dire che è più grosso di un normale golden retriever ed è abbastanza forte da farmi cadere, se decide di tirare. Di andare a passeggiare da sola su quella spiaggia deserta non se ne parla, però sento anche il bisogno di uscire un po' da questa casa. Per quanto sia bella, non è proprio rilassante essere ospiti a casa di qualcuno e non poter fare altro che starsene sdraiati sul divano, preoccupandosi pure di non rovinarlo. A casa ho sempre tante cose da fare: correggere compiti, scrivere pagelle, preparare lezioni, lavare, sistemare, cucinare, pulire. Mi piaceva l'idea di potermi rilassare e basta, senza pressioni, senza interruzioni. Ma devo ammettere che in realtà mi sto un po' annoiando.

Durante il fine settimana, di solito, io e Jamie andiamo a fare una passeggiata in centro o lungo il canale. Guardiamo le vetrine delle boutique e delle gallerie d'arte, pur sapendo che non potremo mai permetterci di comprare niente. A Bath siamo sempre circondati da persone. Anche se alla fine non interagiamo con loro, comunque sono lì. Non pensavo che mi sarei sentita così sola, in un posto isolato. Forse mi ricorda troppo la mia infanzia, quando vivevo in quel paesino con la sola compagnia di mio padre. Non avevo amici e i ragazzi non mi chiedevano di uscire, perché tanto sapevano che dovevo restare con mio padre. Le uniche persone che vedevo sempre erano i ragazzi che bighellonavano nei giardini davanti a casa. Bevevano, fumavano, chiacchieravano e facevano graffiti sulle serrande dei garage. Insomma, tipi non molto raccomandabili. Gli sbandati, li chiamava mio padre. Quando tornava a casa ubriaco a volte li insultava. Per vendicarsi una volta ci hanno disegnato un pisello sul muro di casa con le bombolette spray. Ma alla fine erano innocui. Avrebbero potuto gonfiarlo di botte, eppure non lo hanno mai fatto.

Esco dalla porta principale e non dalla portafinestra

sul retro, perché non so bene come chiuderla da fuori. « Adesso però devi fare il bravo. Non devi tirare. Io ho un braccio solo, ricordatelo. E se ti chiamo devi tornare subito, capito? »

Ziggy mi guarda coi suoi occhioni castani, come se capisse tutto quello che gli dico.

Il tempo è imprevedibile. Un momento si sta bene perché c'è il sole, quello dopo diventa tutto nero e la temperatura cala di colpo. Temo d'incontrare Jim in spiaggia, ma per fortuna non lo vedo. Mentre scendo i gradini di pietra, mi chiedo dove abiti. Ho visto delle case lungo la strada prima di arrivare. Alcune le vedo anche da quaggiù, però sono poche e isolate, separate dalla vegetazione e dalle sporgenze della costa oltre a essere nascoste dalla vegetazione. Forse era lui l'uomo che ieri ci guardava dal giardino mentre noi eravamo in spiaggia.

Sylvia direbbe che lo choc dell'incendio a scuola mi ha fatto venire le allucinazioni. Lei è quella che ha sempre la risposta a tutto.

Sgancio il guinzaglio e lascio Ziggy libero di correre giù per i gradini che portano alla spiaggia. Lo seguo, col vento che mi fischia nelle orecchie sopra il rumore delle onde. È la prima volta che vengo in Cornovaglia e nella penisola di Roseland. È bellissima, da quello che ho potuto vedere finora. Mentre respiro l'aria di mare, mi sento in colpa per prima, per avere pensato che questo posto sia noioso. In realtà siamo fortunati per averci potuto passare questa vacanza.

Ziggy corre qua e là per la spiaggia, con la lingua penzoloni, le orecchie all'indietro e le zampe che sollevano la sabbia. Io sto attenta a dove metto i piedi, scavalco le alghe e le pozzanghere. Mi sento esposta: ci sono solo io. A parte Ziggy, per fortuna.

La sua prima padrona era Katie. Lo aveva preso da cucciolo, sebbene tutti le avessero sconsigliato di farlo, visto che non è nota per essere una persona particolarmente responsabile. È anche cocciuta, però: non aveva ascoltato nessuno e aveva portato Ziggy nel suo monolocale nel centro di Bath. Lo aveva chiamato Zippy e lo trattava come un bambino. Quando il cucciolo aveva cominciato a crescere, erano cresciuti anche i dubbi di Katie, che alla fine - stanca di non poter tornare a casa quando le pareva o restare a dormire dagli amici - aveva detto a Jamie che avrebbe riportato Zippy al canile. Jamie si era imbestialito. Non lo avevo mai visto così arrabbiato con la sorella, che di solito lo imbambola sempre con le sue moine.

Avevo capito subito dove voleva arrivare quando quella sera era tornato e mi aveva raccontato tutto. «Non possiamo tenerlo noi. Anche casa nostra è piccola, Jay.»

«Ma c'è il giardino...»

«Il giardino è di Evelyn, non è nostro.»

«Magari ce lo lascia usare!»

«Sì, però mi sentirei a disagio a chiederglielo. Non è educato metterla in una posizione del genere. Nessuno sarebbe contento di avere un cane che ti fa la cacca in giro per il giardino, ma lei è troppo gentile per protestare.»

«Sì, certo, perché Evelyn ci tiene al suo giardino... Ma se è un macello! Ho anche provato a offrirmi di tagliarle l'erba, una volta, e mi ha detto di no.» Il tono di Jay era quasi capriccioso. Aveva stretto i pugni e sembrava che stesse per scoppiare a piangere.

Mi piace il fatto che sia un tenerone. L'ho sorpreso più di una volta a commuoversi davanti ai documentari sugli animali.

«Non posso permetterle di riportarlo in canile. Ormai quel cagnolino fa parte della famiglia.»

«Oh, Jay.» Ero andata ad abbracciarlo. È alto quasi mezzo metro più di me e si era dovuto piegare parecchio per posare la testa sulla mia spalla.

Non potevo resistere, è ovvio. Eravamo tutti affezionati al cane. E così Zippy era venuto a vivere con noi.

«Non posso lasciargli un nome così ridicolo», aveva poi detto Jay, approfittandone per realizzare il sogno di chiamare un animale come il suo eroe, David Bowie.

Sono passati più di due anni da allora e ormai né io né lui potremmo immaginare una vita senza Ziggy.

Sento la mancanza di Jamie. Mi mancano la fatica di tenere il passo con lui, la sua mano da stringere mentre passeggio. Dovrei smettere di essere così tesa e paranoica e godermi il resto della vacanza. So che sarebbe felicissimo se mi facessi aiutare da sua madre, e una parte di me in realtà vorrebbe farle domande sui miei sintomi e chiederle se davvero soffro di disturbo post-traumatico, ma non posso: si trasformerebbe in una sessione di terapia vera e propria e potrebbe farmi dire più di quanto io non voglia.

Mi giro a guardare la casa degli Heywood, con le grandi finestre e la torretta. Jamie è lassù, a letto. Devo assolutamente andare a vedere come si sente.

Chiamo Ziggy, che gioca con le onde sul bagnasciuga, e torniamo verso casa.

Mentre saliamo i gradini di pietra, alzo lo sguardo e mi ritrovo davanti Jim, che mi fissa con sguardo severo. Mi fermo, col cuore in gola, e d'istinto proteggo il braccio ingessato. «Santo cielo, mi ha spaventato.»

«Lei chi è?» mi chiede in tono scortese e con un forte accento del posto. Ha un binocolo appeso al collo e un'espressione di fastidio sul volto rugoso. Si appoggia a un bastone, ha il cappello calato fin sopra gli occhi e un buco sul colletto della giacca di tweed.

Balbetto come un'imbecille: « Io? Io sono Libby. Io e mio marito Jamie stiamo a casa degli Heywood per tutta la settimana ».

« Mr Heywood non mi ha detto nulla a riguardo. La casa è vuota da qualche mese. Ci sono stati lavori di ristrutturazione. Comunque non è casa vostra, ma di Philip e Tara. »

« Lo so. » Cerco di restare calma. Mi viene il dubbio che questo tizio sia un po' tocco, come diceva mia madre.

« Che ci fate qui? » Alza la visiera del cappello per guardarmi meglio.

Vorrei tanto dirgli di andarsene a quel paese e farsi gli affari suoi, ma non posso essere così maleducata. Sono un'insegnante e mi hanno insegnato a mantenere sempre la calma. A non perdere il controllo. Per cui gli sorrido e gli spiego dello scambio di case. « Avevano bisogno di un posto vicino all'ospedale, per poter assistere la figlia malata. »

L'uomo mi guarda storto. « Ma cosa dice? Gli Heywood non hanno figli. »

M'irrigidisco e strattono il guinzaglio, perché Ziggy tira. « Come no? Hanno una figlia. »

« Non hanno figli, le dico. E Philip non mi ha detto di nessuno che veniva a stare qui. È passato un mesetto fa per vedere a che punto erano i lavori. Me lo avrebbe detto. Non è mai successa una cosa del genere. Io gli tengo d'occhio la casa quando non ci sono. » Comincia a camminare avanti e indietro, borbottando.

La sua agitazione m'innervosisce. « Lo chiami pure, se

non mi crede. È tutto regolare. Ci siamo messi d'accordo una settimana fa.»

L'uomo si ferma e mi lancia un'occhiataccia. Solo ora mi viene in mente che probabilmente non ce l'ha, il numero di Philip. È solo un ficcanaso cui piace impicciarsi degli affari altrui. Borbotta qualcosa sottovoce, poi gira i tacchi e fa per andarsene.

«E poi, scusi, potrebbe farmi il piacere di non passare per il giardino finché ci siamo noi? Ce ne andiamo sabato.»

Si volta, mi guarda malissimo e agita il bastone. «Il giardino non è vostro e io faccio come mi pare e piace. Prendo ordini solo da Mr Heywood. Lei non è nessuno.»

La reazione mi coglie alla sprovvista. Vorrei controbattere, ma se n'è già andato. Non posso fare altro che mostrargli il medio, anche se ormai mi dà le spalle. Mi fa infuriare vederlo passare per il nostro giardino e poi sparire dietro casa. «Che stronzo», borbotto. Mi verrebbe da corrergli dietro e gridargli che chiamerò la polizia, se si azzarda a entrare di nuovo nella nostra proprietà, poi però penso che non è «la nostra proprietà». È la proprietà di Philip e Tara. Se a loro sta bene che questo pazzo passi dal loro giardino, io cosa ci posso fare?

Salgo in camera da Jamie. «Non indovinerai mai cosa è successo! Ho appena litigato con quel Jim. Dice che gli Heywood non hanno figli. Chissà perché si è inventato una cosa del genere...?» Resto di sasso quando guardo mio marito. È pallidissimo e tutto sudato. Nella stanza c'è un odore cattivissimo: deve aver vomitato. Ho il voltastomaco. Corro subito accanto al letto. «Jamie!»

Lo scuoto e lui apre gli occhi. Fa fatica a tenerli aperti, è pallidissimo e ha borse nere sotto gli occhi. La sua voce è debolissima e ha le labbra screpolate. « Libs... C'è una sacca arancione sotto il letto... buttala via... »

« Va tutto bene, non ti preoccupare. » Gli accarezzo i capelli, scostandoglieli dalla fronte. Devo mantenere la calma e ricordare le tecniche di pronto soccorso che mi hanno insegnato e che ho già messo in pratica diverse volte a scuola, per esempio quando Maya Price è svenuta per una sospetta meningite o quando Finlay Ward ha sbattuto la testa contro un albero e ha perso i sensi. È evidente che mio marito ha urgente bisogno di cure mediche, ma non ho idea di dove sia l'ospedale più vicino. Anche se lo sapessi, comunque, non potrei portarcelo in macchina. Corro di sotto a prendere il cellulare che ho lasciato in cucina. Senza pensarci due volte, chiamo un'ambulanza. Non ho scelta: mio marito sta male, vaneggia ed è disidratato per colpa del virus intestinale.

Con mia sorpresa, l'ambulanza ci mette solo quindici minuti ad arrivare. Caricano Jamie sulla barella e io salgo con lui. Prima che i paramedici chiudano le porte, vedo Jim che ci guarda storto dal vialetto.

10

Stringo la mano di Jamie fino all'arrivo in ospedale. Gli sussurro parole di conforto mentre i paramedici gli mettono una flebo e lui vomita in un sacchetto di carta. Il viaggio dura circa venti minuti e viene la nausea anche a me, visto che l'ambulanza sfreccia lungo strade strette e piene di curve. Al pronto soccorso mi fanno sedere in una sala d'attesa mentre portano via Jamie in barella. La mia preoccupazione cresce ogni minuto che passa.

Razionalmente so che Jamie si riprenderà, che si tratta solo di un virus intestinale o forse di un'intossicazione alimentare, ma ho sentito racconti terribili sulla disidratazione, che in alcuni casi può portare a un blocco renale e talvolta persino alla morte. Mio malgrado, mi ritrovo a pensare alla prospettiva di una vita senza lui. A neanche vent'anni avevo già perso entrambi i genitori. Non ho nonni, zii né altri parenti. Jamie è la mia unica famiglia, è tutto, per me. Se lo perdessi, morirei con lui.

« Pensi subito alla catastrofe », direbbe la mamma di Jamie. Una volta lo avevo fatto davanti a lei, prima del matrimonio. Ero tormentata da una serie infinita di paure. E se piove? E se svengo sull'altare? E se quel giorno mi ammalo? Mi aveva sgridato davanti a tutti come una bimbetta e io mi ero stizzita. Mi sentivo come un alunno ripreso per essersi comportato male. Quando si era accorta di avermi messo in imbarazzo, si era addolcita e mi aveva spiegato che tendevo a pensare così perché avevo perso entrambi i genitori da giovane. Aveva provato a psicanalizzarmi, ma avevo subito alzato il ponte levatoio, come un castello sotto assedio.

Siedo su una scomodissima sedia di plastica, mi rigiro un fazzoletto tra le mani e cerco di cacciare le lacrime, di non farmi prendere dal panico. La sala d'aspetto è piena di persone tese e preoccupate, che si tormentano le mani e non riescono a stare ferme. Gli infermieri vanno e vengono con cartelle cliniche premute contro il petto. Jamie guarirà, mi dico. Però non riesco a togliermi dalla testa i suoi vaneggiamenti, il suo volto imperlato di sudore.

Alla fine mi si avvicina una donna col volto stanco. Le scarpe dal tacco basso ticchettano sul pavimento. La sua fronte aggrottata mi mette in pensiero. Sul camice bianco ha attaccato un adesivo con un leone e la scritta SONO CORAGGIOSO. « Mrs Hall? »

Riesco solo ad annuire. Mi alzo e le stringo la mano.

« Sono la dottoressa Carter. Suo marito si riprenderà. Dalle analisi risulta la presenza di *Escherichia coli*, che ha causato la disidratazione, e... »

Penso alle salsicce che ha mangiato ieri sera. Io non ho cenato, perché la vista degli animali morti in cantina mi aveva fatto passare la fame. « È un'intossicazione alimentare? Ieri sera a cena ha mangiato delle salsicce. Crede che siano state quelle la causa? »

La dottoressa Carter è bella, giovane e porta i capelli raccolti in uno chignon un po' spettinato. Gli occhiali le danno un aspetto severo, anche se credo abbia più o meno la mia età. « È possibile. Carne contaminata o... »

« Posso vederlo? »

Lei mi sorride. Dev'essere simpatica, una con cui uscirei a prendere una birra. Mi posa una mano sulla spalla. « Certo. »

La seguo in una stanza privata. Jamie è seduto sul letto con una flebo nel braccio. È ancora pallido, ma meno di prima. Soprattutto ha smesso di delirare e di parlare di sacche arancioni sotto il letto.

« Mi hai fatto prendere uno spavento. » Cerco di abbracciarlo, però non è facile, col mio gesso e con la sua flebo.

Jamie mi bacia la fronte. « Mi dispiace tanto. Ti giuro che non mi sono mai sentito così male in vita mia. »

« Lo tratteniamo per stanotte, solo per tenerlo sotto osservazione. Domattina potrà tornare a casa », dice la dottoressa Carter.

« Ah... stanotte deve restare qui? » Sono sconvolta. L'idea di passare la notte da sola in quella casa enorme e isolata mi terrorizza. Guardo Jamie.

Anche lui sembra preoccupato. « Ma no, dottoressa. Ora mi sento bene. Sono forte come un mulo... o era un cavallo? » Guarda prima me e poi il medico. « È colpa mia, non ho bevuto abbastanza. Potete tranquillamente dimettermi. »

La dottoressa scuote la testa, poi prende la cartellina attaccata al letto di Jamie e ci scrive sopra qualcosa. « Mi dispiace, Jamie, ma deve restare qui, stanotte. Ha bisogno di essere reidratato. Perché, ci sono problemi? »

Mi sembra così calma e sicura di sé. Professionale, come me fino a un paio di mesi fa. Lei invece cosa penserà di me? Che sono una donna nevrotica e ansiosa che non ce la fa a stare senza il marito neppure per una notte. Deglutisco e mi sforzo di sorridere. « No, nessun problema. »

« Bene. » Si tira su gli occhiali e rimette a posto la cartella clinica di Jamie. Poi gira i tacchi e se ne va, pensando già al prossimo paziente.

Jamie mi stringe la mano. «Sei sicura, Libs?»

«Non ho molta scelta.» Mi accorgo che è preoccupato e aggiungo in fretta: «Sono adulta e vaccinata, Jay. Vivevo da sola prima di conoscere te. A Bath non ho mai avuto problemi a stare senza di te. E poi c'è Ziggy. Non posso mica abbandonarlo laggiù. Devo andare a dargli da mangiare... Stai tranquillo». Faccio un respiro profondo.

Ma Jamie ha ancora un'espressione preoccupata. «Dovrai prendere un taxi per tornare a casa, visto che l'auto è rimasta là. Sicura che ce la fai?»

«Tranquillo, Jay. Me la cavo.»

11

Sono le sette e mezzo passate quando il taxi mi lascia davanti a casa degli Heywood. Pago la corsa e scendo dall'auto con la morte nel cuore: la casa non mi è mai sembrata così buia e inospitale. Penso alla cantina, alle carcasse degli animali e ai bisturi su quel tavolo operatorio. Rabbrividisco e mi rendo conto che non mi aiuta affatto pensare queste cose. La casa degli Heywood non è pericolosa. È un posto sicuro. Altrimenti Tara non ci vivrebbe. È evidente che è una cui piacciono le cose belle, i piccoli lussi.

Non appena arrivo sul vialetto d'ingresso, si accende la luce di sicurezza. Con la coda dell'occhio vedo qualcosa appeso a un albero. Qualcosa di bianco e sinistro. Urlo.

« Sta bene, signora? » mi chiede il tassista. Ha tirato giù il finestrino e appoggiato il braccio fuori. Ha le maniche arrotolate e un sacco di peli scuri sulle braccia.

Torno di corsa verso di lui e indico l'albero con mano tremante. « Guardi quel ramo. Cos'è? » Mi sembra una specie di teschio, con la mandibola spalancata, come se fosse morto urlando.

Il tassista cerca di mettere a fuoco. Ha un viso gentile, probabilmente come il nonno che non ho mai conosciuto. Ha qualche ruga e la barba ispida e grigia. « A me sembra il cranio di una pecora. » Non sembra affatto sorpreso, come se gli capitasse tutti i giorni di vedere teschi di animali appesi agli alberi.

« Prima non c'era, ne sono sicura. » Me ne sarei accorta, no?

« A giudicare da com'è ridotto, direi che è lì da un po'. Lo vede com'è rovinato? » Sorride e tira su il finestrino.

Vorrei pregarlo di non andarsene, ma mi trattengo. Mi sto facendo prendere di nuovo dalle paranoie. Quel teschio sarà sicuramente attaccato a quell'albero da anni. Non significa niente. Guardo il taxi che se ne va, le luci posteriori che piano piano si affievoliscono mentre l'auto si allontana e sparisce. Rabbrividisco: ora sono sola. Ci sono solo le onde e la spiaggia deserta. E Ziggy, mi rincuoro. Se non altro, c'è Ziggy.

Ci metto un po' a entrare in casa. Non riesco a infilare subito le chiavi nella serratura. Non appena apro la porta, Ziggy mi corre incontro e mi fa quasi cadere. Batto le mani due volte per accendere le luci. Mi sento ridicola, ma non ricordo dove abbiamo lasciato il telecomando. Le luci si accendono e mi sento un po' più sicura, anche se continuo a non sentirmi tranquilla, in questa casa così isolata. Penso davvero di riuscire a passare una notte da sola qua dentro? Mi abbasso per abbracciare Ziggy. E se andassi in un albergo? Ma come farei con Ziggy? Non posso certo lasciarlo qui.

Lui richiama la mia attenzione e mi fa capire che ha fame.

Fa freddo e c'è troppo silenzio. Accendo la televisione per avere almeno un po' di rumore in sottofondo. Provo a concentrarmi su Ziggy e sulla sua cena. Ho troppa paura per portarlo a fare una passeggiata a quest'ora. Di solito è Jamie che lo porta fuori la sera. Allora lo faccio uscire in giardino e, dopo essermi fatta una tazza di tè, lo guardo mentre corre di qua e di là, facendo accendere le luci di sicurezza. I faretti rendono ancora più scure le ombre delle siepi e delle piante, in cui potrebbe nascondersi qualche malintenzionato.

Quando Ziggy rientra in casa, faccio attenzione a chiudere a chiave la portafinestra. Quanto vorrei che ci fossero le tende. Detesto l'idea di non vedere fuori mentre invece chiunque potrebbe osservarmi, magari il tipo di Lizard Point o Jim. Ripenso alla conversazione di stamattina. Perché ha detto che gli Heywood non hanno figli? Non capisco. Preoccupata com'ero per lui, mi sono dimenticata di raccontarlo a Jamie.

Per non pensare al fatto che sono da sola in casa, comincio a digitare il suo numero, poi però mi ricordo che nella fretta di scappare in ospedale non abbiamo preso il suo cellulare. Corro di sopra per vedere se è scarico. Mi viene un groppo in gola quando vedo il letto sfatto, il materasso con ancora impressa la forma di Jamie. Mi siedo e accarezzo le lenzuola, ancora umide del suo sudore. Mi si riempiono gli occhi di lacrime, ma le caccio. Non ho tempo per autocommiserarmi. Jamie si riprenderà. Adesso si tratta solo di passare una notte da sola. Se fossimo stati a Bath non ci sarebbe stato nessun problema. Devo solo tirare fuori le palle, come direbbe Jamie.

Prendo il cellulare dal comodino. Gli è arrivato un messaggio. Da Hannah.

Ci ho pensato tanto. Lo so che non lo dirai a nessuno, ma possiamo parlare...

Sono tentata di aprirlo per leggere il resto della frase. Le mie dita indugiano sullo schermo. Mi fido di mio marito. Devo fidarmi. Purtroppo per me, Hannah fa parte della nostra vita. Non mi va molto a genio, però ormai è parte della famiglia, che mi piaccia o no. Se apro il messaggio, Jamie capirà che l'ho letto e si convincerà ancora di più che sono paranoica e nevrotica. Non voglio diventare come quelle mogli che controllano i mariti, sempre sospettose. Mia madre faceva così col papà, non si fidava di lui, temeva sempre che andasse a bere invece che a lavorare: per questo controllava gli scontrini che gli trovava in tasca. Vivere così l'ha fatta invecchiare precocemente e l'ha resa infelice.

Però quella sospettosa e piena di dubbi adesso sono io. Ripenso con preoccupazione al tizio di Lizard Point. Era lui l'uomo che ho visto ieri? Ci ha seguiti? La sua macchina fotografica era puntata su Jamie, ne sono certa. Forse qualcuno l'ha pagato per scattarci delle foto? Ma perché? Potrebbe trattarsi di un detective privato. Non sembrava interessato a me, però, solo a Jamie. E se in realtà gli interessavo io?

Le lacrime spuntano all'improvviso, mi travolgono. Piango disperata, senza neppure capire bene perché. È per Jamie? Per il bambino che ho perso o per l'aborto di tanto tempo fa? Mi porto una mano sul ventre. Il senso di perdita è così forte che provo dolore fisico. Ziggy salta sul letto e si accoccola accanto a me.

Mi asciugo le lacrime e fisso lo schermo del telefono di Jamie. Rileggo il messaggio. *So che non lo dirai a nessuno.* Cosa vuol dire? Cosa vuole che Jamie mi tenga nascosto?

La presenza di Hannah a volte mi turba, è vero. Il modo in cui lo osserva quando pensa che nessuno la stia guardando, i suoi occhi pieni di desiderio. M'irrita che lo usi come una specie di confessore, mi dà fastidio che si comporti come fosse lei la nuora e non io. A volte, quando guardo i suoi capelli biondi, le sue spalle larghe e le sue gambe lunghe, mi chiedo come fosse il sesso tra loro, se Jamie preferisse lei, con le sue forme abbondanti. Ma non voglio pensare a queste cose, perciò m'impongo di smetterla.

So che non lo dirai a nessuno.

Cosa mi stanno tenendo segreto? Forse ha a che fare col mio trentesimo compleanno, o si tratta di una sorpresa per Sylvia? Non deve per forza essere qualcosa di brutto, no? Non significa necessariamente che hanno una relazione. Basta, devo smetterla di pensare a questo messaggio. Domani cercherò di farmelo spiegare da Jamie. Se non ha niente da nascondere, me lo dirà. No?

A meno che non abbia davvero qualcosa da nascondere.

Mi colpisco la fronte col palmo della mano. *Smettila, smettila.* Devo fidarmi di Jamie. È vero, gli piacciono le donne. Ci si trova a suo agio perché è cresciuto con due sorelle. Ma non vuol dire che mi tradisca. Soprattutto con la sua ex ragazza. Del resto è stato lui a lasciarla, no?

Mi chiedo se non sia il caso di chiamare Sylvia per avvisarla che suo figlio è in ospedale. Scorro la rubrica per cercare il suo nome ma poi mi fermo. La farei preoccupare inutilmente. Jamie guarirà subito.

Mi aggiro per casa. Non trovo pace. Un momento penso alle carcasse di animali trovate in cantina, poi al cranio di pecora appeso all'albero, infine a Hannah e al suo messaggio misterioso. Mi sto facendo venire mal di testa.

Ziggy mi segue come se percepisse la mia agitazione. A un certo punto penso di spegnere tutte le luci. Starò al buio, ma almeno riuscirei a vedere fuori. Se le tengo accese, chiunque può guardare dentro. Nessuna delle due opzioni mi piace, e alla fine decido di lasciarle accese, se non altro per non andare a sbattere contro i mobili.

Perché mi mette così tanta agitazione stare qui da sola? Mi sembra di sentire la voce di Sylvia, forte e chiara come se fosse in questa stanza: è per via dello choc per l'incendio a scuola e degli ormoni impazziti dopo la perdita del bambino. Però penso pure che sia normale provare un po' d'ansia dopo avere trovato carcasse di animali in cantina e un cranio di pecora appeso a un albero.

Comunque devo mettere le cose nella giusta prospettiva. Invece di concentrarmi sui pensieri negativi, devo usare il mio tempo in maniera costruttiva. Ora che Jamie è in ospedale, posso curiosare dove voglio senza paura che mi giudichi. Mi guardo intorno, improvvisamente preoccupata che ci possa essere una telecamera nascosta da qualche parte. Perché mai altrimenti Philip terrebbe tutta quell'apparecchiatura di sorveglianza in cantina?

Perlustro la stanza centimetro per centimetro, cercando qualsiasi oggetto possa contenere una telecamera. Ma non c'è granché, a parte quel povero pulcinella di mare impagliato, qualche fotografia di Tara e un vaso vuoto. Un attimo dopo mi ritrovo accovacciata per terra a cercare nel mobiletto sotto il televisore. C'è uno sportello con la chiave nella serratura. La giro e lo sportello si apre. C'è poca roba dentro, però. L'unica cosa interessante è uno di quegli album fotografici che puoi farti stampare via Internet. Incuriosita, sfoglio le foto di Tara e Philip in gita o in vacanza. Non c'è nessuna foto della figlia.

Le parole di Jim mi riecheggiano nelle orecchie. *Non hanno figli.* Ma non ha senso. Rimetto a posto l'album e ne prendo un altro. È meno interessante: contiene varie foto della casa in momenti diversi della ristrutturazione.

Scopro con sorpresa che era davvero una catapecchia, prima che la comprassero.

Sto per andare a controllare le camere da letto al piano di sopra, quando sento un tonfo sopra la mia testa. Mi gelo. L'album mi scivola dalle mani. Cos'è stato?

Ziggy drizza subito le orecchie e si alza.

C'è qualcuno.

Ho la bocca asciutta e il cuore che batte all'impazzata. Mi alzo lentamente. Sono nel panico, non so che fare. E adesso? Comincio a girare a vuoto in cerca di qualcosa, qualsiasi cosa che possa utilizzare come un'arma. Mi cade lo sguardo sull'attizzatoio vicino al camino. Non dovrebbe essere troppo pesante, per cui lo prendo, anche se alla fine fa più scena che altro. Stringerlo però mi fa sentire più sicura. Comincio a salire le scale in punta di piedi, con Ziggy al seguito. Sono terrorizzata al pensiero di cosa potrei trovare di sopra.

Si sente uno stridio arrivare dalla stanza più piccola.

Faccio per aprire la porta. Chiamo Ziggy, lui mi guarda e mugola. Il cuore batte così forte che mi fa male il petto. Basta un cenno e Ziggy capisce che deve entrare. Io sbircio da dietro la porta. Al centro della stanza, accanto al divano, c'è un vecchio clown giocattolo che rotola sul parquet e si mette a ridere. È uno dei giocattoli più brutti che abbia mai visto: ha gli occhi da pazzo, la bocca troppo grande e il naso da strega. Dev'essersi acceso da solo cadendo dalla mensola. La risata è insopportabile. Non mi sono mai piaciuti i clown: da bambina mi rifiutavo di guardare gli spettacoli in cui c'erano i pagliacci.

Lascio l'attizzatoio e, vincendo la repulsione, raccolgo il giocattolo. Continua a muoversi all'impazzata mentre cerco di mantenere la calma e trovare l'interruttore. È alla base del collo. Lo premo, felicissima di non sentire più quel rumore assordante, un po' come quando un neonato finalmente si addormenta dopo una crisi di pianto. Rimettendolo a posto mi accorgo che, nella caduta, una delle orecchie si è rotta. Mi dispiace per la figlia degli Heywood. Faccio per girarmi e uscire dalla porta quando con la coda dell'occhio vedo qualcosa che mi fa sobbalzare.

Acciambellato accanto a un unicorno rosa c'è un gatto persiano color cioccolato. Ha gli occhi chiusi, nonostante tutto il rumore che c'è stato finora.

« Ciao, micio. » Mi avvicino in punta di piedi, con la mano tesa. Ma cosa ci fa qui? Philip non mi ha detto che avevano un gatto. Siamo qui da cinque giorni e non ce ne siamo mai accorti.

Il gatto non si muove. Faccio per accarezzarlo, però ritiro subito la mano. È freddo e duro. Ma certo, è impagliato. Eppure sembra proprio vero. Non sarà mica il loro vecchio gatto? Come ho fatto a non notarlo prima?

Mi porto l'attizzatoio a letto. L'assenza di Jamie mi pesa tantissimo. Mi sento schiacciata, sola, vulnerabile. Sono dovuta correre in bagno a vomitare dopo la faccenda del clown e del gatto. Adesso sono sdraiata a letto e mi sento uno schifo. E se fossi anch'io vittima dell'intossicazione alimentare di Jamie, sebbene non abbia toccato le salsicce? Mi giro e mi rigiro, col cuore in gola ogni volta che si accende la luce di sicurezza, perché temo che in giardino ci sia qualcuno che aspetta solo l'occasione giusta per entrare in casa e uccidermi. Sento qualcosa che sbatte al vento e ripenso a quella storia orribile che mi ha raccontato Jamie sull'uomo morto nel faro. Tiro la coperta fin sopra la testa, come un bambino che si nasconde dai mostri sotto il letto.

Mi vengono i brividi ogni volta che penso al clown e a tutti gli altri giocattoli orrendi in quella stanza. Che strani giochi regalano alla figlia.

Ma se non altro è la prova che una figlia ce l'hanno, giusto?

12

Alla fine mi addormento alle prime luci del mattino. Mi sveglio alle dieci e mezzo, stanca e confusa.

Gesso o no, la prospettiva di mettermi al volante non m'ispira, per cui prenoto un taxi per le undici e un quarto e mi butto sotto la doccia, sperando che mi aiuti a riprendermi un po'. Mentre mi asciugo ripenso all'armadietto sotto il lavandino e al beauty-case che non sono riuscita ad aprire l'altro giorno per via di Jamie. Infilo l'asciugamano sotto il braccio e mi chino ad aprire l'armadietto. Mi sento un po' in colpa perché so che sto curiosando. Ma chiunque lo farebbe, al posto mio. Voglio solo capire un po' di più gli Heywood. Dopotutto sono stati in casa nostra. È del tutto normale voler sapere di più riguardo a due persone che hanno soggiornato a casa mia.

Tiro fuori il beauty-case, però mi cade e il suo contenuto si sparpaglia per terra. Sono un po' delusa: rossetti Chanel, un pacchetto di fazzoletti e un pennello da trucco. Che noia. Comincio a raccogliere tutto per rimetterlo a posto quando mi accorgo di un blister di pillole bianche tra un ombretto e una spugnetta. Cerco di leggere cosa c'è scritto sul retro. Sono antidepressivi. Devono essere di Tara. Mi assale un senso di colpa misto a tristezza mentre rimetto a posto il beauty-case. Tara è depressa. È una scoperta dura da digerire, perché – dal mio punto di vista – la sua è una vita bellissima, privilegiata. Ma dovrei saperlo bene, io, che niente è perfetto, nonostante le apparenze.

Non mi sono ancora infilata i jeans e il maglione quando arriva il taxi. Prendo vestiti puliti per Jamie e corro fuori sotto la pioggia. Ho le ballerine e mi si bagnano subito i piedi. Proprio un secondo prima di salire sul taxi, mi accorgo che c'è Jim vicino al cancello. Ha le braccia incrociate e appoggiate al bastone, e un'espressione ostinata.

Mi sale subito la rabbia. Faccio segno al tassista di aspettare un attimo e mi dirigo verso Jim. «Cosa ci fa qui? Non le avevo detto di non farsi più vedere, ieri?»

Lui non muove un muscolo, ma il suo tono è sulla difensiva. «Non prendo ordini da lei.»

«Philip mi ha affittato casa sua e io voglio che lei sparisca. Se la ritrovo quando torno, chiamo la polizia.»

Jim raddrizza la schiena e alza il mento. «Non mi fa paura. E non mi piace che stia qui.»

Non so cosa mi prenda – forse è la mancanza di sonno, o gli ormoni impazziti, oppure c'entra il fatto che ho passato la notte in uno stato di tensione totale –, però vengo pervasa dall'adrenalina e gli do una spinta sul petto.

Jim perde l'equilibrio e va a sbattere contro il cancello.

«Non scherzare con me. Adesso mi hai proprio rotto, è chiaro?» Giro i tacchi e torno di corsa al taxi.

Le suole delle ballerine scricchiolano mentre attraverso i corridoi dell'ospedale per andare da Jamie. Lo trovo seduto a letto che chiacchiera con una bella infermiera. Ha ancora addosso l'orrendo camice da ospedale che gli hanno dato al pronto soccorso e il suo viso s'illumina quando vede me e la busta coi vestiti che gli ho portato. È un sollievo vedere che non è più attaccato alla flebo.

L'infermiera mi sorride. È giovane ma non riesco a stabilire che età abbia, come capita con certe attrici di Hollywood. Ingrid Bergman, per esempio. «Vado a prendere i documenti per la dimissione.»

Jamie aspetta che sia uscita e poi mi guarda preoccupato. «Stai bene, Libs? Si direbbe che non hai chiuso occhio.»

«Stamattina ho visto quel Jim vicino al cancello di casa. Gli ho detto che si deve togliere dai piedi. Non sai quanto sono arrabbiata. Ma che problema ha quel tipo?»

Jamie alza le sopracciglia e fa un sorrisetto. «Questa è la Libby che conosco e amo. Hai fatto bene.»

Ridiamo insieme. «Avresti dovuto vedere la faccia che ha fatto.»

«Forse dovremmo chiamare la polizia.»

Scuoto la testa con decisione. «No, no, non penso proprio ce ne sia bisogno. Dobbiamo solo fargli capire che non l'avrà vinta. È evidente che non c'è tutto con la testa.» Picchietto l'indice sulla tempia. «Insiste pure che gli Heywood non abbiano figli.»

«Sul serio? Che strano.»

«Infatti. È evidente che hanno una figlia, c'è anche una cameretta piena di giochi. È vero che non ci sono foto sue in giro, però. Ma magari è perché qui ci vengono da soli e considerano la casa una specie di nido d'amore.»

Jamie si stringe nelle spalle, come a dire che non gliene potrebbe importare di meno.

Mi lascio cadere sulla sedia accanto al suo letto, esausta.

«Sicura di star bene? Mi sembri un po' pallida.»

« Ho vomitato. » Mi sento uno schifo, soprattutto in confronto a quell'infermiera. Comincia a tremarmi il mento e mi copro la bocca, imbarazzata.

« Oh, tesoro, vieni qui. » Jamie si alza dal letto e ci abbracciamo.

Sa bene quanto detesti essere malata. Ogni volta che comincia a girare qualche virus intestinale tra i bambini a scuola, non riesco a non farmi prendere dall'ansia. « Devi avermi attaccato qualcosa... »

Lui fa una smorfia. « Perché, l'*Escherichia coli* è contagioso? »

« Certo. E poi in questo momento ho bisogno di prendermela con qualcuno. »

Scoppia a ridere e mi stringe più forte. Appoggio la guancia sul suo petto villoso, che sembra un cuscino. Mi abbandono tra le sue braccia, felice di non dover passare un'altra notte da sola.

« Adesso fammi vestire, così ce ne andiamo. » Si gira e sculetta.

Il camice dell'ospedale dietro è aperto e non posso fare altro che mettermi a ridere. « Che scemo che sei. » Ma è il *mio* scemo. E oggi torna a casa con me.

In taxi racconto a Jamie del cranio di pecora appeso all'albero. Parlo sottovoce, perché il tassista non senta. « Mi ha messo un po' d'ansia. Mi è sembrato strano, come se l'avessero messo là perché lo trovassi. »

« Cosa vuoi dire? »

Esito. È un po' che ci penso, ma se glielo dico mi darà dell'isterica. « Be', non mi pare che ci fosse prima. Caso strano, l'ho trovato proprio la sera in cui sono tornata a casa da sola. »

« È solo una coincidenza. » Jamie posa il capo sul poggiatesta. Non si è ancora ripreso del tutto.

Non mi va d'insistere, per cui non dico altro per il resto del viaggio. Piove per tutto il tempo e il cielo è nero. Persino gli alberi hanno un aspetto minaccioso, i loro rami sembrano dita ossute che ci vogliono afferrare.

La strada è vuota quando il taxi arriva davanti a casa degli Heywood. Jim non c'è. Forse l'ho spaventato o, molto più probabilmente, non gli piace andarsene in giro quando piove. Corriamo coi cappotti tirati sulla testa. Si sentono il ruggito del mare e le onde che s'infrangono sulla riva.

Visto che mi sono inzuppata, corro subito di sopra a cambiarmi. Mi metto il pigiama e la vestaglia, anche se non è neanche ora di pranzo, e poi vado di sotto a rilassarmi sul divano.

Jamie accende il televisore. « È bello essere di nuovo a casa. Non è divertente dover passare le vacanze in ospedale. »

La stanza è buia, senza la luce del sole che entra dalle finestre. Mi accoccolo vicino a lui, felice che sia di nuovo accanto a me.

« Sinceramente, però, non vedo l'ora di tornare a Bath. Tu no? È bello vivere la vita di qualcun altro per un po', ma adesso voglio tornare alla realtà. »

Sorrido senza dire nulla e prendo il plaid per coprirci. Fa freddo. Come se mi avesse letto nel pensiero, Jamie si alza e accende il camino. Anch'io voglio tornare a casa. Non mi sento a mio agio, dopo Lizard Point. E la scoperta degli antidepressivi mi ha aperto gli occhi sulla vita di Tara. Di certo non è tutta rosa e fiori, considerato poi che hanno una figlia molto malata. Ho capito che anche lei è una persona normalissima, che non è immune ai dispiaceri che affliggono noi comuni mortali, nonostante la sua bellezza e la sua ricchezza. È proprio come tutti noi.

All'improvviso mi ricordo del telefono di Jamie e lo cerco in tasca per darglielo. « Ah, ho il tuo cellulare. »

Lo osservo mentre i suoi occhi leggono con attenzione il messaggio di Hannah. Aggrotta la fronte e mi guarda. Ha una strana espressione. Rabbia, forse. O paura.

« È tutto a posto? »

Lui annuisce e sorride, però è un sorriso forzato. « Tutto bene. »

Sono curiosa di sapere cosa diceva quel messaggio e per quale motivo lo abbia turbato. Sono così curiosa che non riesco a concentrarmi sul film che stiamo guardando, *Caccia al ladro*. Anche se lo abbiamo visto un mucchio di volte, è sempre piacevole riguardarlo. Oggi no, però. Continuano a girarmi in testa le parole di Hannah: *So che non lo dirai a nessuno*. E se fosse una minaccia? Spiegherebbe la paura che ho visto negli occhi di Jamie. Ma come faccio a tirar fuori l'argomento senza fargli capire che ho letto il messaggio?

Jamie mi abbraccia e stende le gambe sul tavolino davanti al divano, con le caviglie incrociate. I calzettoni che porta sono troppo grandi per lui. Il fuoco scoppietta e riscalda la stanza, e presto ho le palpebre pesanti. Finalmente posso rilassarmi, Jamie è qui con me, sano e salvo.

Quando riapro gli occhi, mio marito non è più accanto a me. In televisione c'è ancora il film e il bellissimo volto di Grace Kelly riempie lo schermo. Mi siedo, già in preda al panico. Dov'è Jamie? Mi tolgo la coperta di dosso e vado a cercarlo in cucina.

È appoggiato alla portafinestra e guarda fuori mentre Ziggy scorrazza in giardino.

« Cosa fai? » Rabbrividisco. La portafinestra è leggermente aperta, quel tanto che basta per consentire a Ziggy di rientrare in casa. Mi stringo la vestaglia addosso.

«Ziggy doveva fare i bisogni. Dovremmo portarlo a fare una passeggiata, in realtà, ma mi sento ancora un po' debole.»

Mi sembra sfuggente. Ha il telefono in mano e lo schermo è ancora illuminato. Avrà chiamato Hannah? All'improvviso sono infastidita. «Eh, già... Dovremmo anche andare a fare un po' di spesa, non mi fido più a mangiare quello che ci hanno lasciato in frigo.»

Jamie infila il telefono nella tasca posteriore dei jeans. «Mica mi hanno avvelenato di proposito. A meno che non sia stata tu, visto che quelle salsicce sei stata tu a cucinarmele.»

Gli do un buffetto sul braccio. «Potevi cucinartele da solo.»

«Vuoi sempre farlo tu. Forse perché pensi che non sia capace.» Non sorride. La frecciatina rende l'atmosfera tesa.

«Ma certo che sei capace. Sei un bravo cuoco.»

Secondo quanto mi ha raccontato Florrie, c'è stato un periodo in cui Jamie voleva diventare uno chef. Poi però Sylvia era riuscita a fargli cambiare idea: voleva che diventasse un medico, come il padre. Alla fine studiare Informatica era stato il compromesso.

«Magari erano scadute. Avremmo dovuto controllare.» Apro il frigo. «Che peccato avere tutte queste cose buone a disposizione... pâté, Stilton, latte... e non poterle mangiare.»

Jamie sospira. «Adesso mi pare che ti stia facendo prendere dalle paranoie, Libs.»

«E a me pare che la dici un po' troppo spesso, questa cosa. Comincia a stancarmi. Guarda, comunque: il pâté è scaduto da un bel po'. Non hai detto di averlo messo sul toast l'altra sera?»

Jamie non risponde, per cui richiudo il frigo un po' scocciata e mi giro a guardarlo. La sua attenzione non è più su di me, ma su Ziggy, che sta andando verso di lui, col pelo tutto bagnato e con le zampe sporche di terra, che lasciano impronte fangose sul pavimento della cucina. Ha in bocca qualcosa che sembra un vecchio straccio e che avrà trovato in giardino.

Lo lascia ai piedi di Jamie. Mi prende un colpo, perché lo riconosco subito. È uno dei corsetti di Tara, ricoperto di sangue.

13

Jamie ha chiamato la polizia, anche se io l'ho pregato di non farlo.

« Non significa niente », insisto, anche se so che è una bugia. Certo che significa qualcosa. Il corsetto sembra essere stato strappato via con la forza. E poi tutto quel sangue... sarà di Tara? Ho la nausea, mentre aspettiamo che arrivi la polizia.

Jamie cammina avanti e indietro. Ziggy lo osserva, inconsapevole del trambusto creato dal suo ritrovamento. « Non mi piace, Libs, non mi piace. »

« Lo so. Ma non voglio essere coinvolta in questa storia. »

Jamie si gira di scatto, furioso. « E cosa suggerisci di fare, allora? Ce ne torniamo a Bath e facciamo finta di niente? E cosa troveremo in casa nostra? Philip Heywood potrebbe essere un maniaco che ha ucciso la moglie, per quello che ne sappiamo. »

Qualcuno bussa alla porta e sobbalziamo entrambi. Jamie va ad aprire.

Resto seduta sul divano, con le ginocchia che tremano. Sarebbe stato meglio se fossi andata a vestirmi. Sullo schermo della televisione c'è ancora il fermo immagine di Grace Kelly che sorride. Mi alzo e la spengo.

Due agenti in divisa varcano la soglia, facendo entrare l'odore della pioggia. Uno dei due è giovanissimo. Ci dicono i loro nomi ma me li dimentico subito. Non riesco a concentrarmi.

L'agente più anziano, coi capelli castani e con un viso abbastanza anonimo, ci chiede di mostrargli l'indumento. Andiamo in cucina. Il corsetto è ancora per terra vicino alla portafinestra, dove l'ha lasciato Ziggy. Il tessuto è chiaro, forse color crema o rosa pallido. È difficile da capire, visto che è impregnato di sangue e fango.

«Lo avete toccato?» ci chiede il poliziotto più vecchio, mentre quello giovane raccoglie l'indumento con una pinzetta per poi metterlo in una busta di plastica.

Scuoto la testa.

Jamie è rosso in volto. «No, come ho già spiegato al suo collega al telefono, il cane lo ha trovato in giardino...»

Il poliziotto allora prende un taccuino dalla tasca della giacca e lo apre. «Dovrete rilasciarmi una dichiarazione.»

«Certo.»

«È casa vostra, questa?»

«No, siamo qui perché abbiamo fatto uno scambio di case. I proprietari sono Philip e Tara Heywood.»

«Li conoscete?»

«Non li abbiamo mai incontrati. Ha organizzato tutto mia moglie dopo avere trovato un volantino nella posta.»

L'agente si gira a guardarmi con un'espressione scettica. «Be', è un po' inusuale.»

Sento le guance andare in fiamme. «Vede, io... noi... avevamo tanto bisogno di una vacanza, e allora...»

Jamie mi lancia un'occhiataccia mentre il poliziotto rilegge i suoi appunti, al che io alzo le braccia come a dire: *Sono andata nel panico.*

« Dunque mi state dicendo che la casa è di proprietà di certi Philip e Tara Heywood? »

« Esatto », dice Jamie.

« E immagino che abbiate i loro contatti? »

« Sì. » Vado in salotto a prendere il telefono. Tornata in cucina, cerco il numero di Philip e lo detto al poliziotto, che se lo appunta. Jamie è teso come una corda e io devo sforzarmi di non tremare. Vorrei scappare. Lontano da questo posto.

« Avete mai parlato con Mrs Heywood? » chiede l'agente, guardando prima Jamie e poi me.

« No, ho parlato solo con Philip, al telefono », rispondo.

« Quindi non avete mai incontrato Mrs Heywood? »

« Non ho mai visto di persona né l'uno né l'altra. Ci siamo parlati solo al telefono. »

« Bene. Ho capito. » Si gratta il mento. « Ovviamente dovremo contattare gli Heywood, ma voi non potete restare qui. Loro sono ancora a casa vostra? »

« No. Ieri Philip ha chiamato mia moglie per dirle che se ne sarebbero andati. »

« Quindi ci potete tornare? »

« Be', sì. Sembrerebbe di sì. »

« Direi che è il caso che lo facciate, allora. Però dovremo risentirci. E dovete lasciarci le chiavi di questa casa e il vostro indirizzo a Bath. »

Jamie gli dà il nostro indirizzo.

Il poliziotto più giovane ha aperto la portafinestra ed è uscito in giardino a controllare la buca da cui Ziggy ha tirato fuori il corsetto. Piove così forte che una specie di nebbia m'impedisce di vedere i gradini che portano alla spiaggia. Cosa faranno, adesso? Faranno venire una squadra per passare al setaccio il giardino in cerca di altre prove di un delitto? Penso a tutto quello che abbiamo visto in cantina, i bisturi e i coltelli. Philip è abituato a scuoiare animali. È un chirurgo. Ha fatto del male a Tara? Siamo stati per giorni in questa casa senza sapere che quella povera donna è sepolta da qualche parte in giardino?

Jamie è insolitamente silenzioso durante il viaggio di ritorno a Bath. I tergicristallo vanno al massimo perché piove fortissimo. Fanno un sacco di rumore. Siamo entrambi sotto choc, entrambi continuiamo a pensare a quello che abbiamo trovato in casa degli Heywood. Gli strumenti per impagliare gli animali, l'apparecchiatura di sorveglianza, il cranio di pecora appeso all'albero, le impronte, lo stesso Jim ci avevano turbato... ma quel corsetto impregnato di sangue è un'altra storia. Ogni volta che ci penso mi vengono i brividi.

Sono un po' preoccupata per Jamie che deve guidare per tre ore fino a casa anche se non è ancora del tutto guarito. In passato ha provato a farmi fare pratica, per prendere sicurezza, ma mi sono sempre rifiutata. Gli ho detto che non me la sento di prendermi la responsabilità della vita di altre persone.

È già buio quando arriviamo. Jamie riesce a trovare parcheggio proprio davanti a casa. Sono contenta di essere tornata, ma ho il terrore di entrare. Cosa ci troveremo?

Scendo dall'auto sul marciapiede bagnato e guardo la nostra casetta. È color crema, con una striscia scura tutta intorno che sembra una cintura. Alzo lo sguardo verso la finestra di Evelyn. Ha la luce accesa e la intravedo attraverso le tende: è seduta in poltrona, senza dubbio intenta a sferruzzare. Vederla mi rassicura. Una volta mi ha confidato che dorme pochissimo. Sbircio oltre la ringhiera che separa la strada dal nostro seminterrato. Noto con sollievo che non ci sono luci accese. Gli Heywood se ne sono andati davvero, sempre che Tara ci sia mai entrata, in casa nostra. Prima mi era venuto in mente di telefonare a Philip, ma quando l'ho detto a Jamie mi ha consigliato di non farlo, di lasciare che ci pensi la polizia.

Io e Ziggy aspettiamo sotto il lampione. Ziggy si siede e scodinzola incerto. La pioggia scintilla sotto la luce.

Jamie posa le valigie vicino a me. «Bentornati a casa, *jiggity jig.*» È una frase che diciamo sempre quando stiamo via per più di un giorno. È un rituale. Speriamo che porti fortuna. «Se ne saranno andati, che dici?»

«Lo spero proprio. Oh, Jay, che incubo.»

Mio marito si avvicina e mi bacia teneramente. Ha gli occhi stanchi e fa un respiro profondo, come per farsi coraggio. Io gli stringo la mano per rassicurarlo e lo seguo giù per le scale, temendo che da un momento all'altro Philip Heywood esca dalla porta di casa nostra, magari con un bisturi.

Jamie mi rivolge un sorriso stanco mentre infila la chiave nella toppa. Ho il cuore in gola, sono terrorizzata al pensiero di quello che potremmo trovare in casa. Apre la porta e io lo seguo con apprensione. Mi sorprendo di quanto sia stretto il corridoio, di quanto siano piccoli salotto e cucina, anche se in passato avevo sempre pensato che fossero abbastanza spaziosi per un appartamento di queste dimensioni. Dopo aver abitato a casa degli Heywood per sei giorni, mi sono abituata alle loro stanze enormi.

Sgancio il guinzaglio dal collare di Ziggy e lo lascio libero. Lui comincia a correre in giro per casa, felice di essere tornato.

«Sembra tutto a posto», dice Jamie, mentre osserva i mobili Ikea della cucina.

Sembrano dozzinali in confronto a quelli eleganti degli Heywood. Mi cade subito l'occhio sul piano da lavoro scheggiato, sulla mattonella mancante dietro i fornelli e sulle pareti che avrebbero bisogno di un'imbiancata. È tutto come lo abbiamo lasciato, comunque. «C'è un odore diverso.» Non me ne sono accorta subito, ma più che profumo sembrerebbe incenso. È c'è un bicchiere vuoto sul piano accanto al lavandino. Lo prendo e lo esamino. Noto che sul bordo è macchiato di rossetto. Un rossetto scuro. Quindi c'è stata una donna, qui dentro. Forse Tara? Metto il bicchiere nel lavandino, incerta su cosa pensare.

Jamie esce dalla cucina e io mi metto a controllare tutto. Apro e richiudo sportelli, guardo persino nella lavastoviglie, ma tutto è esattamente come lo abbiamo lasciato noi. A parte il bicchiere, tutto è al suo posto.

Trovo Jamie sdraiato sul nostro vecchio divano coperto di peli di cane. Sembra molto più rilassato adesso di quanto non lo sia mai stato sul sofà degli Heywood. È pallido ed esausto.

Mi siedo accanto a lui, preoccupata. «Stai bene?»

«Sì, sono solo stanco.»

«Ti preparo una tazza di tè.» Lo lascio in salotto a guardare una vecchia puntata di un quiz televisivo e vado in camera da letto. La osservo dalla soglia, facendomi mille domande sulla coppia che ha dormito nel nostro letto. In un certo qual modo mi sembra come se il nostro appartamentino, il nostro santuario, sia stato profanato dalla loro presenza e che adesso lo pervada un'energia negativa. Accarezzo il piumone verdazzurro. È stropicciato, come se fosse stato usato da poco.

A questo pensiero vengo presa da una sorta di frenesia, strappo lenzuola e piumone e butto tutto in lavatrice. Rifaccio il letto con biancheria pulita e poi mi accascio a terra, col braccio rotto dolorante. Mi cade l'occhio su qualcosa che sta sul pavimento sotto il mio comodino. Mi avvicino e raccolgo una catenina d'argento con appeso un san Cristoforo. Mi torna in mente qualcosa, ma il ricordo svanisce così in fretta che non faccio in tempo a fermarlo. Infilo la catenina nella tasca del cardigan.

I nostri ospiti hanno lasciato la casa intatta, non c'è che dire. Sembra quasi che non ci siano mai stati. Se non fosse per il bicchiere in cucina, il piumone un po' sgualcito e l'odore d'incenso penserei che l'appartamento sia rimasto vuoto, negli ultimi giorni. Poi mi torna in mente la figlia e penso che avranno trascorso gran parte del tempo in ospedale con lei.

Vorrei passare l'aspirapolvere, però forse disturbo Evelyn al piano di sopra. Mi ricordo che dovevo preparare il tè per Jamie, poi lo sento urlare nello studio e corro subito da lui. « Che c'è? Cos'hai trovato? »

Jamie è davanti alla sua scrivania. Scuote il capo, confuso. « Credo che abbiano rubato la mia cartellina di lavoro. Non c'è più. Dentro c'erano tutti i miei contatti, i nomi, i soldi che mi devono... »

« Non ne hai una copia sul portatile? »

« Certo. Ma avevo anche il cartaceo. È ovvio che hanno curiosato nella mia roba... » Comincia ad aprire tutti i cassetti pieni di documenti che non ha mai messo in ordine.

Sono costernata. « Oh, perché non hai chiuso a chiave i cassetti? »

Lui si ferma un attimo e si mette le mani nei capelli, avvilito. « Non ci ho pensato. Cosa diavolo ci vogliono fare con quella cartellina? »

Cerco di non andare nel panico, perché per Jamie sarebbe la goccia che fa traboccare il vaso. Di solito non perde facilmente la calma, ma la stanchezza, il ricovero in ospedale e l'orrendo ritrovamento nel giardino degli Heywood si fanno sentire. Avremmo dovuto chiudere a chiave i cassetti della scrivania e nascondere i suoi documenti di lavoro. Tutte le cose importanti le teniamo qui: estratti conto, dettagli del mutuo, documenti della casa.

Apro i cassetti dello schedario col cuore in gola. *Ti prego, fa' che ci sia tutto,* penso, mentre cerco tra le carte. Questo scambio di case aveva come scopo principale quello di far fare una pausa a Jamie, e invece ha finito per stressarlo ancora di più. Trovo la cartellina che stavo cercando. «Jamie, è qui.»

Viene subito da me. Gliela consegno e lui si rilassa all'istante. «Grazie al cielo! Ero sicuro di averla messa nel cassetto della scrivania.»

«Sembra che non manchi nulla. Stai tranquillo.»

Ma più tardi, mentre siamo sdraiati a letto ad ascoltare i rumori confortanti della nostra Bath – il traffico, le ambulanze –, capisco che effettivamente tutte le ansie che ho avuto quando stavamo dagli Heywood non erano dovute solo al disturbo post-traumatico da stress. C'erano davvero dei motivi per cui preoccuparsi. Tutte le cose strane che sono successe – quell'uomo a Lizard Point, il corsetto insanguinato, forse persino l'intossicazione alimentare di Jamie –, tutte queste cose sono collegate.

Anche se Jamie insiste a sostenere il contrario, visto il modo in cui ha reagito quando non ha trovato subito quella cartellina, so che in fondo anche lui la pensa come me.

14

La mattina seguente lascio dormire Jamie per farlo riposare e vado a bussare alla porta di Evelyn. Mi è venuto in mente durante la notte, quando mi sono svegliata tutta sudata, che Philip e Tara sono andati da lei per le chiavi.

Il viso rugoso di Evelyn s'illumina quando mi vede sulla soglia. Sembra invecchiata dall'ultima volta che l'ho vista. È piccolina, non più alta di un metro e cinquanta, zoppica un po' e porta sempre i capelli raccolti in uno chignon. « Libby, cara. Entra pure. »

Adoro casa sua: è su due piani, proprio sopra di noi, con cornicioni vittoriani che bordano i soffitti alti e un bel pavimento di mattonelle marroni e color crema, con un fiorellino azzurro al centro di ognuna. Per non parlare del grande giardino che sarebbe perfetto per Ziggy. Una volta Jamie mi ha confidato di sperare che, quando Evelyn « se ne andrà », avremo abbastanza soldi da poterci permettere il suo appartamento. Ovviamente quel « se ne andrà » era solo un eufemismo, ma l'idea che Evelyn un giorno possa morire è troppo triste per pensarci.

La seguo nell'elegante soggiorno – lei lo chiama « salotto » – e mi accomodo su una delle sue sedie Luigi XVI.

« Mi pareva di avervi sentito rientrare, ieri sera », mi dice, dopo avermi offerto una tazza di tè.

La ringrazio, ma rifiuto. Meglio di no. « Spero che non ti abbiamo disturbato... »

Le brillano gli occhi. «Niente affatto. Lo sai che non dormo mai. Avete fatto una bella vacanza?» Mi osserva con quel suo sguardo che sembra possa leggerti nel pensiero.

Le racconto tutto, come un fiume in piena. Ho bisogno di sfogarmi.

Fa una smorfia quando le dico dell'indumento insanguinato trovato in giardino. Quando ho finito, mi guarda seria. «Però, alla faccia della vacanza.»

Scoppio a ridere. È più forte di me. È una specie di liberazione.

Anche lei ride, poi torna di nuovo seria. «È tutto molto strano, Libby. Soprattutto il ritrovamento in giardino. Credi che il sangue appartenga a Mrs Heywood?»

«Non lo sappiamo ancora, ma direi che è il tipo d'indumento che potrebbe appartenere a lei. Ne ho visti di simili nei suoi cassetti.» Mi sforzo di non mostrarmi imbarazzata. Non le ho detto esattamente cos'abbiamo trovato. Non mi sento a mio agio a parlare di corsetti con la mia vicina ottantenne.

«Mia cara Libby, il fatto è che non sapevi niente di queste persone quando hai deciso di farle stare in casa tua.»

Faccio una smorfia.

Evelyn se ne accorge. «Oh, lo so che per voi giovani è normale, oggigiorno. Con questo Air Bimbi su cui trovate le case...»

Immagino si riferisca a Airbnb, ma non la correggo.

«In fin dei conti, si tratta di far entrare sconosciuti in casa vostra. Con tutte le loro strane abitudini e quello che si portano dietro... e non parlo solo di valigie.»

«Comunque sono preoccupata, Evelyn. Per Tara. È chiaro che è successo qualcosa di violento. Non pensi?»

« Be', sì, certo... »

« Ma tu li hai visti, giusto? Quando sono venuti a prendere le chiavi sabato scorso, no? »

« Sì, è venuto un uomo. Un ragazzo. Più grande di te, però, forse sulla trentina. Non saprei dire. Sai, quando arrivi alla mia età, ti sembrano tutti giovani. » Ridacchia e si rilassa sulla poltrona, con le mani raccolte in grembo. Ha un intrico di vene azzurre e gonfie sotto la pelle chiara. Mi si stringe il cuore a immaginarla seduta su questa poltrona giorno dopo giorno, con nient'altro a tenerle compagnia se non le foto allineate sul caminetto e i ricordi. Mi riprometto di venire a trovarla più spesso. Per quel che ne so, non riceve mai visite. Una volta mi ha parlato di un nipote, il suo unico parente ancora in vita, che « difficilmente farà dei figli, visto che è omosessuale ». « Omosessuale » l'aveva detto a bassa voce, come se fosse una parolaccia.

Allora mi ero resa conto che io e lei apparteniamo a generazioni diverse, benché Evelyn sia una delle mie poche vere amiche. « C'era anche una donna con lui? Sua moglie? » Nel momento stesso in cui glielo chiedo, mi rendo conto di quanto vorrei che mi rispondesse di sì. Il pensiero che Philip possa avere ucciso e poi sepolto in giardino la povera Tara è troppo angosciante.

Evelyn scuote la testa. Qualche ricciolo argentato le sfiora il viso. « No, è venuto da solo a prendere le chiavi. Però, qualche giorno dopo, credo fosse mercoledì... Sì, era mercoledì perché sono passati quelli della raccolta differenziata. Comunque sia, ho visto una donna, in strada, vicino ai bidoni. Era abbastanza buio. »

« Oh, grazie al cielo. » Tiro un sospiro di sollievo. Dunque Tara era con lui, il che vuol dire che è ancora viva. Ma, se quel corsetto non appartiene a Tara, allora di chi è?

Evelyn aggrotta le sopracciglia. « Però non mi hanno mai riportato le chiavi. E di fatto l'impressione che ho avuto è che a casa vostra ci siano stati molto poco. Le luci le ho viste sempre spente, a parte la prima sera. »

« Forse passavano la maggior parte del tempo in ospedale dalla figlia, anche di notte. »

« Immagino di sì. Una sera ho sentito un po' di rumore. Ieri, credo, ma forse era mercoledì. Scusami, cara, per me ogni giorno è uguale all'altro. »

« Che tipo di rumore? »

« Urla e del fracasso. Credo che abbiano avuto una discussione. Ho sentito anche una voce di donna. »

« Magari litigavano per la figlia. Deve essere un periodo stressante, per loro. »

« Forse... »

Capisco dalla sua espressione che c'è qualcos'altro che non mi dice. « Che c'è, Evelyn? »

Lei scuote di nuovo la testa, come per scacciare un pensiero spiacevole o meschino nei confronti di Philip Heywood. « No, nulla. È che quel signore mi è sembrato un po' strano, tutto qua. Agitato. Ma probabilmente era solo preoccupato per la figlia. »

Le racconto della telefonata con cui mi aveva avvisato che se ne sarebbero andati prima del previsto. « Forse, nella fretta, ha dimenticato di riportare le chiavi. » Cerco di non pensare al fatto che Philip abbia ancora accesso al nostro appartamento. Avrei dovuto fargli firmare qualche tipo di contratto. Mi sono fidata troppo, convinta che sarebbe filato tutto liscio, che fosse solo uno scambio di case.

Evelyn annuisce, ma si vede che è preoccupata, o forse solo perplessa, non riesco a capirlo. È come se stesse cercando di afferrare un pensiero che le sfugge. Non voglio insistere: magari non ha niente a che fare con Philip Heywood.

Quando mi alzo e le do un bacio prima di andare via, lei mi posa una mano sul braccio, seria. « Fossi in te farei cambiare la serratura, Libby cara. Tanto per stare tranquilli. »

Il fabbro viene subito e io finalmente mi rilasso un po', sapendo che ora Philip Heywood non ha più modo di entrare. Provo a chiamarlo sul cellulare un paio di volte, ma non risponde. Continuo a controllare sui giornali locali se per caso si parli di sviluppi della faccenda, arresti o ritrovamenti di corpi. Niente, nessun accenno a Philip e Tara Heywood. A un certo punto mi viene in mente di cercare il suo numero di telefono su Internet, però mi rendo conto che sto esagerando, anche perché sarà senz'altro molto impegnato a prendersi cura della figlia. Dopotutto, fino a prova contraria, non ha fatto nulla di male. E comunque adesso tocca alla polizia accertarsene.

15

« Le coincidenze non esistono. Avete fatto bene ad andarvene », dice Sylvia, la prima domenica in cui andiamo a farle visita dopo il nostro ritorno a Bath.

Siamo tutti seduti intorno alla sua grande tavola imbandita e Jamie ha pensato bene di raccontare la nostra vacanza. Lo fa però in tono divertito e scherzoso, nascondendo tutta l'ansia che ci ha causato. Non dice nulla dell'intossicazione alimentare per non guastare l'atmosfera. Purtroppo non si è ricordato che sua madre è iperprotettiva. Avrebbe dovuto pensarci due volte, prima di raccontare tutta la faccenda.

« Non ci posso credere, che abbiate trovato degli animali morti in cantina », esclama Richard, il marito di Florrie, con la bocca piena.

Jamie va abbastanza d'accordo con Richard, ma lui va d'accordo con tutti. Io lo trovo un po' immaturo. È uno di quelli che ridono se qualcuno pesta una cacca, e mi è capitato spesso di sentire Florrie lamentarsi con la madre che Richard fa le ore piccole a giocare con la Xbox e poi la mattina dopo non riesce ad alzarsi per andare al lavoro. Mi sembra viscido, a volte, perché non guarda mai nessuno negli occhi e indugia sempre un po' troppo sul seno delle donne. Quando Katie indossa una minigonna – cosa che capita abbastanza spesso –, non le stacca mai gli occhi dalle cosce.

Florrie gli dà una gomitata e lo guarda male. Lui si gira verso di me e fa una smorfia da cretino.

« Io invece non riesco a credere che mio figlio era in ospedale e tu non mi abbia detto niente. » Il tono di Sylvia è tagliente, il suo sguardo di ghiaccio.

Restano tutti di sasso. Florrie lascia cadere forchetta e coltello, Katie rimane col bicchiere di vino appoggiato alle labbra e Richard mi guarda con un sorrisetto soddisfatto, come uno scolaro contento che la maestra abbia sgridato qualcun altro. Hannah rimane in silenzio. È seduta dall'altra parte del tavolo, davanti a Jamie, e mi guarda. Suo figlio Felix e Jacob, il bambino di Florrie, sono gli unici a non reagire con sgomento.

Il pollo che stavo masticando adesso mi sembra di gomma. Lo deglutisco a fatica. « Io non... non volevo farti preoccupare. »

Sylvia aggrotta le sopracciglia definite, belle come quelle del figlio. « Preoccuparsi è il mestiere di una madre. Per fortuna che ci ha pensato Hannah, a dirmelo. »

Hannah? Mi giro verso di lei. Il suo sguardo è di sfida. Come faceva a saperlo, Hannah? Poi però mi ricordo del messaggio che ha mandato a Jamie. Non gli ho più chiesto spiegazioni a riguardo, con tutto il trambusto della partenza e del ritorno a Bath. Immagino che Jamie le abbia scritto per scusarsi di non averle potuto rispondere perché era in ospedale. E immagino anche il seguito della conversazione, con loro due che parlano del loro segreto e di come tenermelo nascosto. Provo una fortissima repulsione per Hannah, in questo momento.

« Mamma, lasciala in pace. Ho trent'anni suonati. Non devi conoscere ogni mio spostamento. »

L'espressione di Sylvia si ammorbidisce. Quando non fa la maestrina, ha un bel viso, con occhi grigi sovrastati da una frangetta bionda. Si veste sempre molto bene e fa anche attenzione agli accessori. Le piacciono i gioielli grossi e soprattutto i bracciali. Anche adesso per esempio ne indossa diversi, che tintinnano mentre versa un po' di sugo sul pollo che ha nel piatto. « Ma eri in ospedale, tesoro. E se ti fosse successo qualcosa? »

« Ho avuto solo una piccola intossicazione alimentare. Non è nemmeno la cosa peggiore che ci è capitata laggiù. Pensate che... » – e qui abbassa la voce per non spaventare i bambini – « ... c'era della biancheria intima tutta strappata e insanguinata in giardino. È stato Ziggy a trovarla. Abbiamo chiamato la polizia. Ora stanno facendo tutte le indagini del caso, l'hanno presa molto sul serio. »

Segue un silenzio esterrefatto.

« Cazzarola, che vacanza! Trovare biancheria intima sexy in giardino e avere la sciolta », esclama Richard.

« Quanto sei fine », mormoro, disgustata dalla sua grettezza.

« Richard! » Florrie gli dà un'altra gomitata sul fianco. Mi pare che questa donna passi la vita a sentirsi in imbarazzo per i modi del marito.

« Mamma, cos'è la sciolta? » chiede Felix a Hannah, guardandola con gli occhioni che ha preso da lei.

Hannah mi lancia un'occhiata imbestialita, come se fosse colpa mia. « Zio Richard ha detto una brutta parola. »

Intervengo e cerco di distrarlo chiedendogli della sua nuova foca di peluche. Felix comincia a raccontarmi tutto del pupazzetto e dimentica subito quello che ha detto Richard. Hannah mi ringrazia con un raro sorriso.

Passo il resto del pomeriggio a studiare il comportamento di Jamie e Hannah, cercando di capire se effettivamente mi stanno nascondendo qualcosa. A un certo punto spariscono e li trovo in cucina. Dal linguaggio del corpo si capisce che si stanno confidando. Sono entrambi appoggiati di schiena al lavandino, così vicini che le spalle si toccano. Hannah è molto carina nel suo vestitino floreale, con un paio di stivali alti e una giacchetta di jeans. Jamie ha le braccia conserte e le caviglie incrociate. Bisbigliano.

Non appena entro in cucina, si allontanano: Hannah prende un bicchiere dall'armadietto sopra il lavandino e Jamie apre lo sportello del microonde. « Cosa succede? » chiedo in tono freddo.

Hannah mi guarda con espressione innocente. « Cosa intendi? »

« Be', come mai siete spariti? »

« Stiamo solo parlando, tutto qua. Immagino che gli sia ancora permesso, anche se è sposato, no? » Sorride, poi mi passa accanto ed esce dalla cucina. Probabilmente adesso correrà a raccontare tutto a Katie, e si metteranno a sparlare di me come due adolescenti, anche se sono donne di quasi ventotto anni.

Jamie chiude lo sportello del microonde ed evita il mio sguardo. Non ha niente in mano.

« A che gioco sta giocando? »

Jamie scuote la testa. « Libs, la conosco da una vita... »

« Non m'interessa. Ti vuole. »

« Ma non mi vede più in quel modo, ormai... »

Mi sfugge un lamento. « Davvero sei così ingenuo? »

« Anche se fosse come dici tu, non cambierebbe nulla. È solo un'amica. Tutto qui. Ormai dovresti saperlo, Libs. » Viene verso di me. « Ha un problema e mi stava chiedendo una mano. Mi credi, vero? »

Nonostante il tono tranquillo, si sente che sotto c'è una vena d'irritazione. Sono sempre stata certa del suo amore per me, anche se so che alla sua famiglia non piaccio molto (a eccezione forse di Florrie). Perché adesso invece mi sento così? Perché ho paura di perderlo? Perché ho la sensazione che tutto si stia sgretolando? È per via di ciò che è successo in Cornovaglia? O per l'incendio e la perdita del bambino? Non ne sono sicura. «Sei stato tu stesso a dirmi che Hannah ti amava molto. Credeva che saresti stato l'uomo della sua vita, Jay.»

Lui guarda a terra, in imbarazzo. «Eravamo ragazzini...»

«Le hai spezzato il cuore...»

«Era diventata una relazione troppo seria per l'età che avevamo. Poi siamo andati in due diverse università e... Be', sai come vanno queste cose.»

«L'hai tradita!» L'ho capito solo ora. Non me lo aveva mai detto, ma è evidente, basta guardarlo in faccia. Lo sguardo basso, il sorriso imbarazzato. Ha i sensi di colpa.

«Non ne vado fiero», dice, continuando a guardarsi le scarpe.

«Perché non me lo hai mai detto?»

«Proprio perché non ne vado affatto fiero.» Alza lo sguardo, però non sorride e non fa nessuna battuta.

Sono contenta che non provi a sminuire la cosa. Lo guardo. È capace di tradire. Jamie Hall, l'uomo per cui è tutto o bianco o nero, il mio adorato moralista, il ragazzo di buona famiglia non è migliore di mio padre. O di Harry.

«Libs, perché mi guardi così? È come se non sapessi più chi sono. Per la miseria, è successo una vita fa. Ero giovane e stupido. Non ero innamorato. Non come lo sono ora di te.» Si avvicina. «Per favore, non ti fissare su questa cosa.»

Deglutisco e cerco di ricompormi. «Non sto... è solo

che... non lo so.» Com'è possibile che lo venga a sapere solo ora? Sono quasi cinque anni che stiamo insieme. Me l'ha tenuto nascosto di proposito? Ripenso alle chiacchierate che ci facevamo i primi tempi, abbracciati nel letto del mio squallido monolocale. Ci raccontavamo di noi, delle relazioni passate.

Jamie mi abbraccia. «Era diverso, allora. *Io* ero diverso. A te non farei mai una cosa del genere. Spero tu lo sappia. Non m'importa di quello che prova Hannah per me. È te che amo. È te che ho sposato. È con te che voglio stare per il resto della vita.»

«Sono felice di sentirtelo dire.» Dietro la porta intravedo un vestito a fiori, una chioma di capelli biondi. Hannah è rimasta a origliare tutto il tempo? Mi abbandono tra le sue braccia e appoggio la testa sul suo petto, cercando d'ignorare la sensazione di disagio che provo.

È una giornata fredda e serena, e il sole è già basso. Dopo pranzo, vado a sedermi in veranda per godere il calore che filtra attraverso i vetri. Guardo Felix e Jacob tutti imbacuccati, che corrono per il giardino inseguiti da Jamie e Richard. Hannah e Florrie li guardano adoranti, con le braccia conserte. Venire di nuovo qui, dalla famiglia di Jamie, mi fa quasi dimenticare gli eventi della settimana passata, come se non fossimo mai stati in Cornovaglia.

Anche se stiamo insieme da tanti anni, non riesco ancora a capacitarmi di quanto sia grande questa casa, il luogo in cui ha passato la sua infanzia. È così diversa da quella in cui sono cresciuta io. Hanno persino una dépendance per gli ospiti in fondo al giardino. Sylvia ospita spesso i suoi amici. È più contenta quando ha la casa piena di gente che chiacchiera e ride. Anche se a volte mi fa arrabbiare, mi dispiace che abbia perso il marito.

Guardo Jamie che fa un dribbling col pallone e Felix che gli corre dietro ridendo, con le braccia tese. Jamie ha tradito Hannah. Ancora non riesco a crederci. Dopo questa rivelazione, è come se fosse cambiato ai miei occhi. Come se lo vedessi attraverso uno di quegli specchi deformanti del luna park.

« Non ti unisci a loro? » La voce mi fa trasalire. Mi giro e vedo Katie, appoggiata alla portafinestra con un'espressione insolente stampata in faccia.

Ha i capelli biondo cenere come Jamie e la madre, mentre Florrie ce li ha scuri, come il padre. Katie è una bella ragazza, alta e magra. Ma è come se non trovasse pace, come se non sapesse ancora che direzione prendere nella vita: passa da un lavoro all'altro, da un fidanzato all'altro, da una casa all'altra. È tornata da poco a vivere da Sylvia ed è di nuovo senza lavoro, anche se ha solo due anni meno di me. Sylvia non l'ha mai detto ad alta voce – è troppo leale nei confronti dei figli –, però so che è preoccupata per Katie, per questo suo vagare senza meta. Io avrei dato qualsiasi cosa per avere ciò che ha avuto lei, i privilegi e la possibilità di studiare in scuole private. Lei evidentemente dà queste cose per scontate. Anche se Florrie è la tipica sorella maggiore un po' prepotente, la preferisco a Katie. Florrie ha i piedi per terra, è solida, anche se in fatto di uomini non abbiamo gli stessi gusti. Non che Richard sia cattivo: è solo che a volte è un po' cretino. Al contrario della sorella, Katie tende a manipolare le persone e le situazioni, e sfrutta a suo vantaggio il fatto di essere la piccola di casa. Con me però non ci riesce. Con me i suoi giochetti non funzionano.

Mi giro e le lancio un'occhiata che vuol dire: *Non ci pro-*

vare. È la stessa che uso coi bimbi a scuola quando cercano di fare i furbi. Lei la ignora e viene a sedersi sulla poltrona di vimini davanti a me, mettendo le gambe sul bracciolo. Alle sue spalle è appesa una foto del nostro matrimonio, che ritrae me e Jamie con Katie e Florrie al nostro fianco, entrambe bellissime nell'abito blu. Katie aveva fatto un sacco di storie, perché il blu le stava male e secondo lei avevo scelto quel colore per farle un dispetto. Certo, come se al centro dei miei pensieri ci fosse lei. Mi ero morsa la lingua e non avevo detto nulla, ma non avevo comunque ceduto: il colore dei vestiti delle damigelle sarebbe rimasto quello. Jamie le aveva fatto un discorsetto, dicendole che se non si voleva adeguare poteva benissimo rinunciare a farmi da damigella. Quanto avrei voluto avere una sorella, in quel momento e in molti altri. A volte è dura avere a che fare con le donne di casa Hall.

Katie mi osserva sorniona. « A volte sei così silenziosa, Libby. Chissà cosa ti passa per la testa. Dovresti raggiungere tuo marito in giardino, invece di lasciarlo giocare a fare il paparino col figlio di Hannah. »

Resto impassibile, con un sorriso finto stampato sulla faccia. Non mi va di raccogliere la sua provocazione. « Sono contenta che possa passare un po' di tempo con la sua famiglia, e poi non mi sento ancora in forma. » Mi metto una mano sul ventre per farle capire a cosa mi riferisco. « E poi, con questo braccio... Non voglio rischiare di cadere e farmi male di nuovo, visto che dovrebbero togliermi il gesso tra una settimana. »

Lei si mordicchia il labbro. « Mmm, immagino che non ti vada di giocare coi bambini, visto che lo devi fare per lavoro tutti i giorni. »

« No, non è questo. Adoro i bambini... » A quest'ora, sarei alla sedicesima settimana di gravidanza.

Katie continua imperterrita, incrociando le caviglie e muovendo le dita dei piedi. Ha lo smalto viola scuro sulle unghie. « Certo, dev'essere strano vedere tuo marito insieme con l'ex fidanzata. Ricordo quanto erano innamorati, ai tempi. Il primo amore non si scorda mai, no? Pensavamo tutti che si sarebbero sposati. Imprevedibile il destino, eh? »

Mi domando se Katie continui a frequentare Hannah solo per farmi dispetto. È vero che sono state le migliori amiche per tanti anni, ma Hannah adesso è madre, è più matura di lei. Mi sembra sempre così strano vedere Katie che porta Hannah in giro per casa, ostentandola come fosse un trofeo.

« Be', ormai sono cinque anni che li vedo insieme. Ci sono abituata. » Ho il sorriso sulle labbra, anche se in realtà mi sta facendo innervosire. Sono come un portiere professionista: paro tutti i rigori che tira. Ho fatto molta pratica, in questi anni. È come se sapesse con precisione cosa dire per colpire nel segno, ma io non le do mai soddisfazione.

All'inizio è stato strano, accettare che la ex di Jamie facesse ancora parte della famiglia. Quando ci siamo conosciute, Hannah era incinta e ancora sposata. Avevo capito subito che con Sylvia non sarei mai riuscita a instaurare lo stesso tipo di rapporto che avevano loro due, il legame in cui speravo, che agognavo. Prima di conoscere la mamma di Jamie, credevo che avrebbe riempito il vuoto lasciato da mia madre. Pensavo che Sylvia sarebbe diventata una specie di surrogato. Ovviamente non è andata così. Sylvia è diversissima da mia madre. Ho la sensazione che pensi che non sia abbastanza per suo figlio. Non sono la nuora che sperava, col mio accento del Nord, con la mia preferenza per la birra rispetto al vino, con le mie unghie mangiucchiate, coi vestiti macchiati di pennarello. Non sono quella che lei definirebbe «elegante». Una volta l'ho sorpresa mentre storceva la bocca guardando il tatuaggio che ho sul braccio, un uccello con le ali spiegate. Non le piace il fatto che sia competitiva nei giochi da tavolo, che non stiri i vestiti di Jamie (ma non stiro neanche i miei!), che abbia tre buchi al lobo sinistro, che non sia sempre a dieta e non parli tutto il tempo di cibo e cucina. La mia unica fortuna è che sono un'insegnante. Mi pare di sentirla mentre parla con le amiche del circolo, dicendo loro che se non altro ho studiato. Hannah invece è perfetta, perché – sebbene adesso sia una mamma single – ha studiato in istituti privati e viene da una famiglia piena di soldi. Una volta Jamie mi ha confidato che i genitori di Hannah sono dei terribili snob, che a lui non sono mai piaciuti perché si disinteressavano totalmente di Hannah e concentravano tutte le loro attenzioni sull'altro figlio, quello che aveva studiato a Oxford. Si sono trasferiti a Jersey da qualche anno, ormai, e a quanto pare non vengono mai a trovare la figlia.

Katie aggrotta la fronte e si rigira una ciocca di capelli tra le dita. «A me comunque non piacerebbe vedere mio marito con la sua ex. È anche vero che noi due siamo molto diverse, no?» Sorride melliflua e si alza dalla poltrona, forse annoiata dal suo giochetto, visto che non riesce a provocarmi.

Vorrei tanto dirle di crescere. Invece prendo una rivista dal tavolino e mi metto a sfogliarla. Sebbene mi senta gli occhi di Katie ancora addosso, continuo a leggere e a fingermi interessata alla vita privata di una star da soap opera.

«So benissimo che pensi che io sia stupida.»

Mi coglie così di sorpresa che la rivista cade a terra. La

guardo. « Certo che no. Al contrario, penso che tu sia molto intelligente. » È vero, lo è. È solo che usa la sua intelligenza nel modo sbagliato, e cioè per fare la furba.

« Forse non ho una laurea come te, ma le persone le capisco al volo. E, a te, ti ho capita benissimo. Ti piace pensare di essere forte, una tosta. Però in realtà sei come un cigno, che in superficie è il massimo dell'eleganza e sott'acqua agita disperatamente le zampe per restare a galla. »

« Katie... »

« Non essere perfetti non vuole dire essere deboli, sai? »

« Lo so. E non penso di essere perfetta, anzi. » Come potrebbe sapere che la maggior parte del tempo mi sento un'imbrogliona?

Affila lo sguardo come se volesse dire altro, poi cambia idea e se ne va, scostandosi i capelli dalla spalla con un gesto da diva.

In giardino, Sylvia serve del tè fumante in tazze di porcellana assortite posate su un vassoio tondo. Jamie e Hannah chiacchierano. Lei ride, probabilmente per una sua battuta, e a me dà parecchio fastidio vedere che lui continui a darle spago nonostante la discussione che abbiamo avuto poco fa. Lei si accorge che li sto guardando e fa un sorrisetto. Mi sale una vampata di rabbia. Deve stare attenta, a scherzare col fuoco. Ho investito tutto ciò che avevo per costruirmi una vita con Jamie, e non permetterò a lei né a nessun altro di rovinare tutto.

16

Il mercoledì prima di Pasqua finalmente mi tolgono il gesso. Torno a casa quasi saltellando da quanto sono contenta: posso portare di nuovo a passeggio Ziggy, andare a correre o giocare a badminton, riprendere la vita che facevo prima dell'incendio, insomma.

Evelyn è seduta davanti alla finestra quando scendo le scale che portano al nostro seminterrato. La saluto con la mano e lei ricambia. Mi riprometto di andare a trovarla, più tardi. Ci metto un po' ad aprire la porta. La nuova serratura è un po' dura e tra l'altro mi sembra che la porta faccia un po' di resistenza. Capisco ben presto perché: è arrivata la posta, ed è dieci volte di più di quella che riceviamo di solito, tanto da bloccare l'ingresso. M'inchino a raccogliere la pubblicità che ci è arrivata. È tutta indirizzata a me e reclamizza le cose più strane. La appoggio sul piano accanto al lavandino e mi ritrovo sotto gli occhi un volantino per l'allungamento del pene. Lo accartoccio e lo butto nel cestino. Subito sotto però ci trovo il catalogo di mobili scandinavi che avevo visto a casa degli Heywood. Non mi pare di averlo ordinato, o sbaglio? Lo lancio sulla credenza, e quello scivola lungo il piano di legno finché non va a sbattere contro un soprammobile.

È la statuetta di Buddha. Cosa ci fa qui? Sono anni che non la vedo. Non ce la facevo a buttarla, così l'ho chiusa da qualche parte per tutto questo tempo. Forse Jamie l'ha trovata e l'ha tirata fuori? Osservo il volto calmo del Buddha, la sua posa rilassata. Non riesco a guardarla senza pensare a tutto quello che è successo. Deve sparire.

La porta dello studio è chiusa, sento Jamie discutere al telefono d'infrastrutture e database. Non capisco ancora bene che lavoro faccia, anche se lui cerca sempre di spiegarmelo. Porto la statuetta in camera da letto e la nascondo in fondo al mio armadio, sotto una pila di vestiti estivi.

Quando torno in cucina, accendo il bollitore per preparare un tè caldo. Mi manca proprio il rubinetto degli Heywood da cui usciva subito l'acqua bollente.

Ziggy si alza subito dalla cuccia.

«Ciao, bello! Scusa, non ti ho neanche salutato.» Sono felice di poterlo abbracciare senza l'ostacolo del gesso. Affondo il viso nel suo pelo. Ha bisogno di un bagno. Non solo lui, ma tutta la casa puzza di cane. Accendo la candela che avevo lasciato sulla mensola nella zona pranzo e ne inspiro il profumo al mandarino. Ravviva la stanza col suo crepitio, non c'è che dire. Ovviamente non fa lo stesso effetto che faceva a casa degli Heywood, ma il profumo esotico e raffinato mi ricorda la Cornovaglia.

Jamie entra in cucina. È qualche giorno che non si rade e lo stress che si era impossessato di lui prima della Cornovaglia è tornato. Non per la prima volta, rifletto che il lavoro in proprio è troppo snervante per lui. Ha un pacchetto in mano, lo tiene per un angolo, con la punta delle dita. Mentre cammina gli sbatte contro la gamba.

Gli faccio vedere il braccio, felicissima. «Addio, gesso!»

Gli brillano gli occhi. «Che bello!»

«Cos'hai lì?»

Cambia subito espressione. «È per te. Cos'hai ordinato? Guarda che non siamo ancora diventati miliardari.» Poi nota la candela. «E questa da dove viene?»

«L'ho presa a due soldi al mercatino di beneficenza. Probabilmente un regalo mai utilizzato o qualcosa del genere...» Non approverebbe, se gli dicessi la verità, e cioè che l'ho presa dagli Heywood. Mi ero detta che, poiché ormai l'avevamo usata, tanto valeva portarsela via. Jamie però non la vedrebbe alla stessa maniera. «Io comunque non ho ordinato niente.» Prendo il pacco. È grosso e pesante, e ha il nome di un grosso rivenditore stampato sulla busta. Lo apro.

«Cos'è?» mi chiede, mentre versa l'acqua calda nelle tazze.

Aggrotto la fronte. «Non capisco. Sembra uno zaino.» È grosso, brutto, uno di quegli zaini da campeggio con cui viaggiano gli studenti. «Di sicuro non l'ho ordinato io.» Ricontrollo il nome del destinatario, sperando che si siano sbagliati e in realtà il pacco sia destinato a un vicino. No, c'è scritto proprio il mio nome.

Jamie appoggia una delle due tazze di tè sul tavolo di quercia. «Hai in programma qualche viaggio, Libs?» Ci scherza su, ma non è divertente.

Un brivido mi corre lungo la schiena. Perché mi è stato recapitato questo zaino? Lo poso sul tavolo e infilo la mano nell'involucro per cercare la bolla. «Molto strano. Sembrerebbe che abbia un account. Guarda...» Gli sventolo il pezzo di carta sotto il naso.

Lui aggrotta la fronte e lo prende.

«Io però non ho mai aperto un account con questa ditta.»

«È evidente che si tratta di un errore. Chiamali e diglielo. Poi gli rispedisci lo zaino.»

Sospiro. «Che seccatura, però.»

«Lo so, Libs. Ma queste cose succedono.» Prende la sua tazza ed esce dalla cucina.

Io rimetto lo zaino nella sua busta e lo richiudo.

È buio e comincia a piovere mentre m'incammino verso l'ufficio postale. Questa faccenda dello zaino mi preoccupa. Significa qualcosa? Qualcuno ce l'ha con me? Quando percorrevo le strade polverose e assolate della Thailandia, avevo sulle spalle uno zaino del genere. Sono così assorta nei miei pensieri che vado a sbattere contro una signora che ha un bambino nel marsupio. Mi scuso e lei mi sorride, con quell'aria euforica ma stanca che hanno tutte le neomamme. Mi si stringe il cuore. Sarei stata al quarto mese di gravidanza, adesso. Avrei avuto già un po' di pancia? Una luce diversa? E poi penso all'altro. Al primo.

Le strade sono affollate di famiglie che si godono gli ultimi giorni delle vacanze di Pasqua, tutti con impermeabile e ombrello. Il traffico aumenta a mano a mano che mi avvicino al centro, e le luci nelle case si accendono, anche se sono solo le quattro di pomeriggio.

Continuo a pensare a tutta la posta che ho ricevuto stamattina mentre faccio la fila all'ufficio postale. Tutti quei volantini che pubblicizzavano sconti da parte di aziende da cui non ho mai comprato niente. Come mai, dal nulla, hanno cominciato a mandarmi pubblicità?

Il solo fatto di essermi liberata dello zaino mi fa sentire meglio. Mentre sto per svoltare l'angolo e prendere la strada di casa, avverto la presenza di qualcuno che mi cammina dietro. Mi giro di scatto. È una donna. Ha il volto coperto dall'ombrello, però riesco a vedere i suoi lunghi capelli arruffati e un paio di stivali. Riprendo a camminare ma rallento. Lei non mi supera. Rallenta con me. Mi sta seguendo? Mi fermo e mi faccio di lato per lasciarla passare, infastidita dall'invasione del mio spazio. Lei prosegue dritta, senza degnarmi di uno sguardo.

Quando arrivo a casa, Jamie è fuori con Ziggy, per cui vado a prendere il portatile in salotto per fare la mia consueta ricerca su Internet. Neanche stavolta ci sono notizie sugli Heywood.

Il sole tramonta e Jamie è ancora fuori con Ziggy. Vado in cucina a mettere della pasta sul fuoco. Mi sento agitata e nervosa, ancora turbata dalla faccenda dello zaino e dei volantini. Sento la radio di Evelyn accesa al piano di sopra. Tiene sempre il volume troppo alto, ma alla fine sentirla mi dà conforto. Più tardi spegnerà la radio e accenderà la televisione, e sentirò la sigla di una delle tante soap opera che guarda.

Scolo la pasta nel lavandino e guardo fuori dalla finestra del seminterrato. Ziggy è seduto sotto il lampione e accanto a lui vedo solo un paio di gambe. Provo a sporgermi sul lavandino per guardare meglio. Jamie sta parlando con un signore con un abito gessato e un cappotto nero. Mi sembra di riconoscerlo, è uno che vive un po' più giù di noi, in una villetta a tre piani che ha anche un vialetto d'accesso privato. L'ho visto a bordo di una macchina sportiva. La moglie è una bella donna, più giovane di lui e sempre in tiro. Non esce mai senza rimmel, rossetto e messa in piega. La luce del lampione illumina la pioggia sottile che bagna il pelo di Ziggy. Ma perché Jamie rimane lì a parlare sotto la pioggia? L'uomo sembra adirato e continua a sventolare un foglio. Corro alla porta e la apro giusto in tempo per vedere l'uomo che se ne va.

Jamie è corrucciato mentre scende le scale. Ziggy ha il mantello tutto bagnato e la pioggia gli ha arruffato i peli in mezzo agli occhi, tanto che anche lui sembra avere la fronte aggrottata.

« Era il tipo che abita in fondo alla strada? Cosa voleva? » gli chiedo non appena entra in casa.

Jamie si toglie il cappotto e lo mette sull'appendiabiti mentre io asciugo Ziggy con un vecchio asciugamano. « Sì. Martin. Che coglione. »

Ho capito che di sua iniziativa non mi racconterà niente. « Cosa voleva? »

« Ma niente. »

« Be', non sembrava. »

Lui va in cucina e io lo seguo. La pasta si sta raffreddando. La rimetto in padella e ci aggiungo un po' del sugo che ho scongelato prima. Comincio a girarla con tanto vigore che il sugo schizza dalla padella sull'altro fornello, sfrigolando.

Jamie si avvicina e mi abbraccia da dietro. « Non arrabbiarti, Libs. »

« Allora dimmi cosa voleva. »

Sospira. « È che la cosa m'imbarazza un po'. Un malinteso, sicuramente. »

Mi giro per guardarlo in faccia. « Sarebbe a dire? »

« Martin mi si è avvicinato mentre tornavo a casa con Ziggy. Sostiene che io abbia mandato delle lettere d'amore alla moglie... » Se non altro, ha il buon gusto di arrossire.

« Cosa? » Il cucchiaio di legno mi cade dalle mani. Lo guardiamo entrambi finire a terra, schizzando sugo sul mobile. Sbuffo e prendo un panno umido dal lavandino per pulire.

Jamie spegne il fornello. « Lo so. È ridicolo. Comunque non si tratta proprio di lettere. Sono dei bigliettini d'amore, più che altro. » Scoppia a ridere, incredulo. « Io, sua moglie, neanche la conosco. Fino a oggi non sapevo nemmeno come si chiamava. Anya, mi ha detto. »

« Ma l'hai vista, no? Questa Anya. È impossibile che non abbia notato quanto è bella. »

« Be', sì, in effetti è una bella donna. Però al massimo mi è capitato di dirle buongiorno. A volte c'incontriamo quando va a correre e io porto a spasso Ziggy. »

Mi sento le guance in fiamme. Ripenso a quando l'ho visto fare lo spiritoso con Ruth a Lizard Point o quando si mette a parlare fitto fitto con Hannah. È uno cui piace flirtare, l'ho sempre pensato. « E quindi ti ha fatto vedere uno di questi bigliettini? »

« In realtà me l'ha praticamente sbattuto in faccia. »

Mi alzo per sciacquare il panno sotto il rubinetto. Mi sforzo di rimanere calma. Ripenso a Katie e alla sua analogia col cigno. Ha ragione. Muovo le gambe sotto l'acqua, disperata, per restare a galla. « Ed era la tua grafia? »

« Certo che no. Libs... » Mi prende per un braccio e mi fa voltare. « Non penserai mica che possa aver fatto una cosa del genere, vero? »

« No... no, certo che no... » rispondo, ma non lo guardo in faccia.

« Non sembri troppo convinta. »

« Lo sono. È solo... »

« 'È solo' cosa? »

Lo guardo negli occhi. Siamo sposati da nove mesi. Nove mesi soltanto. E stiamo insieme da cinque anni. Un bel po' di tempo, no? Ma bastano per conoscere davvero qualcuno? Ho appena scoperto che ha tradito Hannah, per esempio. Non riesco a trattenermi e alla fine lo dico: « Ho letto il messaggio che ti ha mandato Hannah ».

« Il messaggio che mi ha mandato Hannah? »

« Quando stavi in ospedale. Non l'ho letto tutto. Solo l'anteprima. »

« Credevo che ormai su Hannah ci fossimo chiariti.

Che fossi tranquilla. Che avessi capito che è solo un'amica... »

Divento tutta rossa per la rabbia. « Però sai benissimo quello che lei prova per te. E indovina un po'? Penso che la cosa ti piaccia. »

Jamie sgrana gli occhi. « Cosa? »

« Ti piacciono le sue attenzioni. Saresti così comprensivo se il mio ex fidanzato venisse invitato a ogni cacchio di cena in famiglia? Se me ne stessi a chiacchierare con lui in giardino, se mi mandasse dei messaggi in cui mi parla di segreti? » Sono così furiosa che sputo quando parlo. Di solito cerco di mantenere la calma davanti a Jamie – o davanti a tutti in generale –, ma adesso la paura e il risentimento sono esplosi. Jamie è sconvolto, però non mi fermo: ormai sono un fiume in piena. « E non dirmi che mi faccio le paranoie. Non lo sopporto. Lo trovo molto paternalistico, da parte tua. E, sì, sono gelosa. Gelosa del fatto che metti i suoi sentimenti prima dei miei. Gelosa del fatto che alla tua famiglia piaccia più lei di me. Dispiaciuta di non essere voluta, di sentirmi di troppo ogni volta che andiamo da tua madre... »

« La mia famiglia ti ha *sempre* accolto a braccia aperte. »

« No, invece. L'unica a essere gentile con me è Florrie. » Segue un silenzio allibito. Mi sono sfogata, adesso. Getto lo straccio nel lavandino.

« Libs, mi dispiace. Ma devi fidarti di me. Io mi fido di te. »

I sensi di colpa mi attanagliano. « Non ti ho mai dato ragione di non farlo. »

« Ci sono tante cose che non so di te. Non parli mai della tua infanzia. Non vuoi mai tornare nello Yorkshire. Non mi dici mai niente dei tuoi genitori. Ti tieni tutto dentro, anche quello che è successo in Thailandia. So benissimo che non mi hai raccontato tutto. »

« Perché vorresti saperlo? » gli chiedo, con le mani sui fianchi.

« Credo che qualcuno ti abbia fatto molto male quand'eri lì. Qualcuno che amavi. » Il suo sguardo è dolce. « Credo che la morte della tua amica ti abbia toccato profondamente, dandoti un sacco di fobie. Non vuoi mai provare cose nuove, per esempio. Scappi dalle cose che ritieni pericolose, come volare o guidare. Ma non si può controllare tutto... Prendi per esempio l'incendio a scuola. Non si poteva prevederlo o prevenirlo, anche passando la vita a valutare tutti i possibili rischi. »

« Non provare a psicanalizzarmi. Sembri tua madre. Voglio solo sapere una cosa: hai mandato tu quelle lettere ad Anya? » Lo scruto per capire se mente.

Jamie indietreggia, arrabbiato. « No. Ma mi ferisce che tu abbia bisogno di chiedermelo. »

Sembra sincero. Vado verso di lui, a braccia aperte, pronta a chiedergli scusa, però lui se ne va.

Non dormo, quella notte. Mi giro e rigiro nel letto, sudata e in preda all'ansia. Riesco a pensare solo alle accuse di Martin contro Jamie. Dopo la lite, gli ho chiesto scusa davanti a un piatto di pasta un po' bruciacchiata. Lui mi ha rassicurato che si è trattato di uno scambio di persona, che lui non mi tradirebbe o ferirebbe mai. Però Martin deve pur avuto un motivo per accusare Jamie. E, anche se gli credo quando mi dice di non avere mandato quelle lettere, mi turba sapere che c'è qualcuno che vuole convincere Martin - e forse me - del contrario.

17

Il giorno dopo arriva un altro pacco. Riconosco il logo sull'imballaggio, è lo stesso dell'altra volta.

«Non aprirlo. Sai di non aver ordinato niente, per cui rispediscíglielo e basta», mi consiglia Jamie, quando porto il pacco sul tavolo della cucina. È vicino al bollitore e ha gli occhi stanchi: è stato sveglio fino all'una a lavorare.

«Voglio sapere cos'è, però. Continuo a pensare che qualcuno lo stia facendo apposta.»

Mi passa una tazza di tè. «Perché?»

«Non lo so. Ma gli Heywood... sono stati qua. Hanno avuto accesso a tutti i nostri dati. Potrebbero c'entrare, in questa storia.»

Sta per dire che mi faccio le paranoie, però dalla mia faccia capisce subito che non è il caso e richiude la bocca.

Io intanto apro il pacco. È una parrucca lunga, biondo cenere. Cosa può voler dire?

«Cos'è?»

«Una parrucca. Perché qualcuno dovrebbe mandarmi una parrucca?» Mi tocco i capelli, preoccupata che mi stiano cadendo senza che io me ne sia accorta.

Jamie non risponde, e quando mi giro lo trovo che guarda fuori dalla finestra. Mi dà le spalle, per cui non posso vedergli la faccia, ma dalla postura rigida capisco che è teso.

«Jamie? Tutto bene?» Poi però mi accorgo che ha il

cellulare premuto contro l'orecchio. Non l'ho sentito squillare. Lascia la cucina e se ne va nel suo studio, sempre col telefono all'orecchio. Sarà una telefonata di lavoro, penso mentre prendo il mio cellulare per chiamare l'azienda che mi ha spedito la parrucca. O forse era con Hannah che parlava?

La donna che mi risponde è molto gentile e disponibile, m'informa che ho aperto un account con loro lo scorso giovedì alle dieci del mattino – il giorno in cui siamo tornati dalla Cornovaglia – e che venti minuti dopo ho ordinato zaino e parrucca.

Cerco di non farle sentire la mia frustrazione mentre le spiego che dev'essersi trattato di un errore, perché io non ho aperto nessun account né ordinato nulla. « Per favore, potrebbe chiuderlo per me? E, se qualcuno riprova ad aprire un account a nome mio, potrebbe farmelo sapere? È molto importante. » La donna mi assicura che lo farà, ma sono comunque preoccupata quando metto giù. Perché qualcuno dovrebbe farmi questo?

Quando torno a casa dall'ufficio postale – completamente zuppa, perché mi sono dimenticata l'ombrello – trovo Jamie seduto al tavolo della cucina con un signore che non conosco. L'uomo indossa un impermeabile alla tenente Colombo, bagnato sulle spalle e sulla schiena. Avrà una sessantina d'anni, col viso molto severo e con un paio di spessi occhiali bifocali poggiati sul naso.

Jamie si alza non appena mi vede. È pallidissimo, e la barba che non si fa da qualche giorno sembra ancora più scura. È teso, si vede. « Libby, lui è il sergente Byrnes. Ha delle novità. Riguardano gli Heywood. »

Mi siedo senza dire una parola. Guardo Jamie per cercare di capire, ma il suo viso è impenetrabile. Mi preparo al peggio: mi diranno che Tara è morta. Avere passato del tempo in casa sua, tra i mobili scelti da lei, le foto appese al muro, i bellissimi vestiti, mi rende triste per la sua perdita anche se non l'ho mai conosciuta. Non ce la faccio più ad aspettare. « È morta? » domando.

« Chi? » mi chiede il sergente Byrnes, confuso.

« Tara Heywood. »

« Perché pensa che sia morta, Mrs Hall? » La voce è calma ma sospettosa. Sospetta di noi? Pensa che abbiamo qualcosa a che fare con la morte di Tara?

« Per via... per via del corsetto che abbiamo trovato in giardino... era tutto insanguinato... »

Mi guarda in un modo che mi mette a disagio, come se avessi fatto qualcosa di male. « No, non è morta. Sarete felici di apprendere che gli Heywood stanno bene. Siamo finalmente riusciti a contattarli. Sono stati via... »

« Sì, certo... » Lo sapevamo, che erano stati via, visto che hanno alloggiato da noi.

Byrnes va avanti come se non avessi detto nulla: « Vivono a Londra. E hanno passato lì gli ultimi mesi ». Mi guarda da sopra gli occhiali. « Non sanno chi siate. Non sanno nulla di questo scambio di case. Anzi, erano convinti che la loro casa in Cornovaglia fosse vuota. »

Dalla reazione di Jamie, capisco che lo sapeva già. Io invece resto in silenzio per qualche secondo, sconvolta, mentre il sergente Byrnes mi osserva. « Ma... non capisco. »

« Neanche noi. Potrebbe raccontarmi, dall'inizio, come sono andati i fatti che hanno portato al cosiddetto 'scambio di case'? » Davanti ha un bloc notes e una penna a scatto. Preme il tasto della penna e si prepara a scrivere.

Jamie allunga un braccio sul tavolo e mi stringe la mano per farmi coraggio. «Vai a prendere il volantino, Libs.»

Mi alzo dalla sedia e vado in corridoio. Avevo conservato il volantino nel primo cassetto del comò, nel caso avessi perso il numero di Philip o fossero sorti problemi. Non immaginavo certo una cosa del genere. Cerco nel cassetto, tiro fuori tutte le carte. Il volantino non c'è. Con un brutto presentimento, torno in cucina. «Non lo trovo.»

Jamie è chiaramente deluso.

«Comunque c'era scritto che cercavano una casa vicino all'ospedale, per poter stare vicini alla figlia che avrebbe subito un'operazione importante. C'era riportato anche il numero di cellulare di Mr Heywood. E infatti gli ho parlato al telefono. Era del Nord come me...»

Il sergente Byrnes sorride sotto i baffi.

Chissà cosa ci trova di divertente. Poi però mi rendo conto per la prima volta di una cosa: in effetti, chi mi dice che la persona con cui ho parlato al telefono fosse proprio Philip Heywood? Mi siedo, sospiro e cerco di rimanere calma. «Guardi, ho parlato con un signore, il quale mi ha detto di chiamarsi Philip Heywood. L'ho cercato su Internet. Mi è sembrato una persona rispettabile. È passato dalla mia vicina a prendere le chiavi. Potete domandarlo anche a lei. Si chiama Evelyn Goodwin. E lei mi ha detto di avere visto anche una donna. Ed è vero, perché in cucina ho trovato un bicchiere sporco di rossetto.» Mi prenderei a sberle per averlo lavato: sarebbe servito da prova, anche se allora non potevo immaginarlo. «Sono stati in casa nostra. E sono davvero i proprietari di quella villa in Cornovaglia, perché ho cercato su Internet.» Sono disperata, e si sente dalla voce.

Byrnes si schiarisce la voce. «Sì, sono i proprietari di

quella villa, ma non si muovono da Londra dalla fine dello scorso febbraio. I vicini ce l'hanno confermato. Gli Heywood tra l'altro non hanno figli. » Si toglie gli occhiali. « Non so chi sia stato in casa vostra la scorsa settimana, Mrs Hall, però una cosa è certa: non erano gli Heywood. »

18

Byrnes non ci arresta, come invece temevo. Si alza, mette via penna e quaderno e ci dice che si farà sentire, come se fosse un agente di commercio e non un sergente di polizia. « Nei prossimi giorni verrò a parlare con la vostra vicina. »

Dopo che se n'è andato, io e Jamie restiamo seduti in cucina, ammutoliti. Non riusciamo a credere a quello che ci ha detto. Non ci credo che ci hanno fatto fessi, che qualcuno ha finto che la casa di Philip e Tara fosse sua. Perché, poi?

Jamie si prende la testa tra le mani. « Che cavolo abbiamo fatto? Abbiamo fatto stare degli sconosciuti in casa nostra. E non sappiamo neanche chi siano davvero. Avrebbero potuto fare qualsiasi cosa mentre erano qui. Ficcare il naso nelle nostre cose. Adesso potrebbero avere i dati del nostro conto, delle carte di credito... perché è evidente che sono entrati nello studio. E infatti te l'avevo detto che quella cartellina non l'avevo lasciata dove poi l'abbiamo trovata. » Alza le braccia al cielo. « Siamo fottuti. »

« No, Jamie, non è vero. Dobbiamo solo bloccare le carte e controllare che non siano stati aperti altri account a nome nostro. Siamo solo stati sfortunati, tutto qui. Un sacco di gente si scambia le case. Forse gli Heywood hanno mentito alla polizia. Ci hai pensato? Forse Philip ha *davvero* ucciso la moglie e adesso cerca d'incastrare noi due.»

Sospira. «E perché dovrebbe?»

«Non lo so. Per dare la colpa a qualcun altro?»

Fa un respiro profondo e capisco che sta facendo un grosso sforzo per tenere a bada la frustrazione. Appoggia le mani sul tavolo. «Va bene. Allora, questo è ciò che sappiamo: qualcuno – gli Heywood o chissà chi – ci ha messo un volantino sotto la porta proponendo uno scambio di case. Siamo stati scelti solo noi o hanno messo il volantino anche sotto la porta dei nostri vicini, e noi siamo gli unici che hanno abboccato?»

Aggrotto la fronte. «Non lo so. Che differenza fa?»

«La fa eccome, Libs. Non capisci? Se siamo stati gli unici a ricevere quel volantino, vuol dire che volevano proprio casa nostra. Se è questo il caso, vuol dire che è una faccenda personale.»

La prospettiva mi sconvolge. «No, non capisco. Non ha senso. Perché qualcuno dovrebbe volere casa nostra? Pensi che abbiano usato la villa degli Heywood per toglierci dalle scatole? E comunque, se non sono stati Philip e Tara, deve essere stato per forza qualcuno che conoscono, perché ha le chiavi di casa loro!»

Gli si accende una lampadina. «O qualcuno che sapeva che la villa è sempre vuota. Magari hanno fatto fare una copia della chiave senza che Philip e Tara lo sapessero.»

«Potrebbe essere stato quel Jim, per esempio. Era proprio strano, sempre lì a spiarci. Oppure quell'altro di Lizard Point, col suo comportamento sospetto.»

«O forse Philip e Tara non sono così innocenti come vogliono farci credere. Forse i vicini li stanno coprendo e Philip ha davvero ucciso la moglie. O magari hanno ucciso insieme qualcun altro.»

Nonostante la situazione, sorrido a Jamie perché finalmente lo sento vicino. Anche lui ammette che c'era davvero qualcosa di strano. Non sono più « la paranoica ». Queste cose ci stanno succedendo davvero.

Mi sorride anche lui, incerto. Poi si alza. « Stiamo girando a vuoto, vero? »

Già. Devo fare qualcosa di costruttivo. Non ne posso più di rimanere qui seduta a rimuginare. « Vado su da Evelyn. » Sono solo le cinque e mezzo. Non è troppo tardi per una visita.

Jamie pare sorpreso. « Perché? »

« Perché ha consegnato lei le chiavi all'uomo che diceva di chiamarsi Philip Heywood, e anche perché voglio chiederle se le è arrivato il volantino. Finora non avevo pensato di chiederglielo. »

Mi stringe tra le braccia. « Si sistemerà tutto. Non ti preoccupare. So come sei fatta. Dopo tutto quello che... » Ma non finisce la frase. Non ce n'è bisogno. So benissimo cosa vuole dire. Sono state settimane molto dure. E adesso ci mancava pure questo. Mi allontana i capelli dal volto e io mi appoggio al suo petto. Tra le sue braccia mi sono sempre sentita protetta. Sono molto più bassa di lui, per cui lui può appoggiare il mento sulla mia testa.

Stavolta, però, neanche lui può spazzare via l'ansia che mi attanaglia. Temo che non mi sentirò mai più al sicuro.

Evelyn apre la porta con cautela e sbircia fuori con occhi preoccupati. Quando vede che sono io, si rilassa. Ma, anche quando mi dice di sbrigarmi a entrare e non stare sotto la pioggia, continua ad avere un'espressione preoccupata.

« Stai bene? »

Annuisce e mi fa segno che non è niente. « Sto bene, non preoccuparti per me. Ho solo avuto una piccola indigestione. » Si mette la mano sullo stomaco per farmi capire dov'è il problema. Tuttavia un'indigestione non giustifica l'espressione impaurita che aveva quand'è venuta ad aprire la porta.

La seguo in salotto e la guardo mentre si accomoda sulla sua solita poltrona accanto alla finestra. Io mi siedo di fronte a lei. Non voglio farla preoccupare, però le racconto lo stesso cosa ci ha detto il sergente Byrnes. « Sapresti descrivermi l'uomo che è venuto a prendere le chiavi? Com'era? »

Lei prende la tazza di tè appoggiata sul tavolino accanto alla poltrona e se la porta alla bocca con mano tremante. « Un giovanotto sulla trentina. Un po' più vecchio del tuo Jamie, ma non di molto. »

Ripenso alla foto di Philip Heywood che ho trovato su Google: capelli brizzolati e ben pettinati, baffi curati, abito gessato. Gli darei almeno una cinquantina d'anni.

« Aveva i capelli brizzolati e i baffi? » Non riesco a stare ferma dall'agitazione. Sono in perenne movimento, come i braccialetti di Sylvia.

Evelyn aggrotta la fronte e rimette la tazza sul tavolino. « No... no, i baffi proprio no. » Prende il lavoro a maglia. Sembrano scarpine da neonato. Sono giallo limone e vederle mi riempie di tristezza.

Avevo da poco cominciato a dire in giro che ero incinta quando ho perso il bambino. Mancavano pochi giorni all'ecografia del primo trimestre. Eravamo così emozionati, io e Jamie, così impazienti di diventare genitori. Avevamo un mucchio di progetti. E poi la gravidanza fino a quel momento era andata bene. Non avevo avuto nessun fastidio, neanche le nausee. Mi porto una mano sul ventre. Ho ancora un po' di pancetta. Le mestruazioni non sono ancora regolari, il mio corpo è fuori controllo, in preda agli ormoni. Sono passate solo cinque settimane, del resto. Evelyn è stata così gentile con me dopo la perdita del bambino. Da giovane faceva la levatrice, per cui ne aveva viste tante. Chissà per chi sono quelle scarpine, mi chiedo, un secondo prima di tornare a pensare a Philip.

Evelyn smette per un attimo di sferruzzare e mi guarda, alzando le sopracciglia. « Per quanto riguarda i capelli, invece, è un po' difficile a dirsi, perché aveva un cappello. »

« Un cappello? »

Ride. « Sì, uno di quei cosi orrendi che portate adesso voi giovani. Quelle specie di copriteiera. »

« Intendi un berretto di lana? »

« Sì, brava, un berretto. E aveva anche un maglione di lana a collo alto. »

È lo stesso uomo, quello di Lizard Point, quello che ci guardava dal giardino della villa mentre eravamo in spiaggia. Chi era e cosa voleva?

Evelyn riprende a sferruzzare. C'è la radio accesa e Simon Mayo che chiacchiera con un ospite.

Mi sale la nausea ma cerco d'ignorarla. « Per caso... hai ricevuto anche tu un volantino in cui ti proponevano uno scambio di case? »

Evelyn mi guarda da sopra i suoi ferri, che continuano a muoversi. « No, mai. » Si ferma. « Credi che quell'uomo sia responsabile di tutte le strane cose che sono successe quand'eravate laggiù in vacanza? »

Scuoto la testa. « Non lo so. Credo. Una cosa è certa: non è Philip Heywood. Ma non ho la minima idea di chi altro possa essere. »

«Come ti ho già detto, la mia sensazione è che non ci abbia passato molto tempo, a casa vostra.»

Il che probabilmente è vero. Del resto, non poteva essere qui a Bath se allo stesso tempo era in Cornovaglia a spiarci.

«C'è rimasto abbastanza per combinare qualcosa. Vorrei tanto sapere cosa, però.» Mi alzo. «Adesso devo andare. Ma ti prego, Evelyn, promettimi che se noti qualcosa di *strano*... qualcuno che si aggira intorno a casa nostra... me lo fai sapere, va bene?»

Anche lei si alza. Io sono piccolina, però lei mi arriva solo alle spalle. «Qualcosa l'ho notato...»

«Cosa? Dimmi.»

«Ho visto... degli uomini. Diversi uomini, non sempre lo stesso. Davanti a casa. Non hanno fatto niente. Ma mi è sembrato che aspettassero...»

«Aspettassero cosa?»

«Non lo so. Ma la cosa mi ha un po' spaventato.» È per questo che era così timorosa quand'è venuta ad aprire la porta, prima? Appoggia il lavoro a maglia sul tavolino e mi prende una mano. La sua pelle sembra carta velina, fragile e delicata. «Sai, col fatto che sto qui tutto il giorno, a volte vedo cose strane. Libby, stai attenta, te ne prego. Sei sempre stata tanto cara con me.»

«Evelyn, adesso mi fai preoccupare. Cosa sono queste cose strane che vedi?»

Tentenna, come se non fosse certa di volermelo dire. Poi però alla fine aggiunge: «Ho visto anche una donna, qua fuori».

«Una donna?»

«Magari non vuol dire niente, non lo so. Forse è solo una coincidenza... Ma tu stai all'erta, ecco. Quando si arriva alla mia età, ci si rende conto che là fuori ci sono tante persone strane, gente cui non importa niente di far soffrire gli altri. E a volte queste persone sono proprio quelle che abbiamo più vicino. » Fa un sorriso dolente. « Mio marito non mi diceva sempre la verità. Ho sprecato così tanti anni dietro a lui. Tu cerca sempre di ottenere la verità, Libby cara. »

Mentre torno a casa, guardandomi intorno per vedere se ci sono gli uomini misteriosi o la donna senza volto di cui mi ha parlato Evelyn, ho la netta sensazione che abbia voluto mettermi in guardia su mio marito.

19

Quella sera, mentre chiudo le persiane, vedo una figura dall'altra parte della strada. È troppo buio ed è troppo lontana perché possa capire se si tratti di una donna o di un uomo, ma dall'altezza direi che è una donna. Non ne distinguo i tratti, però vedo che è appoggiata al muretto del giardino di fronte e fuma una sigaretta. Ma chi è che va in giro a quest'ora? Sarà la donna di cui mi ha parlato Evelyn?

Quando torno a controllare, dieci minuti dopo, non c'è più nessuno.

Dormo a malapena. Le parole di Evelyn continuano a ronzarmi in testa, non ne vogliono sapere di fermarsi, sono come un orologio difettoso. Ogni volta che passa un'ombra davanti alla finestra o sento un rumore per strada mi sveglio di soprassalto, col cuore in gola e con la camicia da notte incollata addosso. Cosa cercava di dirmi Evelyn? Voleva forse insinuare che non dovrei fidarmi di Jamie?

I miei sospetti aumentano. Vorrei disperatamente pensare solo bene di Jamie, ma c'è una vocina nella mia testa che continua a ripetermi che Anya è bellissima, che Jamie è da solo a casa tutto il giorno e non sarebbe difficile per lui trovarsi un'amante, che in fondo ha già tradito in passato. E come sarà iniziata? Si saranno incrociati per caso mentre lui portava a spasso Ziggy? Un sacco di gente si ferma ad accarezzare il nostro cane per strada, e Jamie è bellissimo e molto amichevole. Tra l'altro negli ultimi tempi abbiamo avuto un bel po' di problemi. Quindi si sarà girato a guardarla? Avranno cominciato a parlare, per poi rendersi conto di sentirsi attratti l'uno dall'altra? Si saranno ritrovati a letto e incapaci di fermarsi?

I pensieri sfuggono al mio controllo come un bambino iperattivo. In fondo al cuore so bene che Jamie mi ama. Ed è troppo disorganizzato e perbenista per portare avanti una doppia vita. Ma il messaggio di Hannah continua a tornarmi in mente, insieme con la vocina che mi ricorda che mi tiene nascosto qualcosa. Qualcosa che Hannah non vuole che mi dica.

Non ci sarà mica Hannah dietro questa storia dello scambio di case? È stata lei a mandarmi lo zaino e la parrucca? No, non ha senso. Perché avrebbe dovuto? E poi la storia del corsetto insanguinato? Se non appartiene a Tara, di chi è, allora?

Sabato mi offro di portare io Ziggy fuori per la sua passeggiata mattutina. Jamie smette di allacciarsi le scarpe da ginnastica e mi guarda. « Ma è l'unico modo che ho di fare un po' di esercizio! A volte corriamo. Sto seduto a una scrivania tutto il giorno. »

È davvero solo questo il motivo per cui muore così tanto dalla voglia di uscire col cane? O forse la ragione è che spera d'incontrare Anya?

« Andiamoci insieme, allora. »

È sorpreso, ma non protesta. Anzi, mentre camminiamo mi prende anche per mano. È una bella giornata, stranamente calda per essere aprile, considerato poi che io porto solo una giacca leggera con sotto una maglietta a maniche corte. Lo faccio passare di proposito davanti a casa di Anya, sperando di vederla. Non so bene perché. Forse voglio vedere come reagisce se la incontriamo. Se davvero è stato lui a mandarle quei biglietti d'amore, se davvero ha una cotta per lei, lo capirei dal modo in cui si comporta in sua presenza.

L'auto di Martin è nel vialetto. Una splendente BMW nera. Loro però non si vedono, con mio grande disappunto. Mentre andiamo verso il parco, mi chiedo se Martin creda davvero che la moglie lo abbia tradito. Forse davvero ha una relazione con un altro? Forse è un altro Jamie e lui è saltato alle conclusioni sbagliate?

Passiamo il giorno di Pasqua con la famiglia di Jamie, come sempre. È in queste occasioni che rimpiango di non avere una famiglia mia con cui trascorrere le festività. Guardo Hannah e noto quanto spesso prova a coinvolgere Jamie in una conversazione privata. Forse ha ingaggiato qualcuno che si fingesse Philip Heywood per creare una spaccatura tra me e Jamie? Ma sarebbe troppo strano. Non può essere capace di una cosa del genere.

La guardo mentre si affaccenda intorno a Sylvia. La aiuta ad apparecchiare la tavola e a sistemare i tovaglioli sopra i piatti. E pensare che anch'io mi sono offerta di aiutare la mamma di Jamie poco fa, ma lei mi ha mandato via, quasi terrorizzata.

Osservo anche Katie mentre gira per casa coi suoi vestiti troppo succinti, comportandosi come la teenager che crede ancora di essere, con tanto di boccoli e una ciocca di capelli sempre tra le dita. Ha portato un nuovo fidanzato, l'ennesimo uomo che presenta alla famiglia e che Sylvia vizierà. È più grande, bello ma in un modo un po' scontato, coi denti troppo bianchi, coi capelli scuri e col mascellone. Si chiama Gerard e si sono conosciuti « tramite amici in comune », a quanto pare.

« Sei andato all'università di Sheffield, vero, Gerard? La stessa in cui hai studiato tu, no, Libby? » dice Katie mentre mangiamo l'anatra arrosto.

Gerard, che sta seduto tra Hannah e Katie e davanti a me, Florrie e Jamie, sorride come un imbecille. « Proprio così. »

C'è qualcosa in lui che non mi piace. Mi sembra troppo pieno di sé, con la sua macchinona e il suo lavoro di organizzatore di eventi. Mi osserva da sotto le palpebre pesanti. Sembra un corvo. « In che anno ti sei laureata? »

Infilzo una patata arrosto. « Uhm... 2008. »

« Ah, io nel 2000. Sono un po' più grande di te. » Il che significa che ha dieci anni più di Katie. Sembra proprio il tipo di uomo che crede sia uno status symbol avere al fianco una donna più giovane, da sfoggiare come una bella macchina. « In che facoltà eri? »

« Lettere. » Mi si è seccata la lingua. Gerard è troppo impiccione per i miei gusti.

« Anch'io. Ti ricordi il professor Peterson? Proprio bravo, eh? Sono certo che fosse narcolettico, perché pareva si addormentasse mentre parlava. Oppure le sue lezioni erano così barbose che si annoiava da solo. » Ride della sua stessa battuta e io faccio un sorrisetto poco convinto, mentre continuo a masticare.

Katie non la smette di accarezzargli il braccio e di guardarlo con occhi adoranti. Richard, che è seduto a capotavola di fronte a Sylvia, li guarda con interesse mentre beve il suo bicchiere di vino rosso, come se sperasse che da un momento all'altro si mettano a fare sesso sul tavolo.

Io e Jamie abbiamo deciso di comune accordo di non dire nulla alla sua famiglia dei fastidiosi sviluppi della faccenda Heywood. Speriamo ancora che ci sia una spiegazione semplice per tutto. Anche se, più passa il tempo, più non riesco a capire quale possa essere.

Gerard mi guarda, con un'altra domanda pronta per me. « E ti ricordi di... »

No, mi dispiace, devo assolutamente cambiare argomento. Non voglio più parlare con questo Gerard. Lo blocco subito con grande maestria. « Florrie! Che bella, la maglia che indossi. Dove l'hai comprata? »

Torno a scuola martedì, felice di godere un po' di normalità e routine. Sono contenta di essere di nuovo in classe, di stare coi miei alunni e fare un po' di gossip con Cara. I giorni seguenti sono così impegnata che devo mettere da parte tutti i pensieri, anche se non se ne vanno del tutto.

Sono molto stanca quando torno a casa venerdì sera. È stato un giorno faticoso: un bambino di prima ha vomitato davanti alla segreteria, un genitore è venuto a lamentarsi che il figlio non ha fatto abbastanza progressi nella lettura e mi è toccato indagare sul perché uno di seconda abbia deliberatamente strappato uno dei libri della biblioteca in un attacco di rabbia. Dopo tante notti insonni, riesco a malapena a pensare. Quando imbocco la strada di casa nostra inizia a piovere, peggiorando il mio cattivo umore. Vedo Evelyn seduta alla sua poltrona vicino alla finestra. Per via del brutto tempo è già buio, ma non ha acceso le luci. La saluto con la mano, però lei non risponde. Ho la mente annebbiata da quanto sono stanca. Voglio solo convincere Jamie a ordinare qualcosa da mangiare e poi buttarmi sul divano a guardare *The Affair* in TV.

Mi cadono le braccia quando scorgo il sergente Byrnes seduto al tavolo della cucina. Si alza non appena mi vede. Indossa lo stesso impermeabile beige dell'altro giorno e ha una macchia sul davanti, credo di sugo. Ha una tazza di fronte a sé, quella scheggiata che avremmo dovuto buttare anni fa. Non posso credere che Jamie gli abbia dato proprio quella.

Jamie spinge indietro la sedia, sollevato, e non mi lascia neppure il tempo di sedermi. « Ho raccontato al sergente Byrnes tutto quello che sappiamo. »

Poso la borsa a terra accanto alla sedia e mi tolgo la giacca. C'è l'aria viziata, in cucina, si sente un odore speziato, forse dei noodles che Jamie si è cucinato a pranzo.

« Bene. Jamie le ha detto che crediamo che l'uomo di Lizard Point sia lo stesso che si è spacciato per Philip Heywood? » chiedo al sergente.

« Sì, mi ha detto tutto. Ora stiamo cercando di capire chi potesse avere le chiavi della villa degli Heywood. »

« Crede che... che sia stato commesso un omicidio in quella casa? »

« Su questo non mi posso pronunciare adesso, mi dispiace. Posso dirvi però che il corsetto è stato analizzato e il sangue non appartiene a Mrs Heywood. Non si tratta nemmeno di sangue umano. »

« Cioè vuole dire che... appartiene a un animale? »

« Sì, crediamo che sia stato messo in giardino per spaventarvi. Stiamo anche cercando di capire se sia stato fatto tutto per colpire specificatamente voi o se si tratti di uno scherzo di cattivo gusto. » Si schiarisce la voce. « Ha notato se manca qualcosa in casa? Gioielli o altri oggetti di valore? »

Aggrotto la fronte. « No, non manca niente. » È la prima cosa di cui mi sono accertata non appena siamo tornati dalla Cornovaglia, anche se in realtà non abbiamo cose di gran valore.

«E avete fatto cambiare la serratura?»

Annuisco. «Non appena la nostra vicina ci ha detto che Philip Heywood – o la persona che credevamo essere Philip Heywood – non ha riconsegnato le chiavi.»

«Benissimo. Vi contatterò non appena avrò altre informazioni.» Poi si rivolge a Jamie. «Grazie per aver rilasciato una dichiarazione aggiornata, Mr Hall. È stato di grande aiuto.» Se avesse avuto un cappello, non mi sarei stupita se lo avesse sollevato in segno di congedo. I suoi modi di fare vecchia scuola hanno un non so che di rassicurante.

Jamie lo accompagna alla porta e io metto su l'acqua per il tè. Sorrido quando sento Jamie che torna di corsa in cucina.

«Una buona notizia, no?»

«Non mi pare che avesse novità sulla faccenda. Voleva solo altre informazioni da te, o no?»

«Sì, ma penso che ci creda. Ha detto che andrà a parlare con Evelyn. Lei confermerà di avere consegnato le chiavi a un uomo e glielo descriverà. Se devo essere sincero, Libs, per un momento ho avuto paura che ci avrebbero arrestato per omicidio o qualcosa del genere.»

Faccio una risata, che però è amara. Adesso riesco solo a pensare al fatto che qualcuno ha deliberatamente impregnato un indumento col sangue di un animale per spaventarci.

Una ventina di minuti più tardi, Jamie ordina la cena a domicilio e io sbrigo le faccende in cucina. A un certo punto bussano in modo insistente alla porta. Dalla finestra della cucina mi pare di riconoscere l'impermeabile beige del sergente Byrnes, zuppo di pioggia. Alzo gli occhi al cielo, chiedendomi come mai sia già ritornato. Forse Evelyn gli ha rivelato qualcosa su cui lui adesso deve farci delle domande? Vado alla porta strascicando le mie ciabatte troppo grandi. Sono già in vestaglia, perché mi sentivo un po' gonfia e mi sono spogliata non appena se n'è andato.

Apro la porta e lo faccio entrare. Porta dentro con sé una folata di aria gelida, ma rimane nell'ingresso, con gli occhi che adesso mi sembrano ancora più piccoli dietro le sue lenti spesse. « Mi dispiace molto disturbarla di nuovo, Mrs Hall, ma la sua vicina non risponde. Ho bussato a lungo. Niente. Da fuori ho visto che è seduta vicino alla finestra, però evidentemente ha paura e non mi apre. Mi chiedevo se potesse venire con me. Magari se vede lei si rassicura. Le persone anziane non amano aprire agli sconosciuti quando fuori è buio. »

Trattengo un sospiro e prendo l'impermeabile dall'appendiabiti. Mi tolgo le ciabatte e m'infilo un paio di stivali di gomma. Non avviso nemmeno Jamie che sto uscendo.

La maggior parte delle finestre che si affacciano sulla nostra strada è illuminata, mentre casa di Evelyn è al buio. La vedo seduta sulla sua poltrona. Mi sporgo dalla ringhiera per bussare al vetro della finestra, facendo attenzione a non perdere l'equilibrio e infilzarmi sugli spuntoni. Che bello se dovessi cadere di sotto e Jamie mi trovasse così, davanti alla finestra di casa. « Evelyn, sono io. » La mia voce si perde nel rumore del traffico dell'ora di punta.

« Chi vive sopra Mrs Goodwin? »

« Nessuno. Nel seminterrato ci siamo noi e sopra c'è

casa sua, che è su due piani.» Busso di nuovo sul vetro, sempre cercando di non sbilanciarmi. Perché Evelyn non risponde? E perché ha la testa reclinata sulla spalliera della poltrona? «Ormai non riesce quasi più a fare le scale, ma ha vissuto in questa casa per quasi quarant'anni.» Mi giro a guardare il sergente, cercando di tenere a bada la preoccupazione. «Temo ci sia qualcosa che non va. Non riesco a vedere bene, però mi pare che non si muova. Forse dorme? Ma è una signora di ottant'anni, e...»

«Ricevuto. Buttiamo giù la porta.»

«Cosa diavolo succede?» ci chiede Jamie allarmato. È uscito a cercarmi, e adesso è sotto la pioggia e ci guarda. «Sei sparita. Mi sono preoccupato.»

Cerco di trattenere le lacrime. «Evelyn non risponde, Jay. Potresti scendere a prendere le chiavi di riserva?»

Il sergente Byrnes sembra sollevato di non dover buttare giù la porta. «Avete le chiavi? Perché non me l'ha detto?»

«Non me l'ha chiesto.»

Ci siamo scambiati le chiavi per sicurezza, nel caso qualcuno di noi fosse rimasto chiuso fuori di casa. Anche se in realtà lei ormai non è che esca tanto. Mi stringo nel cappotto. Tremo.

Jamie torna subito, viene alla porta di Evelyn e la apre. Io entro, gli altri mi seguono.

Prima ancora di entrare in salotto, capisco che è morta. Ma corro lo stesso da lei, col cuore che si spezza nel vederla seduta sulla sua poltrona preferita, coi ferri e con le scarpine da bebè a terra e coi suoi bellissimi occhi azzurri che fissano nel vuoto. Ha una mano sul cuore, come se, accorgendosi della morte imminente, avesse voluto convincerlo a continuare a battere.

20

Sabato passo tutta la mattina a letto a piangere. Jamie non riesce a capire perché abbia preso così male la morte di Evelyn. Certo, lui una famiglia ce l'ha. Lui è circondato da amore incondizionato da tutta la vita. Io invece sono stata privata dell'amore materno tantissimo tempo fa. Certo, non è che Evelyn mi amasse come una madre, ci conoscevamo solo da due anni, però di certo le importava di me, era dalla mia parte. Era diventata una specie di nonna, e adesso non c'è più.

Le ultime parole che mi ha detto continuano a tormentarmi. Mi ha fatto capire tra le righe che non dovrei fidarmi di mio marito. Ma perché mi ha detto una cosa del genere? Ripenso ai biglietti d'amore per Anya per cui Martin ha litigato con Jamie. I segreti che ha con Hannah. A cosa alludeva Evelyn? Cerco di scacciare subito via questi pensieri, perché mi sento in colpa nei confronti di Jamie, però continuano a tormentarmi. Sono sempre stata così sicura che Jamie non mi avrebbe mai tradito, che avrebbe sempre tenuto fede alle nostre promesse matrimoniali. Lui è il tipo di uomo per cui è tutto nero o tutto bianco, il grigio non esiste. A volte è fastidioso, ma è anche per questo che lo amo. E se invece mi sbagliassi? Se fossi una delle tante donne alle quali i mariti la fanno sotto il naso?

Non saranno colpa di Jamie tutte le cose che ci stanno

succedendo? Com'è quel detto? L'inferno non è niente in confronto a una donna rifiutata. Chi avrà rifiutato Jamie?

Il pensiero di perderlo è così doloroso che mi sento male. Jamie è l'unica persona che mi è rimasta.

Entra in camera da letto per portarmi un vassoio con del tè e un toast. *Sarebbe così carino nei miei confronti se avesse una storia con un'altra? Certo, sono i sensi di colpa che lo fanno comportare così. È per i sensi di colpa che ti porta la colazione a letto.* Proprio la scorsa settimana ho letto un libro in cui una donna scopriva che il marito aveva una doppia vita, che non era come credeva lei che fosse. È una cosa abbastanza comune. Se ne parla spesso su certe riviste. « Adulterio! Tradimento! » annunciano certi titoloni.

E non sarebbe la prima volta che Jamie mi tiene nascosto qualcosa.

Il prestito che ha chiesto alla madre, per esempio. Non crede che io lo sappia, ma una volta li ho sentiti parlarne sottovoce. Non sarebbe riuscito a mettere su un'attività in proprio senza l'aiuto della mamma. Sinceramente ancora non capisco perché non me l'abbia detto. Per orgoglio, forse. E poi perché sa benissimo che io non vorrei mai essere in debito con sua madre.

« Come ti senti, Libs? » mi chiede, sistemando il vassoio della colazione sul letto. Mi tratta come fossi una paziente in ospedale. Si siede accanto a me. « Mi dispiace per Evelyn. »

Mi scappa una lacrima e l'asciugo subito col fazzoletto che tengo nella manica del pigiama. Da bambina starnutivo in continuazione per via del raffreddore da fieno, per cui mia madre voleva sempre che mi portassi dietro un fazzoletto. È un'abitudine che in qualche modo mi fa pensare a lei e mi fa ricordare che in fondo a me ci teneva, anche se a modo suo. «Grazie per la colazione.» Il fazzoletto umido comincia a disfarmisi in mano.

Jamie sembra sul punto di dire qualcosa, poi cambia idea.

Lo so, cosa pensa: che non sto così male solo per via di Evelyn. C'entra anche la morte di mia madre. Starà senz'altro considerando se consigliarmi di nuovo di parlare con uno psicologo.

Prendo un sorso di tè e lo osservo.

Lui si strofina gli occhi. Ha i capelli biondi bagnati di pioggia, ed è particolarmente bello coi jeans e con la felpa dei Primal Scream. Vorrei tanto dargli un bacio, ma qualcosa mi ferma. Mi sorride, ma c'è qualcosa di forzato.

Metto giù la tazza. «Che hai? Cosa è successo?»

Il sorriso scompare. «Sono state settimane molto stressanti e non volevo farti preoccupare di più.» Ha una lettera della banca. «Comunque ho parlato col sergente Byrnes, e pensiamo che si tratti della stessa persona che ha aperto quegli account a nome tuo e che ti fa arrivare tutta quella pubblicità a casa.»

Sono arrabbiata per il fatto che sia andato dritto da Byrnes senza prima parlarne con me. Vorrei tanto strappargli di mano quella lettera. «Cosa dice?»

La voce è tesa. «Ci hanno prosciugato il conto. E qualcuno ha richiesto una carta di credito con quattromila sterline a nome tuo, spendendo fino all'ultimo centesimo.»

Mi lascio cadere sul cuscino. Ho le lacrime agli occhi. «Santo cielo.»

«Ma per fortuna sul conto non avevamo molti soldi. Ci hanno rubato solo settecento sterline.»

«Solo!»

«Poteva andare peggio.»

« E la carta di credito? »

« Ecco, quest'altra faccenda è un po' più complicata. Dovremo provare che non sei stata tu a richiederla. Il fatto è che avevano tutti i tuoi dati. Codice fiscale, numero di conto eccetera. »

Ho perso l'appetito. Sposto il vassoio con la colazione e salto giù dal letto, infilandomi la vestaglia. « Chi può averci fatto una cosa del genere, Jamie? Chi si spingerebbe a tanto? »

« Una persona completamente fuori di testa, ecco chi. Conosci qualcuno così, Libby? Hai mai frequentato gente del genere? »

Lo guardo malissimo. « E tu, invece? »

« Lo zaino, Libby. Quello zaino potrebbe significare qualcosa? »

« Ma perché? Perché questa cosa deve per forza avere a che fare con me? Non potresti essere tu nel mirino di questa persona? Magari si tratta di una donna che hai tradito. Pare che ce ne siano diverse. »

È desolato. « Ancora con questa storia? Perché non mi credi? »

La mia rabbia si dissolve veloce così com'è arrivata. « Mi dispiace. È che non ha senso. Proprio nessun senso. » Mi chiedo se questo scambio di case non sia stato organizzato solo per consentire a questa persona di entrare in casa nostra, rovistare tra le nostre cose e carpire quante più informazioni possibili per aprire dei conti bancari a nome nostro. Mi è capitato di leggere articoli di giornale su quanti trucchi elaborati riescano a escogitare certi malfattori. Ma perché hanno scelto noi? Come mai non hanno preso di mira vicini con case più grandi? Ci sono abitazioni molto più di valore della nostra, a Bath. Quella di

Martin e Anya, per esempio. Perché scegliere un seminterrato di pochi metri quadrati?

L'unica spiegazione è che si tratti di una questione personale.

Jamie mi bacia sulle labbra. Pare più un riflesso condizionato che un gesto affettuoso. Perché mi sembra che tutte queste cose ci stiano allontanando, anziché farci avvicinare? « La morte di Evelyn è stata un duro colpo per te. Ci penso io a risolvere questa faccenda. Si aggiusterà tutto, non ti preoccupare. »

Il suo ottimismo mi riempie il cuore. Finalmente mi sembra di sentir parlare il Jamie di una volta, quello di quando ci siamo conosciuti. Aveva preso una ragazza ferita e scontrosa, che si portava dietro un bagaglio sufficiente a fare un viaggio intorno al mondo, e le aveva restituito la vita. Non riesco a conciliare l'immagine di quel Jamie con l'uomo da cui Evelyn ha cercato di mettermi in guardia: l'uomo che mi nasconde le cose, che dice bugie, che forse ha una storia clandestina con una vicina sposata. Ma la personalità di ognuno di noi è sfaccettata, no? E forse certi tratti sono sempre stati parte di lui, però io li vedo solo ora.

Lo sento muoversi in cucina. Svuota la lavastoviglie e mette a posto bicchieri e piatti. Di solito bisogna ricordargli di farlo. È evidente che vuole tenersi occupato, mi dico, cercando di scacciare il pensiero che lo stia facendo perché si sente in colpa.

« Esco un po', Libs. Torno tra qualche ora. Ci vediamo dopo », mi dice dalla cucina.

Non ho neanche il tempo di rispondere che sento già sbattere la porta. Dove va? Corro alla finestra della cucina e scosto le tende. Ma non lo vedo, la strada è vuota e bagnata per via della pioggia. Ziggy piagnucola. È sdraiato a terra tutto abbattuto, con la testa sulle zampe e gli occhioni che mi guardano. Di solito Jamie lo porta con sé quando esce. Mi accovaccio accanto a lui per consolarlo, gli do un bacio sulla testa pelosa e inspiro il suo odore. « Adesso ti ci porto io, a fare un giro. Dammi solo il tempo di fare una doccia. »

Sto per tornare in camera da letto quando mi accorgo del portatile di Jamie sul tavolo della cucina. Di solito lo tiene nello studio. Adesso lavora pure nei weekend. Ha avviato da poco questa attività in proprio, per cui non ha ancora molti clienti. Qualche sera fa, infatti, si lamentava del fatto di non avere molto lavoro, visto che alcuni potenziali clienti alla fine si erano defilati. Era preoccupato e, anche se cercava di apparire tranquillo, con le gambe tese e il portatile sulle ginocchia, aveva la fronte aggrottata e la voce carica di ansia. « Come faremo a tirare avanti? » si chiedeva.

Non so cosa mi spinga a farlo. È una cosa che in passato non mi avrebbe sfiorato neanche l'anticamera del cervello. Forse è quello che mi ha detto Evelyn. Le sue ultime parole continuano a tormentarmi. Apro il portatile.

Come sfondo c'è una foto di noi due con Ziggy in mezzo. È stata scattata l'estate scorsa, qualche settimana prima che ci sposassimo, nel giardino di sua madre. È la stessa foto che tengo sullo sfondo del cellulare. Siamo entrambi abbronzati, io mora e lui biondo, gli occhi che brillano di felicità, i sorrisi innamorati. La testa pelosa di Ziggy ci arriva all'altezza del mento. Mi si forma un groppo in gola. Richiudo il portatile. Ma cosa mi salta in mente? Non posso mettermi a spiare mio marito.

Qualcuno bussa. Ziggy salta su e abbaia. Vado alla porta e la apro appena, visto che sono ancora in vestaglia.

C'è un uomo sulla soglia. Giovane, bello.

« Sì? »

« Cerco Jamie Hall », risponde lui, con un accento straniero che però non riesco bene a identificare.

« Non è in casa al momento. Posso aiutarla? »

Qualcosa nell'espressione di questo giovane mi disturba: è pieno di sé, arrogante, impertinente. « Mi ha dato appuntamento qui, ma non mi ha parlato di una cosa a tre. » Il suo sguardo si abbassa sulle mie gambe nude e si ferma sui polpacci, dove arriva la vestaglia di velluto.

« Ma di cosa sta parlando? »

« L'annuncio... » Aggrotta la fronte, all'improvviso meno sicuro di sé. Abbassa la voce. « Il sesso. »

Gli chiudo la porta in faccia, col cuore in gola. Il sesso? Nel bel mezzo del pomeriggio? Così, alla luce del sole?

« Vaffanculo! » mi urla, e poi lo sento dare un calcio alla porta.

Ziggy comincia ad abbaiare furiosamente.

« Se non se ne va subito, chiamo la polizia! » Corro alla finestra della cucina per potermi assicurare che vada via.

Sale le scale, si ferma un istante sul marciapiede e poi se ne va, come se niente fosse.

Ripenso subito alle parole di Evelyn: *Ho visto... degli uomini. Diversi uomini, non sempre lo stesso. Davanti a casa. Non hanno fatto niente. Ma mi è sembrato che aspettassero...*

Accendo il portatile di Jamie e cerco il suo nome su Google, però ho già un'idea di cosa potrei trovare. Compaiono diversi Jamie Hall nella ricerca, poi trovo quello che cerco e, nonostante i miei sospetti, resto comunque sconvolta quando clicco sull'orrendo sito porno su cui vengono pubblicizzati i suoi « servizi ».

21

Cammino avanti e indietro, non riesco a stare ferma. Chiamo Jamie, ma non risponde. Dove diavolo è?

Cerco di tenermi occupata per distrarmi. Faccio la doccia, mi vesto e porto Ziggy a fare una passeggiata, passando davanti a casa di Anya e Martin. È sabato, però Jamie è uscito così di fretta stamattina che sospetto sia venuto da lei. È più forte di me. C'è qualcosa di vero nelle accuse di Martin? Non c'è fumo senza arrosto, no? Jamie è con Anya, in questo momento?

Mentre mi avvicino a casa loro, vedo Anya in giardino che toglie le erbacce. L'auto di Martin non c'è. Si è messa in tiro persino per fare giardinaggio: ha una bandana rossa e un paio di jeans aderenti che esaltano le sue forme. Davanti al cancello, esito. Davvero voglio parlarle?

Anya forse si sente osservata, perché si alza e si gira. Quando mi vede, sgrana gli occhi. «Posso aiutarti?» La sua voce è calma e tranquilla, ma lo sguardo è diffidente. Indossa un paio di guanti da giardinaggio con una bella stampa a fiori.

Cerco d'indovinare la sua età. Non può avere più di trent'anni, però il suo atteggiamento e la sua sicurezza di sé mi ricordano alcune mamme della scuola in cui lavoro. Arrossisco. «Ehm... sono Libby. La moglie di Jamie.»

«Ah. Ho capito.»

«No... non credo. Possiamo parlare due minuti?»

Aggrotta la fronte e guarda Ziggy, come se temesse che le rovini il giardino. Il rossetto rosso che porta fa risaltare ancora di più la sua carnagione olivastra. Mi ricorda Nicole Scherzinger. «Non credo che ci sia niente di cui parlare. Tu sì?»

«Non è stato mio marito a mandarti quei bigliettini! Non so perché crediate che sia stato lui...» Non so perché sia così importante per me dirglielo, forse è una questione di orgoglio. Non voglio che pensi che mio marito abbia una cotta per lei.

Anya ride sotto i baffi. «Forse perché si è firmato.»

«Si è firmato come, 'Jamie Hall'? Non trovi sia un po' bizzarro mettere anche il cognome?»

Non sembra molto convinta, come se fosse abituata a ricevere bigliettini e regali da parte di ammiratori segreti.

«Ma almeno lo conosci?»

Ziggy tira il guinzaglio e io gli faccio una carezza sulla testa per rassicurarlo.

Anya mi guarda coi suoi occhi perfettamente truccati e poi scuote la testa. «Non abbiamo mai parlato, a parte dirci buongiorno e buonasera.»

Grazie al cielo. Che sollievo.

«Però lo vedo spesso. È carino.» Attende la mia reazione.

«Il fatto è che siamo stati vittima di una truffa. La polizia sta indagando. Abbiamo fatto uno scambio di case, e adesso sono sparite delle cose dal nostro appartamento e succedono fatti strani. Non è stato Jamie a mandarti quei biglietti d'amore. Non sappiamo chi sia stato. Volevo...» Devo fermarmi, perché ho il cuore che batte all'impazzata. «Volevo solo dirti questo.»

Anya si stringe nelle spalle. «Okay. Abbiamo finito,

adesso? » Alza un sopracciglio perfetto. Così perfetto che sembra tatuato.

« Sì... grazie... »

« Bene. È stato un piacere », mi dice, poi gira i tacchi - esatto, fa giardinaggio coi tacchi - e se ne va.

Sono tornata a casa solo da mezz'ora quando rientra anche Jamie. Ha la faccia sporca e delle macchie scure sui jeans. Ma che cavolo è andato a fare?

« Dove sei stato? Ti ho chiamato, non hai risposto. »

Non riesce a guardarmi negli occhi. Va ad accendere il bollitore, si appoggia al lavandino e tira fuori il cellulare. « Sono andato a dare una mano a una persona. Perché? »

« Perché, mentre non c'eri, è venuto uno che cercava te. Ed era qui per fare sesso. »

Mi guarda con un'espressione quasi comica. « Come? »

« Era venuto qui per fare sesso con te. E poi ho capito perché. » Alzo lo schermo del suo portatile. La pagina del sito porno è ancora aperta.

Jamie corre a vedere e sbianca. Il sito è abbastanza esplicito: c'è scritto che Jamie Hall è bisessuale e che gli va bene qualsiasi cosa, sia con donne sia con uomini, con particolare predilezione per il bondage. Nella foto è molto giovane e bello, indossa jeans e una camicia bianca. Avrà diciannove anni, in questo scatto. *Hannah.* Probabilmente risale all'epoca in cui stavano insieme. È stata lei a mettere su il sito?

Scarto subito l'idea, però. Hannah ama Jamie. Perché mai dovrebbe fargli una cosa del genere?

« Non ho mai visto questo sito, lo sai, vero? » Si aggrappa al bordo del tavolo, come per ancorarsi.

«Certo che lo so.» Sono stupita: pensa che non gli creda?

Scuote la testa. «Dove hanno preso questa foto? Non riesco a credere che uno si sia presentato qui. Cristo santo, Libs, ti poteva succedere di tutto.» Mi guarda, con le lacrime agli occhi.

Mi dispiace vederlo così. Di solito sono io quella che si preoccupa.

«Non credo che sia sicuro restare in questa casa, al momento.»

Sospiro. È la stessa cosa che penso anch'io da quando ha bussato quel tipo. Ho controllato su Internet se per caso c'è qualcosa anche a mio nome, ma non ho trovato niente. Certo, non vuol dire che non ci siano siti che offrano anche i miei, di servizi. «Dove andiamo però? Non possiamo permetterci un albergo, ora meno che mai.»

«Credo che dovremmo trasferirci da mia madre. Solo per un po'...»

Mi sento morire. «Magari nella dépendance?» Lo preferisco di gran lunga all'idea di condividere gli spazi con Sylvia e Katie, anche se casa loro è enorme.

Jamie arrossisce. «Ah, non si può. Ci abitano Hannah e Felix, adesso. Non poteva più permettersi l'affitto dell'appartamento e... Non guardarmi così.»

Cerco di restare calma. «Come?»

«In questo periodo ha dei problemi economici. È questo che non voleva che ti dicessi. La cosa la imbarazza. Il suo ex non sta pagando gli alimenti e lei ha solo quel lavoretto part-time all'agenzia immobiliare. Il suo stipendio non le basta per l'affitto. E quindi... niente, ho cercato di darle una mano.»

«Le hai prestato dei soldi? Jamie, non ne abbiamo abbastanza neanche per noi, in questo periodo.»

Sospira. « Lo so. Le ho solo promesso che avrei parlato con la mamma, e lei si è offerta di farla stare nella dépendance senza bisogno di pagare l'affitto. »

« È molto generoso da parte di Sylvia. Ma perché non me ne hai parlato? »

« Perché sapevo che non ti avrebbe fatto piacere. »

« Ed è così che pensi di vivere il nostro matrimonio? Nascondendomi le cose che non mi piaceranno? C'è altro che non mi stai dicendo? »

Jamie si passa una mano sul volto e geme. « Ti prego, non ricominciamo con questa storia... Abbiamo cose ben più urgenti di cui preoccuparci. Come per esempio questo maledetto sito col mio nome e col nostro indirizzo. »

« Fallo rimuovere, allora. Lavori nell'informatica, sono sicura che un modo lo trovi. » Mi alzo così veloce che la sedia si ribalta.

La guardiamo entrambi, stupiti.

Faccio per andarmene dalla cucina, ma Jamie si alza e mi prende per un braccio. « Libs, ti prego... »

Scoppio a piangere. « È un incubo, Jamie. Mi sembra di essere in un incubo. »

Mi prende tra le sue braccia. « Lo so. »

« Ed Evelyn è morta. Non riesco ancora a crederci. » In quel momento mi viene in mente qualcosa e faccio un passo indietro. Le mie lacrime gli hanno bagnato il colletto della maglia. « Quindi è questo che hai fatto stamattina? Hai aiutato Hannah a traslocare? »

Jamie annuisce, impacciato.

« Mi hai lasciato qui da sola mentre piangevo per Evelyn perché dovevi aiutare Hannah a traslocare? »

« Mi dispiace. Glielo avevo promesso, e non potevo sapere che Evelyn sarebbe morta. Sono stato via solo per qualche ora. Aveva bisogno di una mano solo con le cose più pesanti.»

«E non poteva chiamare una società di traslochi?»

«Non se lo può permettere.»

«Avresti dovuto dirmelo, Jay. Sarei potuta venire anch'io a dare una mano. Ma lei probabilmente non avrebbe voluto, vero? Ti vuole tutto per sé.»

Si vede che è in difficoltà. «Mi dispiace tanto, Libby. Sono un idiota. Avrei dovuto dirtelo. Non so perché non l'ho fatto. Volevo farlo, in realtà, però poi è morta Evelyn e mi sembrava che avessi già abbastanza preoccupazioni. Allora ho pensato che...»

Raccolgo la sedia e mi ci siedo, visibilmente seccata. Vorrei insultarlo, ma sono così stanca che riesco solo a stare seduta. E poi che senso ha mettersi a discutere, adesso? Ha ragione lui, abbiamo cose molto più urgenti di cui preoccuparci. Come quel sito. «Cosa pensi di fare con questa roba?»

Si siede accanto a me. «Per prendersi la briga di fare una cosa del genere, deve trattarsi di qualcuno che ci odia parecchio, Libs. È questo che mi spaventa.»

Decidiamo di trasferirci da Sylvia il giorno dopo. L'idea non mi entusiasma, però sono d'accordo con Jamie: è la cosa giusta da fare. Almeno finché quest'incubo non sarà finito.

Faccio la valigia col cuore pesante. La bella giornata di ieri è già passata, oggi la pioggia scroscia sui vetri. E Ziggy se la sta facendo sotto.

«Non mi va di portarlo fuori con questo temporale. È sempre così, ad aprile», dice Jamie guardando fuori dalla finestra.

« Portalo nel giardino di Evelyn, allora. » Ci aveva detto di non farci problemi, ma a noi non piaceva l'idea. Sebbene fosse una distesa di erbacce, non ci pareva bello portarci il cane a fare i bisogni.

« Credi che a Evelyn sarebbe dispiaciuto? »

Mi vengono le lacrime agli occhi. Non riesco ad abituarmi all'idea che non sia più di sopra, a lavorare a maglia seduta sulla sua poltrona preferita. Tiro fuori un fazzoletto dalla manica e scuoto la testa. Non riesco a parlare, perché mi viene da piangere.

« Allora ce lo porto al volo, prima che ce la faccia sul tappeto », dice Jamie, con un sorriso mesto. Quindi chiama il cane e lo sento mettergli il guinzaglio, poi aprire e richiudere la porta.

Riprendo a fare la valigia e mi chiedo quanto ci metterà. Poi però sento Ziggy che abbaia. Guardo su: li vedo attraverso la finestra. Busso sul vetro e li saluto. Il giardino è al livello del seminterrato, il che vuol dire che Evelyn per accedervi doveva passare da una specie di balconcino su cui si affacciava la sua cucina, oppure entrare dal cancelletto a piano terra. Avrebbe avuto molto più senso che il giardino appartenesse al seminterrato, ma in quel caso non avremmo potuto permettercelo, perché il prezzo si sarebbe alzato troppo.

Cosa ne sarà adesso della casa di Evelyn? Chi la comprerà? Non sarà lo stesso avere dei nuovi vicini, penso, mentre guardo Ziggy che scorrazza nell'erba bagnata. Jamie mi dà le spalle, col cappuccio alzato. Indossa il suo parka verde, che lo fa sembrare uno studentello. Ci serve un giardino. Mi metto una mano sul ventre. Il mio ciclo continua a essere molto irregolare e non vorrei illudermi di essere di nuovo incinta, ma la nausea e l'olfatto molto sensibile mi fanno pensare che sia il caso di fare un test. Dovremmo prendere in considerazione l'idea di vendere l'appartamento? Ora che metteranno in vendita anche quello di Evelyn, qualcuno potrebbe decidere di acquistare tutto quanto e farci una villetta. Se ci spostassimo un po' più fuori Bath, potremmo prendere una casetta col giardino allo stesso prezzo che pagheremmo per un appartamento in città. Certo, ci metterei di più per andare al lavoro, ma potrei sempre farmi trasferire in un'altra scuola. In ogni caso sarebbe un nuovo inizio e avremmo un giardino per Ziggy e un eventuale bambino. È una cosa su cui dovremmo riflettere.

Da fuori proviene un grido. È Jamie, ed è spaventato. Corro alla finestra. È in fondo al giardino, con le erbacce che gli arrivano alle ginocchia. È piegato in avanti, come se gli mancasse il fiato. Ziggy è vicino a lui e guarda qualcosa a terra. È successo qualcosa? Jamie non si sente di nuovo bene?

Corro all'ingresso, m'infilo gli stivali di gomma e mi precipito in giardino. La pioggia m'inzuppa subito la maglia a maniche lunghe, che mi si appiccica addosso. « Jamie! »

Lui si alza e mi fa segno di non avvicinarmi. « Resta lì! »

Ovviamente non lo ascolto. Quanto vorrei averlo fatto.

Attraverso il prato con l'erba alta per raggiungerlo e vedo che in mezzo alle erbacce c'è un corpo. È quasi del tutto nascosto dalla vegetazione, ma si capisce che si tratta di un uomo. Ha il viso butterato e gli occhi senza vita che fissano il cielo. Ha una ferita sulla tempia e i capelli corti e neri impastati di sangue. Sebbene sia coperto di fango, capisco che ha un maglione di lana a collo alto. Mi copro la bocca con la mano e mi aggrappo al braccio di Jamie quando mi cedono le gambe.

22

Io e Jamie siamo seduti sul divano troppo morbido di Sylvia, con le tazze di tè che ci ha messo in mano non appena siamo arrivati. Gli unici suoni sono il ticchettio dell'orologio a pendolo e il vento che fa tremare i vetri delle finestre. Hannah è sull'altro divano, accanto a Sylvia e Katie. Ci guardano con gli occhi sgranati e un'espressione identica e quasi comica: bocca aperta, sopracciglia alzate, visi pallidissimi.

Il colore verdazzurro delle pareti mi calma un po', come pure la pendola. Non tremo più, ma mi sento stordita. Ziggy è sdraiato sui miei piedi e me li scalda, come un paio di pantofole pelose.

« Ma almeno hanno capito chi era quell'uomo? » domanda Sylvia alzandosi per chiudere le tende.

« Non ancora », risponde Jamie.

Le loro voci mi sembrano lontane, come se venissero da un'altra stanza.

« E immagino che non sappiano neanche per quanto tempo sia rimasto in giardino. »

Jamie si stringe nelle spalle.

Mi sporgo per appoggiare la tazza sul tavolino. Mi sento tutta indolenzita e persino allungare un braccio mi stanca. Mi alzo a fatica. « Io vado a letto. »

Ziggy si alza subito e mi segue. Sembra sollevato di scappare dall'aria pesante che c'è in salotto.

Sento i loro sguardi addosso mentre lascio la stanza. La voce di Sylvia mi segue: « Poverina, è ancora sotto choc. Due morti in tre giorni. Le ci vorrà un po', per riprendersi ».

Nella stanza degli ospiti c'è un odore stantio e viziato, ma la camera è pulita e ordinata. Ci sono anche una specchiera bianca in un angolo e delle belle tende a fiori alle finestre. M'infilo tra le lenzuola fresche di bucato ancora completamente vestita. Ho freddissimo, mi sento come se mi stesse venendo l'influenza. Non sono neanche le nove di sera, però non ce la faccio a stare insieme con gli altri. Voglio solo chiudere gli occhi e abbandonarmi a un sonno profondo e incosciente, in cui non continuo a vedere il viso sereno ma senza vita di Evelyn e gli occhi sgranati dell'uomo con la ferita alla tempia.

Io e Jamie siamo rimasti immobili per qualche minuto, incapaci di fare qualsiasi cosa che non fosse fissare il morto, dimentichi della pioggia che c'inzuppava i vestiti e di Ziggy che se ne stava buono lì accanto. Mi aspettavo quasi che da un momento all'altro l'uomo si sarebbe alzato, dicendoci che era tutto uno scherzo. Ma chiaramente non è andata così. C'era un silenzio strano, persino la pioggia sembrava non fare rumore, come se il mondo trattenesse il respiro in attesa di vedere la nostra reazione.

È stato Jamie il primo a passare all'azione, prendendo il cellulare e chiamando la polizia. Neanche dieci minuti dopo sono arrivati due ispettori. Ci sono volute ore per spiegare la storia dall'inizio. Abbiamo dovuto ripetere tutto per filo e per segno: il volantino, lo scambio di case, il fatto che l'uomo morto in giardino potesse essere lo stesso che avevamo visto a Lizard Point e nella proprietà degli Heywood, oltre chiaramente a tutto quello che è successo da quando siamo tornati a Bath.

Jamie continuava a ripetere che dovevano parlare col sergente Byrnes della Cornovaglia. «Lui sa tutto.»

«Lo chiamerò», gli ha risposto l'ispettore Gardener, che era giovane, arrogante e poco d'aiuto. Ha guardato la valigia sul letto e deciso che eravamo dei moderni Bonnie e Clyde, già pronti a darci alla fuga. Alla fine, dopo aver parlato al telefono con Byrnes, ci hanno permesso di andare da Sylvia, ma non prima di essersi assicurati di avere tutte le informazioni necessarie per poterci rintracciare.

Potercene andare da casa nostra è stato un sollievo. Mentre ci allontanavamo a bordo della Mini, mi sono girata a guardare il luogo in cui siamo stati tanto felici e dove Evelyn aveva vissuto per oltre quarant'anni, e che in quel momento invece sembrava così triste e desolato, col nastro giallo della polizia agitato dal vento.

I giorni passano. Jamie lavora in veranda e io sono tornata a scuola. Sono felice di averlo fatto, anche se Sylvia insiste che dovrei prendere qualche giorno per riprendermi dallo choc. Ma ho *bisogno* di lavorare, per non pensare a quello che è successo. Lo so che Sylvia mi guarda male: secondo lei non sto «elaborando» le paure e il lutto, ma li sto solo sotterrando.

Mercoledì vengo convocata nell'ufficio della preside, Felicity Ryder, una donna dall'aspetto austero. Ha vent'anni più di me, gli occhi piccoli e azzurri e un viso molto bello. Mette talmente tanta lacca che i suoi capelli rossi non si muovono neanche quando cammina. Quando sorride però viene fuori la donna dolce e spiritosa che si nasconde dietro quella facciata severa. «Siedi pure, Libby», mi dice da dietro la sua scrivania. Ha un paio di occhiali sempre appeso al collo. Li prende e li inforca per leggere da un foglio che ha davanti.

Mi siedo.

Mi osserva per qualche secondo, come se cercasse di decifrarmi. Poi chiude gli occhi e si passa una mano sulla fronte. Gliel'ho visto fare tantissime volte mentre parla con altri insegnanti o coi genitori, e non è mai un buon segno.

Aspetto col fiato sospeso.

« Ho ricevuto una telefonata. Da un genitore preoccupato. » Quando vede che apro la bocca per chiedere chi sia, aggiunge: « Non posso rivelarne l'identità, come sai bene. Dicono che, poiché sei indagata, non si sentono tranquilli a sapere che continui a lavorare a scuola ».

È come se qualcuno mi avesse appena dato un cazzotto nello stomaco. « Dicono? »

« Sì, sono diversi. Evidentemente ne hanno parlato. Sai come vanno queste cose. »

Certo che lo so. C'è sempre un gruppetto di mamme che si ferma a chiacchierare in giardino. Si mettono in cerchio e spettegolano a tutto spiano. Scommetto che è partito tutto da loro.

« Non sono indagata. È stato trovato un cadavere nel mio giardino. Abbiamo fatto da poco uno scambio di case... » Alzo le braccia al cielo. « Guarda, è una storia lunga. Non saprei nemmeno da dove cominciare a spiegartela. »

Felicity incrocia le braccia e mi guarda severa. « T'inviterei comunque a farlo, Libby. Perché dal mio punto di vista la tua posizione non è delle migliori, e la scuola ha una reputazione da difendere. »

« Sospesa! Mi ha sospesa! » Raggiungo Jamie in veranda, dove sta lavorando al portatile.

Sul tavolo ci sono tre tazze vuote. Qualcuno si sarà preoccupato che non gli mancasse la caffeina. Alza la testa. « Cosa? Perché? »

« Dei genitori si sono lamentati. Hanno saputo del corpo che abbiamo trovato. Non vogliono che insegni finché non sarà tutto risolto e si sarà accertata la mia estraneità ai fatti. » Mi lascio cadere su una delle sedie, ancora incredula. « Ti rendi conto, Jay? Questa storia potrebbe finire per rovinarmi la carriera. » Ho la bocca così secca che riesco a malapena a deglutire.

Jamie si siede accanto a me e mi prende la mano. « Non preoccuparti. Presto accerteranno la tua innocenza e potrai tornare a insegnare. Si sistemerà tutto. »

« Speriamo, perché altrimenti la mia reputazione sarà rovinata. Abbiamo trovato un morto nel nostro giardino! Mica penseranno che sia stata Evelyn a ucciderlo? Anche se fosse stata ancora viva, aveva comunque più di ottant'anni. Oddio... » Mi stringo il petto. Non riesco a respirare. Impedendomi d'insegnare è come se mi avessero strappato il cuore. Ho stravolto la mia vita per poterlo fare. E adesso mi sento tutt'uno col mio lavoro. Farei qualsiasi cosa per la scuola. E ho messo a repentaglio la mia stessa vita per salvare uno dei miei alunni, senza pensarci neanche un secondo. Mi avevano definito un'eroina. Volevano persino darmi una specie di riconoscimento, ma io avevo declinato perché non volevo i riflettori puntati addosso. E adesso questo. Se non posso insegnare, non so più chi sono.

Chissà se è così che ci si sente quando si ha un infarto. Evelyn è morta proprio per questo. Il sergente Byrnes ci ha telefonato per dircelo. È questo che ha provato? Una stretta al petto, un dolore lancinante. Il cuore batte così forte che temo di svenire.

Prendo il braccio di Jamie. « Non respiro... Il petto, mi fa male... »

« Mamma! Corri, Libby sta male! »

Sylvia arriva di corsa e fa spostare subito Jamie. « Metti la testa tra le ginocchia. No, tra le ginocchia! » mi dice, spingendomi giù il capo. « Inspira dal naso, espira dalla bocca... naso... bocca... naso... bocca... così, brava. »

La sua voce è rilassante e mi concentro su quello che dice. Il cuore rallenta e le estremità smettono di formicolare. Mi raddrizzo e mi appoggio ai cuscini. « Mi dispiace. Non so cosa mi sia successo. » Il viso di Jamie è pallido e preoccupato.

Sylvia mi accarezza la mano. « Hai avuto un attacco di panico. Devi riguardarti. » Poi si volta verso Jamie. « Dovete riguardarvi entrambi. Tutto lo stress delle ultime settimane ha i suoi effetti. » Poi mi accarezza il braccio con fare affettuoso e si alza, sistemandosi la gonna. « Vado a farvi una tazza di tè. »

La guardo andare in cucina. Vorrei tanto che una tazza di tè bastasse a risolvere tutto.

La polizia si presenta dieci giorni dopo il ritrovamento del cadavere.

Quella mattina l'aria profuma di fresco, di fiori e di erba appena tagliata. Per la prima volta quest'anno sembra proprio che l'estate sia alle porte.

Sto per portare fuori Ziggy quando sento bussare. Apro e mi trovo davanti due poliziotti. Il sole brilla sulle colline di Lansdown alle loro spalle. Il sergente Byrnes sembra a disagio. Ha il solito impermeabile, ma oggi fa troppo caldo. Mi presenta l'uomo che ha accanto, l'ispettore Hartley della polizia dell'Avon e del Somerset. Il collega mi mostra serio il distintivo. Gli faccio segno di entrare in casa e tengo stretto il guinzaglio di Ziggy, che vorrebbe correre fuori. Byrnes ha una faccia cupa mentre si siede sul bracciolo del divano. Hartley è più giovane e anche più serioso, il viso spigoloso, i capelli cortissimi e gli occhi di chi ne ha viste tante negli anni. Con mio stupore, Sylvia si toglie subito dai piedi. Per fortuna Katie non è in casa, e Hannah e Felix sono nella dépendance.

Jamie ci raggiunge subito, con la fronte sudata e un'espressione un po' assente. «Sergente Byrnes, che piacere vederla. Ha delle novità?» Dà la mano all'ispettore Hartley e si presenta.

Hartley gliela stringe con vigore.

«Gradite qualcosa da bere? Acqua? Caffè?»

Entrambi dicono di no. È come se Byrnes evitasse di guardarci in faccia, il che mi preoccupa. E il cuore comincia ad accelerare.

«Non portiamo buone notizie, temo», dice Hartley. Non è seduto sul divano insieme con Byrnes: è rimasto vicino all'armadietto dei liquori. Anche la sua giacca è troppo pesante per una giornata così calda. Gli dà un'aria intimidatoria, e probabilmente è per questo che la porta. Mi guarda negli occhi. Il suo sguardo è freddo. «Abbiamo identificato l'uomo trovato morto nel vostro giardino. Si chiamava Sean Elliot. Era uno degli operai che ha lavorato nella villa degli Heywood durante la ristrutturazione. È stato assassinato, colpito alla tempia con un corpo contundente.» Tace. Sembra che rida sotto i baffi, come se la cosa gli desse qualche tipo di soddisfazione. «Il nome non vi dice niente?»

Jamie aggrotta la fronte. « Mai sentito. Non lo conosco. E tu, Libby? »

Io scuoto la testa e poi mi rivolgo a Byrnes, che non ha detto nulla. « Il mio cognome da nubile è Elliot. Ma non conosco nessuno Sean. »

Hartley fa un sorrisetto, come per dire che si aspettava una risposta del genere. Quest'uomo non mi piace affatto. « Credo che lei menta, Mrs Hall. »

Divento rossa di rabbia. « Come si permette... »

Jamie è stranamente silenzioso. Sento i suoi occhi addosso.

Hartley consulta il foglio che ha in mano. « Sembrerebbe che lei abbia conosciuto Sean Elliot dieci anni fa... »

« Dieci anni fa? » Faccio il calcolo. Nel 2007 avevo vent'anni.

Jamie aggrotta la fronte.

« Stando a quanto c'è scritto qui, lei ha sposato Sean Elliot nel 2007. » Ci mostra quello che sembra un certificato di matrimonio.

Mi giro verso Jamie, che è sbiancato, e scuoto la testa. « No... io non... non è... »

« Elizabeth Hall, la dichiaro in arresto per sospetto omicidio. Ha il diritto di rimanere in silenzio. Tutto quello che dirà potrà essere usato contro di lei in tribunale e presentato come prova. »

« No, vi state sbagliando », grido, quando Hartley mi prende per un braccio. « Ti prego, Jamie. Devi credermi. »

Sylvia corre in salotto. « Cosa sta succedendo? Tolga le mani da mia nuora », intima, rossa in viso. Poi si mette davanti alla porta che dà sull'ingresso per impedirgli di portarmi via.

Mi rincuora vederla prendere le mie difese.

« La prego di spostarsi », le ordina Hartley.

Sylvia si arrende e obbedisce.

Cerco di tranquillizzarli: « Non vi preoccupate. Vi spiegherò tutto quando torno. Credetemi, è un errore, è tutto un... »

« Prendo la macchina e vengo alla stazione di polizia. Ti aspetto lì », mi dice Jamie, che ha ripreso un po' di colore. « Andrà tutto bene. Di' solo la verità. » Ma nei suoi occhi c'è delusione. Mi sembra quasi di sentire i suoi pensieri: *Mia moglie è una bigama. Una bugiarda.*

L'ultima cosa che vedo mentre la macchina della polizia parte a tutta velocità sono mio marito e mia suocera, abbracciati davanti alla porta di casa. Nonostante le parole di Jamie, so che nulla tornerà più come prima.

Sono seduta in una sala d'attesa in cui si muore di caldo. Non mi hanno offerto neanche un bicchiere d'acqua.

Che ne sarà di me? Come farò a spiegare tutto? Verrò di certo condannata, per un motivo o per l'altro. Ho provato a essere una brava persona, a espiare le mie colpe per ciò che è successo in Thailandia, a vivere una vita onesta. A reinventarmi. Ma adesso verrà fuori la verità e io perderò tutto.

Quello zaino. Ho cercato di capire chi me lo avesse mandato. Senza dire niente a Jamie, ho cercato su Google tutte le persone con le quali ho viaggiato: Lars, Harry, Emma e gli altri. Ho pensato che forse uno di loro voleva ricattarmi dopo avere scoperto il mio segreto.

Ci sono ancora troppe cose che non capisco, però una è certa: Jamie non c'entra niente in questa storia. Questa storia ha a che fare con la Thailandia. E con Karen Fisher.

PARTE SECONDA

THAILANDIA

23

Karen Fisher era morta. Lo avevo sempre creduto. L'avevo vista l'ultima volta in Thailandia, nove anni fa.

Era il maggio del 2008 quando sono partita dalla grigia e piovosa Inghilterra per arrivare nella coloratissima Bangkok. Un caldo del genere non me lo sarei mai potuto immaginare. Non appena ero scesa dall'aereo mi aveva investito una folata di aria bollente, come quando si apre lo sportello del forno. E poi gli odori: quello dolce e pungente del cibo cucinato per strada, quello del fiume, che sapeva di pesce, quello degli escrementi degli animali e dei gas di scarico delle auto. Sembrava di essere in un altro mondo. Ero abituata al North Yorkshire, coi suoi alberi, con le brughiere e con la pittoresca città di York proprio a due passi. Prima ancora avevo vissuto in un quartiere popolare, coi palazzi pieni di graffiti e disperazione. Poi però Sean mi aveva portato via. Ero andata all'università di Sheffield e già quello mi era parso un posto frenetico. Ma Bangkok era un'altra cosa.

I primi giorni camminavo come in trance, rapita dalla bellezza del Grande Palazzo Reale e della statua del Buddha sdraiato, affascinata dai traghetti carichi di gente e dalle auto che sfrecciavano in sei diverse corsie, coi tuk-tuk che zigzagavano tra le macchine e i furgoncini che sembravano guidati da pazzi con istinti suicidi. Mi era persino capitato di vedere un elefante che si trascinava lungo un marciapiede, guidato da un uomo senza denti che sorrideva e salutava i passanti. Io ammiravo tutto, felice e sollevata. Ce l'avevo fatta: ero scappata.

Dopo avere trascorso una settimana a Bangkok, ho deciso di tentare la fortuna a sud. Avevo voglia di spiagge, d'immergermi nel mare color giada, di fare snorkeling tra i coralli o tuffarmi da una barca in mezzo all'oceano. Potevo fare tutto quello che mi pareva e quel pensiero mi mandava avanti. Volevo sperimentare, volevo vivere.

Su quel treno notturno faceva un caldo soffocante. I vagoni erano angusti e avevano sedili che diventavano cuccette. Vicino a me c'era un ragazzo che ascoltava musica dance con le cuffiette, tenendo il tempo col piede. Aveva i rasta biondi e una maglietta chiazzata di sudore sotto le ascelle. Ci avremmo impiegato tutta la notte ad arrivare a Trang, e io sinceramente non morivo dalla voglia di viaggiare su quel treno, ma costava molto meno dell'aereo e volevo far durare i soldi il più a lungo possibile. Non mi faceva impazzire l'idea di stare vicino a qualcuno che forse non si lavava da settimane. Dietro di lui c'era una coppia sui trent'anni che sgranocchiava involtini primavera.

Non tirava un filo d'aria, benché i piccoli finestrini rettangolari fossero aperti. Sulla banchina c'era un mucchio di persone, per lo più giovani con gli zaini sulle spalle, una cartina in mano e le espressioni perplesse. Mentre procedevo alla ricerca di un posto, mi sono fermata per consentire a una ragazza di mettere lo zaino sulla cappelliera. Dietro di me qualcuno mi ha spinto, conficcandomi lo zaino nella schiena. Mi sono voltata, guardando con irritazione un biondino dall'aria spavalda. La faccia del suo amico spuntava dietro di lui come uno di quei pagliacci che saltano fuori dalle scatole.

« Datti una mossa », mi ha intimato il biondino, con l'amico dietro che mi guardava male.

Li ho presi a parolacce e hanno subito abbassato la cresta. Non si aspettavano che una ragazzetta come me reagisse in quel modo. Non potevano sapere che venivo da uno di quei quartieri malfamati che loro avevano visto solo in televisione. Ero abituata a badare a me stessa. Se fai vedere che sei tosta, non ti dà fastidio nessuno. Così diceva sempre Sean, e da lui avevo imparato molto.

Ho visto un posto libero in fondo al vagone. Una mia coetanea aveva già preso quello vicino al finestrino, orientata nella direzione di marcia. Sfogliava una rivista e davanti a lei aveva un sedile vuoto. Ci ho pensato un po', perché avrebbe significato viaggiare in senso opposto alla direzione di marcia e avrei preferito il contrario. Mi sono avvicinata e lei ha alzato lo sguardo. Aveva grandi occhi color nocciola e sembrava appena arrivata in Thailandia, con la sua camicetta di cotone e i pantaloncini di jeans. Aveva la carnagione chiara, un po' di lentiggini sul naso e capelli castano chiaro che le arrivavano appena sotto le spalle. La compagna perfetta con cui condividere quel viaggio.

« Ti dispiace se mi siedo qui? » le ho chiesto, indicando il sedile in finta pelle. Sul bracciolo c'era uno spacco da cui usciva l'imbottitura gialla. Non mi sembrava particolarmente comodo, per un viaggio così lungo.

Lei ha sorriso. Aveva le fossette su tutt'e due le guance. « Certo che no. Sei inglese, vero? Dello Yorkshire? » Aveva un accento simile al mio, ma più pronunciato. Ho annuito. Se non altro avevamo qualcosa in comune, anche se non è che avessi intenzione di mettermi a fare conversazione. Il programma era dormire per tutto il viaggio.

Ho messo lo zaino sulla cappelliera. Portarlo sulle spalle per oltre due settimane mi aveva distrutto la schiena.

« Io sono Karen », ha detto, porgendomi la mano.

Gliel'ho stretta e mi sono seduta di fronte a lei. « Elizabeth, piacere. Mi chiamano tutti Beth, però. » Era vero: a casa mi chiamavano così, e pure Sean. Ho infilato una mano in tasca, ho tirato fuori un elastico e ho legato i capelli, che ormai mi si erano appiccicati al collo. Anche se i finestrini erano aperti, non passava un filo d'aria.

Karen mi ha guardato. « Ora che il treno parte, si starà un po' meglio. » Mi aveva letto nel pensiero. Doveva avere notato i rigagnoli di sudore che mi colavano negli occhi. Erano le sei di pomeriggio, ma faceva ancora un caldo esagerato.

Karen è tornata a leggere la sua rivista e io l'ho studiata un po'. Collo lungo e clavicole sporgenti. Quale sarà stata la sua storia? Forse avrei potuto parlarle un po', dai. Prima però dovevo chiederle di cambiare posto.

Mi sono schiarita la voce per attirare la sua attenzione. Ho cercato di mostrarmi imbarazzata e un po' in difficoltà, giocherellando con l'angolo della maglietta. « Scusa, sai, ma soffro il mal di treno. Ho preso una pastiglia, però mi sarebbe molto d'aiuto sedermi nella direzione di marcia. Ti dispiace se ci scambiamo di posto? »

Lei ha cercato di dissimulare la sorpresa. « Certo, nessun problema. » Si è alzata subito, con la rivista stretta al petto. Molto cortese. Un buon segno.

Anch'io mi sono alzata. Era piccolina, anche più bassa di me. Ci siamo scambiate di posto, e si vedeva che non era proprio felice della cosa, ma era troppo gentile o troppo codarda per dirlo. Sembrava molto tranquilla, come se fosse abituata a stare per conto suo. Quando mi sono messa a sedere ho sbattuto il ginocchio contro qualcosa.

Aveva lasciato lo zaino vicino al finestrino. Lo doveva togliere da lì. « Ahia », ho esclamato, esagerando un po' e massaggiandomi il ginocchio.

« Oddio, scusa. Lo metto sulla cappelliera. »

L'ho ringraziata con un sorriso e poi ho guardato i ragazzi che avevo preso a parolacce offrirsi di aiutarla a metterlo su. Sembrava la tipica damigella in difficoltà, con quegli occhioni da cerbiatta. L'ho osservata con occhio critico. Era carina, non potevo negarlo, però aveva la bocca e il naso troppo grandi per essere bella. Certo, le fossette sulle guance aiutavano, non si poteva negare. Quando si è rimessa a sedere era un po' rossa in viso. Ho capito che l'attenzione della gente non solo la imbarazzava, ma le dava anche un po' fastidio. L'ho rivalutata un po' alla luce di questa rivelazione. Interessante. E poi mi dava l'impressione che stesse scappando. Come me.

Dovevo saperne di più. Avremmo potuto essere anime gemelle, io e lei. Girare la Thailandia da sola non mi dispiaceva, ma sicuramente farlo in compagnia sarebbe stato più divertente. « E quindi, Karen, come fai di cognome? »

Lei ha alzato lo sguardo dalla rivista con l'aria un po' sorpresa. « Fisher. Perché? »

« Così, per curiosità. » Ho fatto finta di pensare al suo cognome. « Fisher, eh? Mmm, non mi sembra di conoscere altri Fisher. Ti aspetta qualcuno alla fine di questo viaggio, Karen Fisher? »

Ha sorriso, però si vedeva che non aveva voglia di sbottonarsi. « No, viaggio da sola. »

« Anch'io. »

« E tu sei Beth...? »

« Elliot. » Ho pregato che non conoscesse Sean, visto che la sua famiglia era popolare dalle mie parti.

Karen ha aggrottato la fronte. Si vedeva che sarebbe voluta tornare a leggere la sua rivista, ma pure che non le andava di essere scortese. « Da quale parte dello Yorkshire vieni? »

« Non lontano da York. Però il posto da cui vengo non ha niente a che vedere con York, in quanto a eleganza... » Non volevo dirle troppo.

Alla fine è venuto fuori che eravamo cresciute a trenta chilometri di distanza e abbiamo parlato un po' dei posti da cui venivamo. Lei si apriva come un fiore a primavera e io mi sono rilassata. Il treno era partito e almeno adesso mi arrivava un po' d'aria dai finestrini. Ho chiuso gli occhi, felice di sentire un po' di vento sulla faccia.

Qualche ora e qualche birra dopo, Karen mi ha raccontato che entrambi i suoi genitori erano morti.

« Anche i miei. Sono figlia unica. Erano anziani e molto religiosi. »

Karen ha annuito. Aveva gli occhi tristi.

Ho avuto l'impressione che ci fosse qualcosa che non mi stava dicendo. « Cosa ti ha fatto decidere di partire? »

« Odiavo la mia vita. » L'intensità e la durezza della sua espressione mi hanno sorpreso. « Non avevo uno sbocco né una qualifica. Nessuna prospettiva, insomma. »

« Non sei andata all'università? »

Ha scosso la testa. « Problemi familiari. Dovevo andarmene o sarei impazzita. »

Ho bevuto un sorso di birra. « Stessa cosa. Ho preso la laurea poco prima di partire. Sono andata all'università di Sheffield. Ma sono finita con un tipo violento. » Ho fatto roteare il dito vicino alla tempia per farle capire che era pazzo. « L'ho incontrato quand'ero vulnerabile. È sempre così che succede, no? » L'alcol mi stava sciogliendo la lingua, però non volevo dire troppo. « E tu, invece? »

Lei ha scosso la testa, e i capelli le hanno coperto il viso. « No, non sto con nessuno. »

Ho capito che non si sarebbe sbottonata, per cui ho cambiato argomento. Le ho chiesto che giro aveva intenzione di fare e abbiamo parlato un po' di ciò che avevamo visto fino a quel momento. Ho scoperto che in realtà era arrivata a Bangkok solo da due giorni e che pure lei aveva voglia di passare un po' di tempo al mare. Fuori era buio, le luci dello scompartimento si sono accese e il vagone è diventato un alveare in piena attività, perché la gente si è messa a preparare le cuccette per la notte.

« Apriamo i letti? » mi ha chiesto lei, con gli occhi che le brillavano.

La cosa mi ha fatto sorridere, perché era come se fossimo a un enorme pigiama party. Mi sono resa conto che la cappelliera in alto in realtà diventava un letto e che i nostri sedili si tiravano giù.

« È un letto a castello, praticamente. Vuoi stare sopra o sotto? »

« Sotto. Per te va bene? »

Ha annuito, contenta. Una tenda arancione ci separava dal resto del vagone e ci dava un po' di privacy.

« Comodo. » Il suo letto scricchiolava mentre si metteva il pigiama.

Ho preso una maglietta oversize dallo zaino. Era stropicciata e non proprio pulita, ma sarebbe andata bene lo stesso. Si stava troppo stretti, là sotto. Ho tirato fuori dalla busta di cellophane le lenzuola bianche e pulite che ci avevano fornito. Mi sono sdraiata e ho tirato le lenzuola fin sotto il mento, cercando di non preoccuparmi che il treno potesse deragliare. Mi sembrava che viaggiassimo un po' troppo veloci. Erano sicuri i treni, in Thailandia?

«Tutto okay?» mi ha chiesto una voce da sopra. Poi Karen si è affacciata a testa in giù dal suo letto, coi capelli che le scendevano davanti alla faccia. «Non credo che riuscirò a dormire. Tu?»

«Ho l'ansia che il treno deragli.»

«No, davvero?» Aveva la faccia tutta rossa. «Pensavo che non avessi paura di niente, Beth Elliot. Mi sembravi una tosta.»

Mi sono messa a ridere. «Sì, tosta. È questo che pensi?»

«Ho visto come hai risposto a quei ragazzi, prima. Mi sembri una che è meglio avere come amica che come nemica.»

Su quello in effetti aveva ragione.

24

La mattina dopo, assonnate e affamate, siamo scese insieme dal treno. Non ci siamo dette niente per metterci d'accordo: eravamo entrambe felici di avere trovato una compagna di viaggio.

È assurdo quanto velocemente si stringano legami quando si viaggia. Persone con cui non avresti mai parlato o che non avrebbero mai suscitato il tuo interesse nella vita di tutti i giorni diventano indispensabili. Dormi insieme, mangi insieme, ti lavi insieme, passi tutto il giorno a prendere il sole e a nuotare insieme, e si crea quell'intimità che io non avevo mai avuto con una donna. Non avevo molti amici, da ragazzina. Le mie compagne mi tenevano a distanza perché dicevano che ero troppo sboccata, troppo diversa. All'università poi le cose erano un po' cambiate, però avere un marito possessivo e violento mi aveva impedito di stringere molti legami anche lì. Tante persone che incontravo non riuscivano a credere che fossi sposata, così giovane. Venivo relegata nella categoria delle accasate e non m'invitavano mai a uscire a bere o in discoteca. Non che ci sarei andata, intendiamoci: non valeva la pena prendersi le botte per una cosa del genere.

Ma ormai ero scappata da Sean e dal mio passato. In Thailandia ero quella divertente e simpatica. Karen mi guardava con ammirazione quando mi vedeva scolare una birra dopo l'altra al bar della spiaggia o fare il bagno nuda di notte. Avevamo la stessa età, però era come se Karen mi ritenesse un punto di riferimento. Forse aveva avuto un'infanzia più tranquilla della mia?

Eravamo come palle di neve: spostandoci ci portavamo dietro altre persone. E infatti, quando qualche settimana dopo siamo arrivate a Koh Phi Phi dopo essere passate per Trang, Krabi e la spiaggia di Noppharat Thara, eravamo già un bel gruppetto: Emma, un'irlandese con un fisico statuario, i capelli rossi e la pelle più chiara che io avessi mai visto, Lars, un finlandese un po' scontroso e con gli occhi troppo vicini, e infine Harry e Dylan, due ragazzi del New Jersey. Dylan ed Emma si erano presi entrambi un anno sabbatico prima di cominciare l'università, Lars aveva qualche anno più di me e aveva mollato il suo lavoro senza prospettive per viaggiare un po', Harry si era da poco laureato in Medicina e si era preso sei mesi di pausa prima di cominciare a lavorare.

Ci divertivamo di brutto, spesso andavamo a letto alle quattro del mattino. Di giorno nuotavamo nelle acque cristalline e prendevamo il sole sulle spiagge bianche della Thailandia. Avevo una cotta per Harry, con quei capelli biondi e le fossette sulle guance. Era alto, il più carismatico tra i ragazzi del nostro gruppo. Lars era troppo lunatico, anche se pareva che a Emma piacesse, e Dylan era sempre a guardare le tette delle ragazze. Sia io sia Karen lo trovavamo belloccio – coi suoi riccioli scuri, con gli occhi marroni e col fisico scolpito e abbronzato –, però in fin dei conti era un maiale. Sbavava ogni volta che Emma gli passava davanti, anche se a lei non interessava più di tanto.

Stare in gruppo mi faceva sentire al sicuro. Anche se sapevo che Sean non avrebbe mai immaginato che fossi in Thailandia – visto che tra l'altro avevo paura dell'aereo –, mi prendeva sempre un colpo quando incrociavo qualcuno che gli somigliava. Un ragazzone alto e robusto con occhi azzurri che potevano essere dolci e attraenti come l'oceano Indiano ma anche gelidi come l'Antartico.

Karen era la più tranquilla del gruppo. Restava spesso a guardarci, seduta accanto al fuoco mentre noi ci ubriacavamo, scherzavamo e a volte limonavamo. Chissà cosa pensava mentre ci osservava con quei grandi occhi color nocciola. Qualcuno le aveva spezzato il cuore? Non sembrava molto interessata agli uomini, anzi, più che altro sembrava voler diventare invisibile. Per esempio le dava fastidio se qualcuno provava a rimorchiarla. Avevo provato a farle delle domande, però, a parte raccontarmi della morte dei genitori, non aveva rivelato molto altro della sua vita in Inghilterra. Non ero una che insisteva troppo e nemmeno lei, e su questo andavamo perfettamente d'accordo. E poi, col fatto che avevamo passato la prima settimana da sole senza il resto del gruppo, sentivo un legame particolare con lei.

«Dopo la Thailandia cosa farai?» le ho chiesto una sera.

Eravamo a una festa sulla spiaggia e lei era rimasta in disparte, con le gambe incrociate e una lattina di birra. C'erano una bella brezza che veniva dal mare e nell'aria profumo di sabbia e olio di cocco.

Ha alzato le spalle. «Non voglio tornare a casa. Mi piacerebbe andare in Australia dopo la Thailandia. Magari trovare lavoro in un bar, così guadagno qualche soldo e posso continuare a viaggiare.» Sembrava un po' triste, però. «E tu? Cosa ne diresti dell'Australia?»

Mi ha intenerito che mi volesse con lei. «In teoria mi hanno ammessa alla specialistica per l'insegnamento.

Inizia a settembre ed è all'università del Middlesex. Ma non ci andrò.» L'avevo deciso poco prima, sdraiata sulla spiaggia, col sole che mi baciava la pelle e con la sabbia nei capelli. Quello era il paradiso e non me ne volevo andare.

Karen ha ridacchiato. «Non ti biasimo. Chi è lo scemo che vorrebbe tornare alla grigia Inghilterra quando esiste tutto questo?» Ha allargato le braccia, a includere la spiaggia, il mare, le palme.

Lars ed Emma giocavano a rincorrersi con un gruppo di ragazzi che non conoscevo. Gridavano, entrando e uscendo dall'acqua.

«Esatto. Non ho nessuna intenzione di tornare a casa. Non credo ci tornerò mai.» Karen era la prima persona cui ho parlato della specialistica. Sean non ne sapeva niente. Andare nel Middlesex avrebbe dovuto essere la mia via di fuga, ma poi le cose erano peggiorate all'improvviso ed ero dovuta scappare prima. Così ero finita in Thailandia.

Karen si è messa a ridere. La pelle abbronzata faceva risaltare i denti bianchi. «Ancora in fuga?»

Lei sapeva che ero stata con una persona violenta, niente di più. Parlarne significava ricordare, e io volevo essere un'altra persona. Chissà se anche per lei era lo stesso. Avevo la sensazione che entrambe stessimo cambiando pelle, come quei serpenti che ogni tanto vedevamo nell'erba alta davanti all'albergo.

«Ti picchiava? Il tuo ex, dico.»

In quel momento mi sono vergognata di essere stata quella persona, quella donna. Di avere sopportato così a lungo. Di avere sposato quel bastardo. Mi aveva stregata. Era più grande, aveva i soldi. Solo dopo avevo scoperto che provenivano tutti dalla criminalità. Ma all'inizio non lo sapevo. Mi aveva lusingato che un uomo come lui avesse dimostrato interesse per una ragazzina di quindici anni che viveva da sola col padre. Lui all'epoca ne aveva venti, andava sempre in giro vestito tutto elegante, con la sua Jaguar e il Rolex al polso (poi ho scoperto che era falso). Si sentiva un gangster e io me n'ero invaghita. La favola era svanita presto. «Sì, mi picchiava», ho ammesso con un filo di voce.

Karen ha scosso la testa, amareggiata, mentre giocherellava con la lattina di birra. «So che ti conosco da poco ma, cazzo, Beth. Sei l'ultima persona al mondo che m'immaginavo potesse farsi fregare da un uomo del genere.»

«Non esiste un tipo specifico di donna che finisce con uomini violenti. Può succedere a chiunque.» La sua superficialità mi ha lasciato basita. La prima impressione che avevo avuto allora era stata giusta: era una stupida principessina sul pisello. Anche se era buio, ho percepito il suo imbarazzo.

«Scusami, non volevo... È che sei una persona così risoluta. E di solito quando qualcuno ti fa arrabbiare hai la lingua tagliente.»

La lingua tagliente? Mi faceva sembrare un mostro. Forse aveva paura di me. O meglio, più che impaurita era circospetta. Ecco, faceva bene. «Non ti preoccupare, l'ho sistemato a dovere.»

La festa continuava. Emma ballava con Lars, Dylan fissava le tette di tutte le donne presenti e Harry continuava a guardare dalla nostra parte, senza avvicinarsi.

«Davvero? E come?»

Ho fatto la disinvolta. «All'inizio reagivo alle botte, poi ho capito che peggioravo solo le cose. Una volta mi ha mandato all'ospedale...»

Karen ha fatto una smorfia.

«... e così ho imparato a colpirlo dove gli faceva più male. Gli ho svuotato il conto in banca e sono scappata.»

Karen ha sgranato gli occhi. «Porca miseria, Beth.»

Ero arrabbiata con me stessa, però. Perché avevo detto più di quanto avrei dovuto. Non dovevo dimenticare che aprirsi troppo rende vulnerabili. E se Sean mi avesse trovato mi avrebbe ammazzato, non avevo dubbi. Ho cambiato argomento, cogliendola così di sorpresa che è sobbalzata, rovesciandosi un po' di birra sulle gambe. «Senti! Perché non ci facciamo un tatuaggio?»

Il negozietto di tatuaggi era dieci minuti a piedi da dove alloggiavamo, eppure ci abbiamo messo una vita ad arrivare: Karen non la smetteva di fermarsi a guardare le bancarelle lungo la strada, perdendo tempo a rovistare tra borse e sarong. Sembrava incapace di dire di no ai venditori che le mostravano gioielli e asciugamani. A un certo punto mi sono venuti i nervi, e ogni volta che si fermava sbuffavo e sospiravo sonoramente. Lei allora metteva giù quello che aveva in mano e mi faceva un sorrisino dispiaciuto. Sempre pronta ad assecondare tutti. Il caldo era così asfissiante da mettermi di cattivo umore. Quando alla fine siamo riuscite ad arrivare al negozio di tatuaggi, avevo voglia di tirare un pugno a qualcuno, preferibilmente a Karen.

Il negozio, se così si poteva chiamare, era una baracca nella periferia del villaggio. Un thailandese molto magro con una sciarpa intorno al collo stava tatuando un cuore sulla scapola di un ragazzetto con la schiena pelosissima.

Karen è subito sbiancata. «Pensi che sia il caso?» mi ha sussurrato all'orecchio, lanciando un'occhiata al povero cane con tre zampe accasciato al suolo per il caldo e alla maglietta sporca del tatuatore, con una chiazza di sudore su tutta la schiena. Guardava angosciata anche i disegni dei vari tatuaggi attaccati al muro.

«Tranquilla.» In realtà ero un po' preoccupata anch'io.

Quando il ragazzetto con la schiena pelosa si è alzato, Karen si è fatta avanti, scostandosi i capelli da davanti al viso. Sudava freddo. «Ehm... noi due, tatuaggi, sì?» ha detto con voce incerta.

Dopo un po' di contrattazioni ci siamo accordati sul prezzo.

L'uomo ci ha indicato i disegni sul muro, per invitarci a sceglierne uno.

Karen si è messa a guardarli, sempre più incerta. «Non lo so... sono proprio indecisa...»

«Va be', togliti, vado prima io», le ho detto, infastidita.

Lei mi ha guardato con gli occhi sgranati e si è fatta da parte. «Sì, sì... va bene...» Poi ha preso la bottiglietta d'acqua dalla borsa e ha bevuto un bel sorso.

Sapevo già cosa volevo, lo avevo deciso ancor prima di arrivare. Un uccello in volo con le ali spiegate. Libertà. Mi sono messa il più possibile comoda sullo sgabello e ho indicato il braccio al tatuatore. «Qui, grazie.»

Un'ora più tardi, col braccio che pulsava e bruciava, ci siamo rimesse in cammino. Trascinandoci per il caldo, entrambe con le infradito ai piedi che facevano rumore sulle strade polverose, siamo arrivate all'albergo in un bagno di sudore. Una delle crosticine si era un po' aperta e si erano formate delle bollicine di sangue tutto intorno. Mi sono seduta sul letto e l'ho tamponata con un fazzoletto bagnato.

« Mi sento proprio una pappamolle », ha detto Karen, seduta sul letto davanti al mio. Si era tirata indietro all'ultimo minuto, esattamente come mi aspettavo. Ogni volta che l'ago mi si avvicinava al braccio, lei sbiancava. A un certo punto avevo pensato che sarebbe svenuta.

« Lo sei, infatti. Credevo fossi una tosta, Karen Fisher. Una tipa tosta dello Yorkshire. E invece no. Sono proprio delusa. »

In realtà un po' scherzavo, ma lei l'ha presa seriamente. Dalla sua espressione sembrava pensare di avere fatto una brutta figura, di avere perso la stima di qualcuno. E lì ho capito che finalmente, per la prima volta nella mia vita di merda, ero io quella che comandava. Ed era una sensazione esaltante.

Il giorno dopo Karen è sparita. Strano, perché di solito mi diceva sempre dove andava. Sono scesa in spiaggia con gli altri, sperando di trovarla lì, e invece niente.

« Dov'è Karen? » mi ha chiesto Harry. Armeggiava con la maschera, accorciando un po' il cinturino. Era seduto sulla sabbia, con le belle gambe abbronzate stese. Non riuscivo a smettere di guardarle.

Mi sono stretta nelle spalle, continuando a spalmarmi la crema solare sulle braccia. Speravo che si sarebbe offerto di mettermela sulla schiena, ma pensava ad altro. « Non ne ho idea. È uscita quando io ancora dormivo. »

« Credi che sia partita? Senza di noi? »

Avrei voluto chiedergli perché gliene importasse tanto. « Non credo. La sua roba è ancora tutta in camera. »

« Ah, bene. Karen mi piace », mi ha risposto senza tanti giri di parole, infilandosi la maschera. Poi è balzato in piedi ed è corso in acqua. Sono rimasta a guardarlo in tutta la sua agilità mentre s'immergeva tra le onde, con lo stomaco che mi si contorceva dalla gelosia.

Un'ora dopo Karen è tornata. È arrivata in spiaggia con un nuovo sarong rosso legato in vita e una borsa da mare in spalla. Mi ha salutato da lontano e solo quando si è avvicinata mi sono accorta del tatuaggio.

25

Mi ha fatto piacere il tatuaggio, sapere cosa significava. Avevo raggiunto la tenera età di ventun anni senza avere mai avuto un'amica del cuore. Succede, quando ci si sposa molto giovani con un uomo troppo possessivo. Sean diceva sempre che il mio migliore amico era lui. Non voleva che andassi all'università e aveva provato a farmi rinunciare. Era terrorizzato che potessi conoscere qualcun altro. Io però non avevo ceduto. E lui non aveva potuto farmi scenate davanti ai professori e ai tutor. Era un codardo, in fondo. Come tutti i bulli.

Harry era il primo uomo che mi piaceva dopo Sean. Era tutto il contrario di Sean: modesto, intelligente, dal tono pacato, dolce e carino. E poi aveva un fisico bellissimo, come quello di un ballerino. Sean invece era presuntuoso, prepotente, era uno venuto dal basso che si era fatto da solo (una frase che ripeteva in continuazione). Pacchiano, coi suoi vestiti di sartoria e coi gioielli d'oro.

In quei mesi passati insieme, il nostro gruppetto – io, Emma, Lars, Dylan, Harry e Karen – era diventato una famigliola. Avrei potuto confidare a Karen ciò che provavo per Harry, ma non era il tipo di amicizia che avevamo. Non ci confidavamo. Lei era come me, sotto quell'aspetto: chiusa e concreta. Non rivelavamo i nostri sentimenti, perché non volevamo essere vulnerabili. Eravamo entrambe abituate – in modi diversi e per ragioni diverse – a tenere nascosto ciò che provavamo alle persone più vicine.

Dopo quella conversazione sulla spiaggia, ho cominciato a tenere d'occhio Harry e Karen. E così ho iniziato a notare piccole cose, come il fatto che in spiaggia o al bar si mettevano sempre vicini. Se lui doveva andare in paese, era sempre a lei che chiedeva di accompagnarlo. Quando Karen faceva una battuta – la maggior parte delle volte penosa – lui rideva sempre e in generale sembrava trovarla spassosa. Una volta le ha detto che «adorava» il suo sottile senso dell'umorismo. La cosa ovviamente mi ha fatto girare le palle. Ho cominciato a notare dei cambiamenti anche nel comportamento di Karen: gli sedeva sempre troppo vicino, si toccava i capelli e piegava la testa di lato quando gli parlava.

Una sera abbiamo deciso di salire tutti insieme sulla montagna per vedere il tramonto sulle due baie dell'isola di Phi Phi. Mentre ci arrampicavamo per quei sentieri stretti e tortuosi, mi sono dovuta fermare a bere un sorso d'acqua dalla borraccia. C'era molta umidità, avevo la maglietta appiccicata alla pelle e le scarpe da ginnastica che mi facevano male. Ero in coda al gruppo con Dylan, che aveva le cuffiette alle orecchie. Camminavano tutti in coppia: Emma con Lars, Karen con Harry, e a me era toccato Dylan. Non ero per niente il suo tipo – prima di tutto perché non avevo le tette abbastanza grosse –, e infatti non mi considerava di striscio. A me stava benissimo. Lui e Harry erano diventati amici solo perché venivano entrambi dal New Jersey, visto che per il resto erano completamente diversi. Emma e Lars si tenevano per mano mentre lui l'aiutava a proseguire lungo il sentiero impervio. Karen e Harry erano in testa, ridevano e si giravano a parlare con Emma e Lars. A vederli così sono diventata paranoica: era come se ormai si fossero tutti accoppiati tranne me e Dylan, che non eravamo per nulla interessati a diventare la terza coppietta. Rendermene conto mi ha lasciato con l'amaro in bocca. Non mi restava che berci su per mandarlo via.

La vista dalla cima era spettacolare. Ci siamo seduti sulle rocce a guardare il sole che scendeva dietro le baie, le cui spiagge simmetriche sembravano le ali di una farfalla. Il sole era un'enorme palla arancione che colorava il cielo di rosa e rosso, e si rifletteva sul mare luccicante. Siamo rimasti a guardare lo spettacolo in silenzio. Karen a un certo punto ha posato la testa sulla spalla di Harry, ma poi - come se si fosse ricordata che non erano soli - si è subito tirata su, spostandosi i capelli dietro le spalle. Però ormai avevo visto tutto, avevo notato l'intimità, la chimica che c'era tra loro due.

« Non è meraviglioso? » ha commentato Harry.

Karen era seduta in mezzo a noi. Avrei tanto voluto spingerla via. Cos'era che gli piaceva di lei? In fondo non eravamo poi così diverse. Entrambe brune - anche se i suoi capelli erano più chiari dei miei -, magre e piccole di statura. Sì, in effetti lei aveva un viso più aggraziato, mentre il mio era più mascolino. Ma potevo piacere anch'io, se m'impegnavo. Ho acceso una sigaretta e Karen mi ha guardata. Non approvava che fumassi. Allora mi sono allungata a offrirne una a Harry, che l'ha accettata volentieri, e le ho lanciato un'occhiata trionfante.

« Un medico che fuma è un po' incongruo », ha commentato lei, guardando dritto davanti a sé.

« Ma sentila! 'Incongruo!' Ti sei ingoiata un vocabolario, eh, Karen? » l'ha presa in giro Dylan, seduto accanto a me.

Gli ho dato una gomitata, contenta poi di avergli fatto

male. « Cresci una buona volta. » Dylan era il fastidiosissimo fratellino minore che non avevo mai desiderato.

Alla fine siamo scesi, io in silenzio e pensierosa, mentre gli altri ridacchiavano e facevano gli scemi lungo il sentiero. Qualcuno aveva acceso un falò, perché ci arrivava l'odore di fumo. Un gruppetto di gente del posto sedeva intorno a una capanna, col venticello che agitava i panni colorati stesi su un filo.

Dylan ha cominciato a parlare di quello che avremmo fatto dopo.

« Non vedo l'ora di scolarmi un paio di birre », ho detto io. Il programma era di ubriacarmi.

« Tu sì che sei una tosta. Batti anche me, quando si tratta di bere », ha detto Emma, col suo bell'accento irlandese.

« Io non sono una gran bevitrice », ha detto Karen, un po' dispiaciuta, aggrappandosi a Harry per non cadere.

Emma si è messa a ridere. « Non ti ho mai visto ubriaca, Karen. »

« È una maniaca del controllo, ecco perché. Neanche fuma, se è per questo », ho detto, guardando Harry.

« Quand'ero all'università, avevo una fidanzata che si sbronzava tutti i fine settimana. Finiva per vomitare ovunque e si riduceva in stato comatoso. Non era molto attraente, se devo dire la verità. Senza pensare al suo fegato... che sicuramente non era ridotto bene. » Harry aveva un modo di parlare che ti costringeva ad ascoltarlo, il tono sicuro e fermo di qualcuno cresciuto con genitori sempre interessati all'opinione del figlio.

« Ah, quindi bere non la rendeva attraente? Gli uomini invece possono bere come spugne e infischiarsene, no? » lo ha provocato Emma.

« E tu puoi continuare a fumare e rovinarti i polmoni,

perché l'importante è avere il fegato sano, giusto? » gli ha detto Karen, prendendolo in giro e dandogli una leggera gomitata.

Harry ha risposto facendole il solletico. « Va be', ma cosa c'entra? Nessuno è attraente quando beve come una spugna e si riduce in uno stato pietoso, blaterando e vomitando ovunque. Vi assicuro che lo faceva tutti i fine settimana. Alla fine era diventato insostenibile. » Ha messo un braccio sulle spalle di Karen.

È stato facile drogarle il drink. Non c'è voluto granché, solo le benzodiazepine che avevo preso a Bangkok. Era incredibile cosa si potesse comprare senza ricetta, là. In realtà ero andata in farmacia a prendere del Diazepam, perché continuavo ad avere incubi in cui Sean mi trovava. Quando avevo visto tutte quelle belle pillole colorate esposte sugli scaffali come fossero caramelle, avevo capito subito che dovevo cogliere l'occasione al volo. E infatti ne avevo comprate un po' di tutti i tipi.

Quella sera, le ho sminuzzate tutte insieme fino a ricavarne una polverina fine. Al bar, mi sono messa vicino a Karen. Era appoggiata di spalle al bancone, e ogni tanto si girava a bere un sorso di birra. Di solito due bicchieri le bastavano per tutta la sera. Al massimo l'avevo vista leggermente brilla. È stato facile versarle la polverina nel bicchiere mentre era impegnata a flirtare con Harry.

Ci è voluto un attimo perché tutte quelle sostanze entrassero in circolo e facessero effetto. Si è messa a ballare, cosa che non faceva mai. Una volta mi aveva confidato di non avere il senso del ritmo. Ed era vero. Aveva il fisico di una ballerina, ma si muoveva come un elefante, goffa e scoordinata, sbattendo contro la gente. Vedere quanto fosse impedita mi ha lasciato interdetta, perché a me ballare era sempre venuto naturale. Quella sera ho ballato vicino a lei e Harry, mettendomi in mostra con qualche passo di salsa che ancora ricordavo dal corso che avevo fatto con Sean, e che era durato finché il maestro non mi aveva usato per dimostrare dei passi e lui si era ingelosito. Harry era imbarazzato perché Karen si dimenava come una furia, agitando le braccia in aria e mettendo da parte le inibizioni.

« Bella, guarda che non stiamo a Ibiza », le ha detto un tipo cui era finita addosso, per poi aggiungere sottovoce: « Che palle questi tossici ».

Harry era molto a disagio, e alla fine l'ha presa per un braccio, dicendole che aveva bevuto abbastanza e che le serviva un po' d'acqua.

Li ho seguiti, contenta di vedere Karen ridotta in quello stato, tutta sudata e incapace di reggersi in piedi.

Arrivati al bancone, Harry le ha fatto bere un bicchiere d'acqua mentre la guardava preoccupato. « Cavolo, non avevo mai visto Karen ridotta così. »

« Dev'essere stato il caldo. Si è disidratata. »

« Mi sento male », ha detto lei, per poi piegarsi in avanti e vomitare.

Sono saltata indietro. Harry invece è rimasto lì, ad accarezzarle la schiena e a tenerle i capelli. L'abbiamo riportata insieme al bungalow. Sembrava una bambola di pezza, accasciata in mezzo a noi con un braccio intorno al mio collo e l'altro intorno a quello di Harry. L'abbiamo messa a letto, ma ormai il peggio era passato. Farfugliava, con gli occhi chiusi e la faccia tutta sudata. Il vestito sporco di vomito le si era tirato un po' su, lasciando intravedere le mutande.

Harry si è messo in ginocchio e le ha sistemato il vestito, per poi metterle una pezza bagnata sulla fronte. « Devi farla bere e girarla su un fianco se vomita di nuovo. »

Mi è preso un colpo. « Ma perché, scusa, tu dove vai? » Credevo che avremmo passato la notte insieme a chiacchierare, mentre giocavamo a fare il dottore e l'infermiera con Karen.

Mi ha guardato come se avessi fatto una domanda assurda. « Torno al bar... »

« E mi lasci qui con lei? »

« Be', non credo che sarebbe contenta se sapesse che l'ho vista in questo stato. Tu sei la sua migliore amica. »

Migliore amica? Be', non mi dispiaceva.

Si è avvicinato al letto dov'ero seduta. Avrei tanto voluto tirargli giù i pantaloni e fargli dimenticare Karen. Però lui mi ha solo messo una mano sulla spalla. « Sei una brava amica. Dovrebbe passarle tutto con una bella dormita. Fammi sapere se la situazione peggiora. »

La situazione è peggiorata. E ovviamente per merito mio.

26

Karen ha passato i giorni seguenti ancora a letto. Ogni tanto, nelle pause tra una nuotata e una bevuta, mi affacciavo a vedere come stava e accendevo un bastoncino d'incenso per coprire l'odore di sudore e vomito che c'era nella stanza. A volte Harry veniva con me, però sembrava distaccato, distante. Forse aveva preso il sopravvento il medico che era in lui: non vedeva più Karen come l'oggetto dei suoi desideri ma come una semplice paziente.

Lei stava ancora troppo male per venire con noi alla Grotta dello Smeraldo. È stata una giornata fantastica, io e Harry abbiamo scherzato un sacco, spingendoci giù dalla barca, tuffandoci a turno. Ho immaginato come sarebbe stato senza Karen. Con lei mi trovavo bene ma, quando non c'era, Harry rivolgeva a me le sue attenzioni.

Ero al settimo cielo quando siamo tornati all'albergo. Mi sono fermata a prendere un drink al bar insieme con gli altri e ho fatto finta di non accorgermi che Harry si era allontanato. Quando sono tornata in camera ho trovato Karen seduta sul letto, con un aspetto molto migliore di quando l'avevo lasciata. Sul suo comodino c'era una statuetta di Buddha in onice. L'ho presa per ammirarla: era molto bella. « E questa? »

« Me l'ha regalata Harry per tirarmi un po' su di morale. »

Avrei dovuto pensarci anch'io. Ho rimesso a posto la

statuetta, abbattuta. Si era assentata dal gruppo solo da una settimana, eppure le dinamiche già avevano cominciato a cambiare. Non ero più costretta a stare con Dylan ed ero diventata la compagna di Harry. Era me che cercava quando voleva andare in paese o a fare una nuotata. Ora che Karen stava meglio, avevo paura che le cose tornassero com'erano prima.

E infatti non mi sbagliavo. Una settimana dopo siamo andati in barca a Koh Lanta, dove abbiamo cavalcato gli elefanti e fatto snorkeling tra i coralli. Karen e Harry si erano avvicinati di nuovo. Ogni volta che guardava Harry, le compariva un sorriso gigante in faccia che accentuava ancora di più le fossette. Stavano sempre vicini, camminavano sottobraccio e si allontanavano, presi dalle loro conversazioni. Chissà se scopavano. Non mi ero mai abbassata a chiederglielo, e ovviamente Karen non mi aveva fatto confidenze. Non era il tipo. Forse era arrivato il momento di lasciarmeli alle spalle, di andarmene e farmi nuovi amici. Era più facile, in Thailandia. E comunque il gruppo cominciava a sembrarmi solo una zavorra. Era evidente ormai che non avevo più lo stesso potere su Karen e Harry, e la cosa non mi piaceva.

« Sto pensando di tornare a Bangkok », le ho detto una sera, qualche settimana più tardi. Il clima era più ventoso e piovoso. Il caldo era meno opprimente di quanto non lo fosse stato a maggio, però prendere il sole e fare il bagno non era più piacevole come prima.

Il nostro resort stava proprio sulla spiaggia, ma la stanza che condividevo con Karen era molto semplice. Avevamo riso come due pazze quand'eravamo entrate in bagno e avevamo trovato un buco al posto del water.

Eravamo su una delle amache sulla spiaggia, l'una davanti all'altra, con le gambe intrecciate, a sorseggiare un cocktail. Il sole era tramontato e avevano acceso delle lanternine colorate. Poco prima aveva piovuto e c'era un po' di vento che increspava il mare, però faceva caldo lo stesso. In lontananza vedevamo i nostri amici al bar e ogni tanto ci arrivava il suono delle loro risate.

Karen beveva il suo cocktail con la cannuccia. Il drink – ribes e anguria – le tingeva le labbra di rosa. « Vuoi lasciare Koh Lanta? »

« Mi piacerebbe andare a nord. E poi forse proseguire in Nepal, oppure in Myanmar. »

Si vedeva che ci stava facendo un pensierino. « Be', sembra un bel programma. »

« Mi piace un sacco, qui. » La spiaggia bianca, il mare luccicante, le palme che si muovevano al vento: era un vero paradiso. Una vacanza infinita. Una festa a oltranza.

Il ragazzo del bungalow accanto al nostro si stava facendo fare un massaggio da una thailandese che gli stava praticamente seduta sulla schiena, mentre gli lavorava le spalle.

« Però ormai sono passati un po' di mesi. È tempo di andare. » Mi batteva forte il cuore. A essere sincera, avrei voluto che lei venisse con me, ma non gli altri. Giocherellavo con le stanghette degli occhiali e intanto sbirciavo tutte le emozioni che si susseguivano sul viso di Karen come luci da discoteca. Stava riflettendo se lasciare Harry o lasciare me.

Alla fine ha preso un altro sorso del suo cocktail. « Quando pensi di partire? »

« Tra qualche giorno. Vuoi venire anche tu? Oppure preferisci restare? » Mi sono sforzata di avere un tono neutro, perché volevo farle credere che per me sarebbe stato indifferente.

«Non lo so. Ci devo pensare.»

Ho sorriso. «Ma certo.»

Lei è sembrata sollevata, però io non ero affatto in pensiero. Avrei fatto in modo che alla fine scegliesse me.

Ci ho messo un secolo a prepararmi, la sera dopo. C'era la solita festa in spiaggia. Dalla finestra aperta sentivo già la musica, le risate e il tintinnare dei bicchieri. Guardandomi allo specchio, avevo notato che avevo perso un paio di chili, a forza di mangiare solo riso e pesce per mesi. Ero più magra e abbronzata di quanto fossi mai stata. Avevo un bell'aspetto sano e attraente. Dopo essermi messa il rossetto rosso e avere sistemato i capelli – dovevo proprio farmi aggiustare il taglio –, ho raggiunto gli altri.

Avevamo cominciato a bere presto e mi sentivo già un po' sbronza mentre scendevamo in spiaggia.

«Dopo l'ultima volta, ho paura di bere. Mi vergogno ancora per quello che è successo. E ancora non riesco a capire come mai l'alcol mi abbia fatto quell'effetto», ha detto Karen.

Era già buio e i gradini erano stati decorati con lanterne che illuminavano la strada. Tutto intorno al bar avevano messo delle lucine colorate, il che contribuiva a creare un'atmosfera di festa. Harry era già in spiaggia con Lars e Dylan, e ci ha guardato senza raggiungerci.

«Cos'ha Harry? Sembra che gli sia morto il gatto», ho detto, mentre facevamo la fila al bar.

Karen ha fatto una smorfia. «Oh, Beth. Gli ho detto

che forse ce ne andiamo. Lui non vuole venire, perché a nord c'è già stato. »

Ricordavo che ce ne aveva parlato quando ci eravamo conosciuti, ma non ho detto niente.

« Credo che voglia continuare a viaggiare con Dylan e Lars. Si sono conosciuti in Vietnam e da allora sono stati sempre insieme. Anche Emma resta con loro. Harry mi ha chiesto se vogliamo andare tutti da un'altra parte. Tu che dici? »

« Qual è la loro prossima meta? »

« Credo l'India. »

« L'India? Non credo che ti piacerebbe. Ti prenderesti subito qualche virus intestinale. La gente caga per strada. E poi è troppo lontano da qui. »

Karen sembrava molto abbattuta e si fissava le mani. « Lo so che è lontano, ma ho sempre desiderato vedere il Taj Mahal. »

« Sì, Karen, loro vogliono andare in India perché la Thailandia l'hanno già girata. Noi invece abbiamo appena cominciato. E che mi dici del Vietnam, del Laos? C'è ancora tanto da vedere, nel Sud-est asiatico. Sarebbe un peccato saltarlo così. Tu fa' come preferisci, io domani parto per Bangkok. »

Il barista ha interrotto la nostra conversazione per chiederci cosa volevamo da bere. Dopo avere ordinato i cocktail, ci siamo spostate sulla spiaggia affollata. Emma è venuta a prenderci per portarci dagli altri. Dylan era in disparte, cercando di rimorchiare una tettona.

Harry era bellissimo. Il sole gli aveva schiarito i capelli e dorato la pelle. Quanto avrei voluto poterlo toccare, baciare. Anche Karen lo guardava con desiderio. L'unica differenza era che Harry contraccambiava il suo sguardo.

Harry. Qual era la sua storia? Tutti hanno una storia.

La musica pompava un pezzo dance che mi pulsava nelle orecchie. A un certo punto ho fatto finta d'inciampare e andargli addosso per fargli rovesciare il bicchiere. «Scusami tanto, te ne vado a prendere un altro», gli ho detto, portandogli via il bicchiere mentre lui guardava il liquido appiccicoso che gli colava addosso.

Karen stava chiacchierando con Emma e non si è neanche accorta che ero corsa al bancone. È stato facile versare la polverina nel bicchiere di Harry, perché non c'era nessuno nei paraggi.

«Grazie, Beth. Non avresti dovuto», mi ha detto Harry quando sono tornata col nuovo drink.

«È stata colpa mia.» Sono rimasta accanto a lui.

Qualcuno aveva alzato la musica e si era riversata sulla spiaggia un'altra fiumana di gente, che mi aveva separato da Karen lasciandomi sola con Harry. Lui si è subito guardato intorno per localizzare Karen, ma io gli ho preso la mano e l'ho portato proprio in mezzo alla folla. Con mia soddisfazione, aveva già scolato quasi tutto il cocktail.

«Balla con me», gli ho detto, con la voce più sensuale che ho potuto, muovendomi a ritmo di musica.

Anche lui ha cominciato a ballare, anche se in modo poco convinto, mentre la folla si richiudeva su di noi, isolandoci nella nostra piccola bolla. Aveva le pupille dilatate. *Questa è la mia occasione.* Speravo solo che Karen ci stesse guardando. Mi sono avvicinata e avvinghiata a lui.

Harry all'inizio era stupito, ma mi ha messo una mano sul fianco. Gli ho preso la testa fra le mani e l'ho baciato, inebriandomi del suo profumo, come si fa coi limoni. Lui lì per lì si è irrigidito, probabilmente preso alla sprovvista, poi si è rilassato e si è lasciato andare, ricambiando il bacio con la passione che immaginavo.

È stato un bacio lunghissimo, e a un certo punto Harry mi ha messo una mano sul culo, spingendomi contro di sé. Il drink mi si è rovesciato sulla schiena, ma non me n'è fregato niente. Gli sono rimasta avvinghiata mentre a lui diventava duro. Ero brava a sedurre, Sean me lo aveva sempre detto.

Alla fine, come risvegliandosi da una trance, Harry si è staccato da me sgranando gli occhi, perché solo in quel momento si era reso conto di quello che stava facendo. « Oddio, sono ubriaco fradicio. » Come se potesse essere una giustificazione sufficiente. Ha cominciato ad agitarsi e a guardarsi intorno per trovare Karen. « Devo andare a pisciare. »

Quando mi sono girata, ho incrociato lo sguardo di Karen e dalla sua espressione ferita ho capito subito che aveva visto tutto.

La mattina dopo siamo partite per Bangkok.

Io ovviamente ho fatto finta di niente. Harry era un porco, tale quale a Dylan. Karen ci era rimasta così male che non era andata nemmeno a salutarlo prima di partire. L'avevo ammirata per quello. Era più forte di quanto credessi, anche se mi ero accorta che aveva messo nello zaino la statuetta di Buddha che le aveva regalato.

Forse mi sarei dovuta rendere conto di quanto lo amasse. Ora, a posteriori, lo capisco. E capisco di avere commesso un terribile errore, a fare quello che ho fatto. Ma ero giovane e impulsiva. Piena di rancore. Volevo punirla perché Harry aveva scelto lei.

Come facevo a sapere che alla fine sarebbe stata lei a punire me?

27

Le cose erano cambiate tra noi. Durante il viaggio in treno per Bangkok, l'ho vista lanciarmi occhiate da dietro il suo libro - non so che romanzetto sdolcinato - come se volesse studiarmi. Ma in realtà le misure me le aveva già prese. Sapeva benissimo con chi aveva a che fare quando mi aveva sentito insultare quei ragazzi sul treno, quando aveva accettato di cedermi il posto, quando si era fatta il tatuaggio per dimostrarmi che non era una vigliacca. Voleva fare colpo su di me, voleva piacermi. Sicuramente aveva capito che anch'io avevo puntato Harry, ma non voleva che lo avessi. Eh, no, quando le faceva comodo sapeva essere molto egoista.

Ormai era fine agosto e la pioggia batteva sul tetto di lamiera del treno. Durante il viaggio non ci siamo quasi rivolte la parola, il contrario di ciò che era successo tre mesi prima. Non abbiamo riso, non ci siamo fatte domande, non abbiamo sorseggiato birra. Karen leggeva il suo libro con la faccia imbronciata e io guardavo le gocce di pioggia che scivolavano sul finestrino. Quand'è arrivata l'ora di andare a dormire, abbiamo aperto le cuccette senza dire una parola. Karen è salita su quella di sopra e non l'ho più vista né sentita fino al mattino dopo.

Anch'io avrei sentito la mancanza di Harry. Avrei voluto dirglielo. Ma era meglio così. Se non potevo averlo io, allora non doveva averlo nemmeno lei. Non sono riuscita a prendere sonno, tra le luci e le voci degli altri passeggeri.

Arrivate a Bangkok, ho cominciato a stancarmi dei suoi silenzi, tanto che ho iniziato a pensare che forse era il caso di separarci. Ormai non sentivo più la sua ammirazione, solo la sua disapprovazione. E mi ricordava troppo Sean.

Ci siamo trascinate in giro per la città quasi tutto il giorno. Siamo andate a vedere il Grande Palazzo Reale e la statua del Buddha sdraiato, anche se li avevamo già visitati entrambi. Non avevamo una meta, in realtà, eravamo assorte nei nostri pensieri, sentivamo la mancanza di Harry e degli altri ma nessuna delle due voleva ammetterlo all'altra. Il cielo era nuvoloso e l'aria umida. Abbiamo preso una barca per attraversare il fiume e andare a vedere le palafitte. Ho guardato sbalordita i pesci che saltavano fuori dall'acqua, con le bocche spalancate per prendere il cibo che gli lanciava la guida, per poi sparire di nuovo nelle acque torbide. Karen aveva lo sguardo perso nel vuoto, gli occhi pieni di tristezza, ignorava tutto ciò che aveva intorno. Una volta scese dalla barca, mi ha risposto a monosillabi, fingendo di essere presa dall'architettura del posto.

Avrei tanto voluto dirle di farla finita, che in fondo era solo un ragazzo, però avevo deciso di comportarmi come se fosse tutto a posto. Mentre camminavamo per una stradina polverosa in una zona cadente della città, ho consultato la guida. «Questo ostello sembra abbastanza economico. Se hanno posto, che ne dici se ci fermiamo qui per la notte e domani ci spostiamo a nord?»

Lei si è stretta nelle spalle, indifferente. «Va bene.»

L'ostello si trovava tra due negozietti, aveva finestre grandi e un bonsai all'entrata. Mi ha seguito dentro, rimanendo a guardare il mosaico sul pavimento mentre io chiedevo se avevano posto.

« Non c'è il pienone, stasera », mi ha risposto una bella thailandese, con un grande sorriso. Aveva i capelli nerissimi raccolti in uno chignon e un rossetto rosso corallo che non le si addiceva molto. Ci ha accompagnato al secondo piano, lungo un corridoio e fino a una stanzetta con due letti a castello. Vicino alla finestra aperta tra i due letti svolazzava una mosca. Non c'era l'aria condizionata, faceva caldissimo e le pareti sembravano inclinate verso l'interno.

Le ho detto che la prendevamo.

Karen si è buttata su uno dei due letti di sotto. Aveva le occhiaie e il viso pallido. Si è raggomitolata con le ginocchia strette al petto, sopra le lenzuola, completamente vestita.

Le ho detto che sarei andata un attimo all'alimentari all'angolo a comprare qualcosa. Quando sono tornata, con buste di patatine e lattine di bibite gasate, l'ho trovata seduta sul letto, con lo sguardo perso nel vuoto e le braccia strette intorno alle ginocchia. Non riuscivo a interpretare la sua espressione. Le ho offerto una bibita e lei l'ha accettata senza dire una parola. Una volta tolta la linguetta dalla lattina, la bibita ha sfrigolato, facendo le bollicine.

Sono andata in bagno e quando sono tornata lei dormiva già, con le pupille che si muovevano sotto le palpebre chiuse. La lattina di Coca-Cola era aperta ma ancora intatta. L'ho presa e me la sono bevuta, perché mi dispiaceva che andasse sprecata. Poi mi sono sdraiata sull'altro letto di sotto. Sul davanzale della finestra c'era la statuetta del Buddha. D'istinto, l'ho presa e l'ho infilata nel mio zaino. Doveva smetterla di guardarla e pensare a Harry. Le stavo facendo un favore.

Poi devo essermi addormentata anch'io, perché quand'ho riaperto gli occhi ero sdraiata sul letto, ancora vestita. Mi sentivo un po' intontita e non capivo cosa mi avesse svegliato. Mi sembrava di avere ancora gli occhi chiusi, tanto era buio, e poi sentivo uno strano odore nell'aria, denso e nauseante. In corridoio si udivano urla e gente che correva.

Mi sono alzata di scatto, sbattendo la testa contro il letto di sopra. Ho cercato di abituare gli occhi al buio battendo le palpebre. Mi sentivo la testa pesante. C'era qualcuno che dava colpi sulla porta come se stesse cercando di buttarla giù. Ma cosa stava succedendo?

La porta si è spalancata e la stanza si è riempita di un fumo denso e scuro, che mi bruciava gli occhi e mi faceva tossire. Sulla soglia c'era un vigile del fuoco. Mi ha urlato qualcosa in thailandese. Ho provato ad alzarmi, però sono caduta a terra, perché avevo le gambe pesanti. «Karen! Karen! Svegliati!»

Il fumo era così denso che non vedevo niente e non capivo se fosse ancora a letto oppure no. Ho provato a mettermi in ginocchio, col fumo che mi soffocava. Avevo la vista annebbiata. Poi qualcuno mi ha preso in braccio e mi ha parlato in tono calmo. Un uomo. Era il vigile del fuoco e mi stava portando via. Annaspavo disperata, cercando di respirare, ma non c'era ossigeno, solo fumo acre che mi riempiva la gola. Soffocavo. Poi finalmente una finestra, luce e aria pulita.

Il vigile del fuoco è sceso giù per una scala di metallo con me sulle spalle. Un gruppo di ragazzini era radunato là fuori. Ci guardavano terrorizzati mentre l'uomo mi metteva a terra. Mi sono girata verso l'edificio e ho guardato il fuoco che divorava l'ultimo piano dell'ostello come una bestia famelica. *Karen. Karen è lì dentro.* « La mia amica! » ho cercato di gridare, indicando l'ostello.

L'uomo è corso di nuovo dentro proprio nel momento in cui una finestra esplodeva, coi vetri che schizzavano da tutte le parti. Qualcuno ha urlato. I ragazzini si sono accucciati, coprendosi la testa. Io sono rimasta a guardare, paralizzata. Un poliziotto ha gridato in thailandese, poi in inglese: « State indietro! »

Dopo l'esplosione c'è stato un gran caos. Erano arrivati altri camion dei pompieri, inchiodando davanti all'ostello. Mi hanno portata su un'ambulanza, ancora confusa e incapace di respirare. Le fiamme erano cresciute, e io potevo solo restare a guardare, avvolta in una coperta ruvida color letame, tremando come una foglia nonostante tutto quel calore. Dopo un po' mi hanno portato all'ospedale, dove mi hanno ricoverato per intossicazione da fumo. Quando il dottore mi ha chiesto come mi chiamavo, ho mentito. Non volevo rivelare la mia vera identità per paura che la storia finisse sui giornali. Già m'immaginavo i titoli: « Giovane turista inglese sopravvissuta a un incendio in un ostello in Thailandia ». Sean mi avrebbe trovato subito. Non avevo documenti con me: erano andati in fumo insieme con tutto il resto.

Quella notte non sono riuscita a dormire. Sentivo un peso sul petto, come se avessi ancora fumo nei polmoni. Pensavo a Karen. Era riuscita a scappare?

La mattina dopo mi hanno dimesso. Ho firmato dei documenti, sempre con un nome falso. Poi sono tornata all'ostello. Era irriconoscibile: l'ultimo piano era stato del tutto mangiato dalle fiamme, carbonizzato. Il piano inferiore invece era ricoperto di cenere. La polizia cercava tra le macerie. Le mie cose erano andate distrutte. Quand'ho chiesto se avessero trovato una ragazza inglese, un agente esausto mi ha risposto scuotendo la testa. Mi ha chiesto i miei dati, dicendomi che probabilmente mi avrebbe contattata per farmi delle domande sull'accaduto. Ma non l'ho mai più sentito.

Nei giorni successivi, ho chiamato tutti gli ospedali per vedere se Karen era stata ricoverata o portata al pronto soccorso. Tutti però mi hanno risposto la stessa cosa: nessuna Karen Fisher.

Otto persone erano morte nell'incendio di quella notte: tre membri dello staff e cinque turisti. C'erano sette sopravvissuti e due dispersi. Per fortuna l'ostello era quasi vuoto. Nessuno aveva fatto il mio nome o quello di Karen. La maggior parte delle cose era andata bruciata nell'incendio, come pure i registri degli ospiti. Erano rimasti solo i corpi, neri e carbonizzati.

Nei giorni e nelle settimane successivi ho vagato come stordita. Ho contattato l'ambasciata britannica per richiedere un nuovo passaporto, però col mio nome da nubile, Elizabeth Davies. Sarei sfuggita per sempre a Sean. Non faccio fatica ad ammettere che Karen mi mancava. Mi mancava la sua compagnia, mi mancavano le sue battute, anche se facevano schifo.

È assurdo quanto la vita possa cambiare all'improvviso, come se ci fosse qualcuno che manovra dall'alto. Mio padre era un pastore, e sia lui sia mia madre avevano provato in tutti i modi a inculcarmi la fede in Cristo. Per questo, ancora oggi, non riesco a non credere al fatto che esista un essere superiore, anche se da ragazzina avevo fatto di tutto per ribellarmi a questo tipo di educazione, scappando di casa a quindici anni e vivendo in una comune, fino a quando non avevo incontrato Sean.

Avevo detto a Karen che i miei genitori erano morti. Ma la verità era che mia madre se n'era andata. Aveva lasciato me e mio padre. Non l'ho mai più rivista. Me la ricordo seduta sul mio letto, la sera, che mi parlava della Bibbia e mi diceva che dovevo redimermi dai miei peccati. Mi chiedo spesso se lei l'abbia fatto, dopo essere scappata col suo amichetto della parrocchia. O forse certe regole per lei non valevano. Mio padre aveva incolpato me, dicendo che ero una ragazzina difficile e viziata. Ero « strana » perché non mi conformavo al suo modo di vivere, mentre lui era un pilastro della comunità nel nostro piccolo paesino. Dopo che la mamma se n'era andata, i miei professori lo convocavano spesso perché ero stata beccata a marinare la scuola o a fumare. Quando mi avevano trovata a limonare con Theo Masters nel bagno dei maschi, mio padre era andato su tutte le furie, mi aveva urlato che ero « una sgualdrina, come tua madre! » Avevamo litigato e io me n'ero andata. Da allora non l'ho mai più visto.

Da bambina, immaginavo Dio come una specie di burattinaio che tirava i fili dall'alto, decidendo quale direzione avrebbero preso le nostre vite.

Sposare Sean così giovane era stata una via di fuga. Lui mi attraeva perché era più grande, gentile, coi soldi e con una casa. Aveva una società edile. Ero affascinata da lui, ma ero saltata dalla padella alla brace.

Quando Karen mi aveva detto che ero una tosta, non poteva immaginare fino a che punto.

28

Ero tornata in Inghilterra solo da un paio di giorni - per la prima volta dopo quasi dieci anni - quando ho visto la sua foto. Sfogliavo l'inserto domenicale del *Mail* che qualcuno aveva dimenticato al bar, una bettola a Huddersfield. Era vecchio di un paio di settimane, della metà di marzo 2017, ma mi ero messa lo stesso a leggerlo. È stato il nome nel titolo ad attirare la mia attenzione. Perché era il mio nome: Elizabeth Elliot. Che coincidenza, ho pensato, mentre sorseggiavo un caffè e leggevo la storia di una maestra elementare che aveva salvato la vita a un bambino durante un incendio. Un'insegnante col mio stesso nome. Non che io sia un'insegnante, perché alla fine non l'ho mai presa, la specializzazione. Non era quello che volevo fare davvero. Ho preferito restare in Thailandia per qualche anno, poi ho girato un po' il mondo, mantenendomi con vari lavoretti in bar e ristoranti, finché non ho incontrato Mateo, un ragazzo spagnolo di cui mi sono innamorata e con cui ho vissuto felicemente a Barcellona fino a tre mesi fa, quando le cose sono precipitate.

Sono tornata in Inghilterra solo perché è morto mio padre e volevo venire a vedere se il bastardo mi aveva lasciato qualcosa, essendo io la sua unica figlia ed erede. Anche perché, dopo essere scappata da Mateo, qualche soldo mi avrebbe fatto comodo.

Non l'ho capito subito. Ci ho pensato solo dopo avere guardato meglio la foto, quando ho notato gli occhioni color nocciola e il tatuaggio sul braccio destro. Era un po' sfocato e non ci avrei fatto caso, se non mi fosse venuto il dubbio. Aveva un taglio di capelli diverso, li portava più scuri e corti, con la frangetta. Proprio come li portavo io una volta, proprio come ce li avevo sulla foto del mio vecchio passaporto.

Non ci potevo credere. Era Karen Fisher? Com'era possibile? Era morta in quell'incendio.

Ho guardato meglio il viso, le fossette sulle guance mentre sorrideva ai bambini raccolti intorno a lei. È stato un momento surreale, perché per quasi dieci anni avevo pensato che fosse morta e che fosse anche per colpa mia. Insomma, è stato uno choc. Sono rimasta immobile, poi ho cominciato a tremare, come quando bevi troppo caffè. Addirittura la cameriera si è avvicinata per accertarsi che stessi bene.

Ma perché si faceva chiamare col mio nome? Che cosa significava?

Volevo... *dovevo* avere delle risposte.

Non è stato difficile scoprire il suo indirizzo. Incredibile quanto sia semplice carpire informazioni da un articolo di giornale. Insegnante. Scuola elementare. Bath.

Ho preso il primo treno la mattina dopo. Non ero mai stata a Bath, però gli edifici georgiani e i parchetti graziosi mi hanno fatto venire i brividi. Mi ricordavano York e la mia infanzia infelice. Non faceva una piega che Karen fosse finita in un posto del genere. Certo non me la sarei mai immaginata nelle periferie di Sheffield, o a Birmingham, o in qualsiasi grande città. Non era abbastanza tosta. Era una smidollata. Per tutto il viaggio ho continuato a pensare al suo imbroglio: mi aveva fatto credere di essere morta. Perché? Voleva scappare da me? Forse l'avevano salvata e portata in ospedale? Ma li avevo chiamati tutti e tutti mi avevano risposto che non c'era nessuna Karen Fisher ricoverata.

L'ho aspettata davanti alla scuola, quel giorno piovoso di fine marzo, nascosta dietro l'ombrello. L'ho riconosciuta subito, nonostante il taglio di capelli. Da lontano poteva passare per me, o almeno per me qualche anno fa. Adesso ho i capelli lunghi quasi fino alla vita, e la pelle abbronzata e un po' rovinata dal sole (infatti dimostro più di ventinove anni). Invece Karen sembra ancora una ragazzina. Soprattutto ha l'aria felice, che è la cosa che mi dà più fastidio di tutte. Aveva il cappotto sulle spalle, un braccio ingessato e un ombrello a pois. È uscita da scuola quasi saltellando, con un coro di bambini e genitori che gidavano: « Arrivederci, maestra. Buona Pasqua! » L'ho seguita fino a casa. L'ho vista entrare in un appartamentino al seminterrato, in una strada molto trafficata, e poi baciare un bell'uomo alto e biondo che l'aspettava in cucina. La mia vita era andata a rotoli e lei invece aveva tutto.

Ho alloggiato in un piccolo B&B lì vicino e fatto qualche altra ricerca dal cellulare. Ho scoperto che aveva preso il mio posto al corso specialistico per insegnanti. Lei non aveva la laurea, per cui si era dovuta per forza fingere me per accedere al corso. Il mio portafoglio, il passaporto, il codice fiscale... era tutto nello zaino, che io credevo fosse andato distrutto nell'incendio. E invece lo aveva preso Karen.

Non ho mai odiato così tanto nessuno nella mia vita. Una rabbia profondissima, incontenibile.

Quella stronza mi aveva fregato la vita. E me la sarei ripresa.

29

Sono andata a chiedere alla scuola e ho scoperto che erano chiusi per le vacanze pasquali. Mi sono appostata davanti a casa sua, ma le luci erano sempre tutte spente. C'era solo una vecchietta che mi guardava dalla finestra del piano di sopra. Forse sono andati da qualche parte in vacanza e ho fatto il viaggio a vuoto, ho pensato a un certo punto. Poi ho avuto un colpo di fortuna: mercoledì ho visto una luce accesa nell'appartamento al seminterrato. Era metà mattina e il cielo prometteva pioggia: era del colore delle chiazze di nicotina che c'erano sul soffitto della comune dove avevo vissuto. Allora ho sceso i gradini, pronta ad affrontarla, sperando che il compagno fosse al lavoro. Ho bussato alla porta col cuore in gola. Cos'avrei fatto, cosa le avrei detto quando me la sarei trovata davanti? Ho sentito dei passi attraversare il corridoio e poi un colpo di tosse, profondo, baritonale. Era un uomo. Stavo per girare i tacchi e andarmene quando si è spalancata la porta. E lì, sulla soglia, ho visto Sean.

Ci siamo guardati, entrambi sotto choc. Era cambiato: più grande, invecchiato, meno curato. Un tempo era bello, dotato di un fascino cui io non avevo saputo resistere. Poi ero cresciuta e avevo capito che razza di bullo fosse. Indossava un paio di jeans e un maglione di lana a collo alto: niente cappotto di lana né abiti di sartoria. Gli occhi erano più duri di come li ricordassi, il fisico più massiccio, muscoloso, come pompato dagli steroidi.

È stato lui il primo a parlare. « Beth? »

Ho annuito, terrorizzata. Come mai era a casa di Karen?

« Che diavolo ci fai qui? Dovevi essere in Cornovaglia! »

« In Cornovaglia? » Non riuscivo a respirare, figuriamoci a parlare, e infatti mi era uscita una voce stridula. Prima che potessi reagire, mi ha preso per la gola e mi ha trascinato in casa, per poi sbattermi contro il muro. Ha chiuso la porta con un calcio. « Sì, in Cornovaglia. » Il fiato gli puzzava di caffè. Ma cosa ci avevo visto, in lui? Adesso mi disgustava.

« Ti prego... non respiro... »

Ha allentato la presa sulla gola e mi ha afferrato per le braccia, così forte che mi avrebbe lasciato i lividi.

« Dovevi essere in Cornovaglia », ha ripetuto a denti stretti. « Con quel coglione di tuo marito. »

« Non ho nessun marito... a parte te. »

A quel punto ha cominciato a scuotermi, così forte che mi sono morsa la lingua e ho sentito il sapore metallico del sangue in bocca. « Non dire bugie, idiota che non sei altro. Cosa diavolo ci fai qui? »

« Non sto mentendo. Ti scongiuro, non so di cosa stai parlando. Sono venuta qui per parlare con Karen Fisher. »

A quel punto ha smesso di scuotermi. « Karen Fisher? »

« L'ho conosciuta tanti anni fa, durante i miei viaggi. Ho visto una sua foto sul giornale... » Ho cercato di divincolarmi, ma lui mi ha stretto ancora più forte.

« Eri tu, quella su tutti i giornali », ha sibilato.

« No, non ero io. Credevo... credevo che fosse morta in Thailandia. Invece ha rubato la mia identità. Si spaccia per me. Non so perché... non... »

« Quindi mi stai dicendo che non vivi in questo appartamento con Jamie Hall? »

« Non conosco nessun Jamie Hall. »

« E allora cosa ci fai qui? »

« Sono venuta qui per affrontare Karen. »

Sean è indietreggiato di colpo, come se gli avessi dato un pugno. « Porca puttana! » ha detto, mettendosi le mani nei capelli e camminando avanti e indietro per il corridoio. « Porca puttana! »

Non riuscivo a capire perché fosse così agitato. « Cos'hai combinato, Sean? Cosa hai fatto a Karen? »

Era sempre stato un bastardo manipolatore. Ero troppo giovane per accorgermene, un tempo. In quel momento però il terrore mi ha assalito. Aveva fatto del male a Karen?

Lui allora mi è balzato addosso, mi ha preso per i capelli e mi ha trascinato in una camera da letto. « Sono anni che ti cerco. Nove fottutissimi anni. Mi hai fregato diecimila sterline. Credevi che te l'avrei fatta passare liscia? E poi la foto sul giornale. Credevo di averti trovata. E adesso mi vieni a dire che non eri tu, ma un'altra stronza che finge di essere te? » Schizzi di saliva gli uscivano dalla bocca mentre urlava. Era così arrabbiato che aveva gli occhi fuori dalle orbite e il viso paonazzo. « Ti vorrei ammazzare di botte. Hai rovinato tutto... »

Avevo sempre saputo che Sean mi avrebbe ammazzato, se mi avesse trovato. Lo avevo tradito, lo avevo fregato, gli avevo rubato tutti i soldi ed ero scappata. Sapevo che non mi avrebbe mai perdonato. Ed è per questo che non ero più tornata.

Ha alzato un pugno e io mi sono abbassata, proteggendomi la testa, in attesa del primo colpo. Mi sembrava di essere tornata ai tempi in cui eravamo sposati. Allora però era bravissimo a colpirmi lì dove sapeva che i lividi non si sarebbero visti.

Lo ha interrotto il suo cellulare, che ha vibrato nella tasca posteriore dei jeans malconci, cogliendolo di sorpresa. Una volta portava solo vestiti di marca. Cosa gli era successo, se la passava male? Ha aggrottato la fronte quando ha visto il nome che lampeggiava sullo schermo. Poi ha fatto un sorriso malefico. «Guarda un po' chi è?»

Io fissavo il suo collo taurino e il tatuaggio sul braccio. Una volta aveva il mio nome tatuato sul bicipite sinistro, ma lo aveva fatto coprire con un orrendo serpente verde.

Mettendosi tra me e la porta, ha risposto al telefono fingendo una voce gioviale. Si è messo a parlare di un certo Jim che andava a caccia di fossili. Poi si è schiarito la voce. «Senta, sono contento che abbia chiamato. C'è stato un cambio di programma...» Ha esitato e mi ha guardato. «Mia figlia può uscire dall'ospedale prima del previsto. Lo so, lo so, è una bellissima notizia. Quindi torneremo prima a casa nostra a Londra. Stasera, domani al massimo. Lascio le vostre chiavi dalla vicina, va bene?»

Ma di cosa parlava? Quale figlia? Poi ha fatto di nuovo quel sorriso sinistro. Qualsiasi cosa stesse facendo, evidentemente si stava divertendo. «... Ricordatevi solo di lasciare le chiavi dal benzinaio. Grazie ancora... *Libby.*»

Libby? «Con chi parlavi?» gli ho chiesto, quando ha infilato il cellulare in tasca.

Lui ha fatto un sorrisetto. In quella penombra, faceva paura. «Pare che la tua amichetta Karen Fisher si faccia chiamare Libby. Non Beth.»

« Perché parlavi con Karen? Che succede, Sean? »

Mi ha guardato come se mi vedesse adesso per la prima volta. « Mi dispiace dirtelo, ma questa Karen assomiglia proprio tanto alla Beth che ricordavo. Più di quanto ci somigli tu. Cosa diavolo ti è successo? Sei ridotta proprio una merda. »

Nonostante tutti gli anni che erano passati, le sue parole continuavano a darmi sui nervi.

« Volevo divertirmi un po' prima di mandarti la vita a puttane. Però il mio piano è saltato, a quanto pare. Mi hai tolto anche questo piacere. Adesso mi toccherà pensare a qualcos'altro per te. »

Cosa aveva avuto in mente di fare? Conoscendolo, si trattava di qualcosa di perverso. Dovevo prendere tempo. È sempre stato molto arrogante e gli è sempre piaciuto spiegarmi prima quello che mi avrebbe fatto. « Volevi uccidermi? »

« Certo che volevo ucciderti. Credevi che te l'avrei fatta passare liscia, dopo che mi hai fregato in quel modo? Dopo avermi rubato tutti i soldi? »

« E come volevi uccidermi? »

« Ti ho seguito in Cornovaglia. Anzi, ho seguito una che credevo fossi tu. Ho seguito lei e quella mezza sega del marito. L'ho spinto durante una visita a un faro. Non volevo fargli male, in realtà, solo spaventarli. Ma lei stava per precipitare giù dalla scogliera. In effetti mi pareva che ci fosse qualcosa di diverso: il modo di camminare, la risata. Però alla fine erano passati dieci anni, magari eri cambiata. Comunque sono tornato qui a rubare le credenziali del conto in banca e riprendermi i diecimila che mi hai fregato, più gli interessi. Ah, gli ho pure messo del cibo avariato in frigo in Cornovaglia, e ho imbevuto il tuo corpetto col sangue di un animale e l'ho sotterrato in giardino. Ma ho toppato. Ho sbagliato persona... »

« Il mio corpetto? »

« Sì, quello che ti avevo regalato, te lo ricordi? L'ho tenuto. Per tutti questi anni. Sapevo che ti avrei rivista. Che alla fine ti avrei trovata. Ti avevo trattato bene, ti avevo portato via da quella merda di casa occupata in cui vivevi. Ti facevo bei regali. E tu mi hai ripagato così. »

Nonostante la paura, non sono riuscita a stare zitta. « Mi trattavi bene? Ma se mi riempivi di botte. Mi violentavi. Ti sei approfittato di me, della mia giovinezza, della mia vulnerabilità... »

Il pugno è arrivato inaspettato e mi ha scaraventato contro il letto. Mi sembrava che lo zigomo mi stesse per esplodere. C'erano dieci anni di rabbia e frustrazione, nella forza di quel pugno. Poi mi è salito sopra e io ho provato a colpirlo, però i miei pugni gli scivolavano addosso. Allora mi ha girato e mi ha messo a pancia in giù, legandomi i polsi con qualcosa che mi feriva la carne. « Non ti preoccupare, torno tra poco. » E se n'è andato. Mi ha lasciato così, al buio, con l'occhio che pulsava per il dolore.

Non appena l'ho sentito chiudere la porta ho provato a slegarmi. Ho cominciato a sfregare il laccio contro gli angoli della testiera del letto. Aveva usato uno scotch molto resistente. Cosa faceva, se lo portava sempre dietro? Non me ne sarei stupita, visto che era uno psicopatico. Dopo molta fatica, tanto sudore e qualche graffio sui polsi, sono riuscita a liberarmi. Sean era troppo sicuro di sé, non aveva pensato che avevo fatto parecchia pratica, quand'eravamo sposati.

Mi sono alzata, guardandomi intorno. La stanza da letto di Karen era pulita e moderna, arredata con mobili scandinavi. C'erano una specchiera piena di varie boccette e bottigliette di profumo, e una foto di lei e suo marito tutti felici. Sean aveva detto che si chiamava Jamie. Jamie Hall. Mi serviva qualcosa di duro, pesante, qualcosa da poter usare come arma quando sarebbe tornato. Allora sono andata ad aprire l'armadio, sperando di trovare un paio di tacchi a spillo o un grosso libro da dargli in testa. Ma c'erano solo scarpe da ginnastica e ballerine. Di tacchi a spillo nemmeno l'ombra. Poi però, in un angolino dell'armadio, in mezzo alle borse e ai vestiti estivi ho visto qualcosa. Un oggetto familiare. Ho allungato il braccio e l'ho preso. L'onice di cui era fatto era freddo sotto le mie dita. La statuetta del Buddha che le aveva regalato Harry. Perché l'aveva tenuta? Pensava ancora a lui? All'uomo che non aveva potuto avere?

Credevo che saremmo state bene, io e Karen. Due donne forti e risolute che scappavano dal proprio passato e che non avevano bisogno di avere un uomo accanto. Ma lei mi aveva tradito. E il desiderio di volerle dare una lezione mi ha dato la forza e la spinta necessarie. Alla fine io e Sean eravamo più simili di quanto credessi. Forse è proprio per questo che ci piacevamo, da giovani. Avremmo potuto essere una bella squadra, se non avessimo costantemente cercato di prevaricarci a vicenda. E allora ho pensato a Mateo. Mateo, così dolce e caro, con quei suoi occhioni marroni che sembravano sempre assonnati. Mi mancava da morire. Era riuscito a tenere a bada il mio lato più buio, a farmi desiderare di essere una persona migliore. Ma alla fine anche lui aveva capito che con me non c'era speranza.

Nella stanza era buio pesto. Dov'era Sean? Non avevo

il coraggio di uscire, nel caso fosse tornato. Allora ho preso la statuetta del Buddha e me la sono infilata in tasca. Era abbastanza pesante da poter essere usata come arma, in caso di necessità. Non volevo rischiare che Sean mi vedesse, per cui ho aperto la finestra e sono uscita in giardino. La luce fioca gettava ombre sull'erba alta. Chissà cosa c'era oltre il giardino. Sarebbe stato facile scappare? Così, prima che la paura l'avesse vinta, ho attraversato il prato di corsa. Poi ho sentito un urlo e mi sono voltata, inciampando. Sean stava uscendo dalla finestra. Sono corsa verso i cespugli, ma lui mi aveva già quasi raggiunto. Trattenendo un grido di paura, mi sono nascosta dietro un grosso cespuglio, cercando la statuetta che avevo in tasca. Mi sono accovacciata. Avevo il fiatone e il cuore che mi batteva così forte che temevo lo avrebbe sentito.

«Ti ho visto, stupida sgualdrina.» Era quasi divertito. Poi ha fatto capolino dietro il cespuglio in cui mi ero nascosta.

Ho urlato e l'ho colpito in testa con la statuetta, con tutta la forza che avevo. Al momento dell'impatto, mi sono sentita allo stesso tempo sollevata e terrorizzata.

Sean ha barcollato, guardandomi con gli occhi sgranati mentre franava a terra come un albero abbattuto.

Provo un tale orrore che per qualche istante fisso paralizzata la ferita sul cranio e il rivolo di sangue che ne fuoriesce, macchiando l'erba di rosso. Poi però m'inginocchio accanto a lui, sull'erba bagnata. Faccio attenzione a non toccarlo. Non posso lasciare impronte.

Alzo lo sguardo, furtivamente. Il palazzo è a cinquanta metri da me. Le luci sono spente, alcune finestre hanno le tende aperte, altre le veneziane tirate su. Qualcuno era affacciato? Ragiono già come una criminale. Qualcuno mi ha visto tra l'erba alta del giardino incolto?

Mi hanno visto uccidere mio marito?

E quindi ero un'assassina. Era stato facile. Nel momento stesso in cui le mie dita si erano strette intorno a quell'oggetto, avevo capito di voler fare più danni possibili. Volevo uccidere. Non avevo provato sensi di colpa, non avevo provato rimorsi. E adesso Sean non c'era più. Per la prima volta da quando avevo sedici anni, non dovevo più vivere con la paura. Si era preso già tanto della mia vita, non gli avrei permesso di prendere altro.

Quella notte ero rimasta a dormire a casa di Karen. Ero troppo spaventata per andarmene. Mi faceva tremare il pensiero che nel giardino ci fosse il cadavere di Sean. Quanto ci avrebbero messo a scoprirlo? Ero terrorizzata al pensiero che qualcuno mi avesse visto, magari la vecchietta del piano di sopra. Avevo cercato tra le cose di Karen e avevo scoperto che era tutto a nome mio: il conto in banca, le carte di credito, la patente. Non c'era nulla che tradisse la sua vera identità. E dunque aveva mentito anche al marito. Mi lasciava senza parole la facilità con cui era riuscita a spacciarsi per Elizabeth Elliot. Era stata furba a farsi chiamare Libby, anziché Beth. Si vede che pensava si addicesse meglio alla sua nuova vita da borghesuccia. O forse credeva che, usando un nome diverso, sarebbe riuscita a non pensare a quello che aveva fatto.

Com'era sopravvissuta all'incendio? Questo proprio non riuscivo a capirlo. Ero stata l'ultima persona a essere tratta in salvo dall'ostello ed ero stata molto fortunata. Nessuno era stato salvato dopo di me, me lo aveva detto quel vigile del fuoco. Quindi com'era possibile che Karen Fisher fosse ancora viva?

L'unica spiegazione era che non si trovasse nell'ostello quella notte. Che se ne fosse già andata.

Mille domande mi affollavano la testa mentre m'infilavo in tasca i suoi dati bancari. Sarebbe stato facile fregarle i soldi, era abbastanza stupida da lasciare il PIN del conto scritto su un foglietto. Si era impossessata anche del mio codice fiscale. Per fare una cosa del genere, doveva essere sicura che fossi morta.

E pensare che ero così convinta di essere io ad avere il coltello dalla parte del manico, tra noi due. E invece Karen si era dimostrata più furba e audace di quanto non mi sarei mai immaginata.

Ci ho messo un sacco di tempo a lavare la statuetta. Volevo eliminare ogni traccia delle mie impronte digitali. Tutto quel sangue mi dava il voltastomaco. Una volta pulita, l'avevo sistemata sul comodino, dove sicuramente l'avrebbe vista. Quante storie aveva fatto per Harry, e poi aveva buttato la statuetta che le aveva regalato in fondo all'armadio, come se non significasse niente.

Avevo curiosato in giro per casa, studiando tutte le foto di lei e del marito. Sembravano felici insieme, e spesso con loro compariva anche un cane dall'aria un po' tonta. Vedere che non c'erano bambini mi faceva felice.

Oh, Karen. Non poteva sapere che ero già sposata, quando aveva fatto il grande passo col suo Jamie, commettendo così reato di bigamia. Era una *bigama*. La cosa mi faceva sorridere. Perché significava che un errore lo aveva commesso.

E, quando avrebbero trovato il corpo di Sean – perché prima o poi lo avrebbero trovato –, la colpa sarebbe ricaduta su di lei. E allora si sarebbe scoperto tutto. Cosa avrebbe pensato Jamie una volta saputa la verità sulla sua mogliettina non così tanto perfetta? Tutto ciò che dovevo fare era starmene buona e guardare la sua vita andare in mille pezzi.

30

Quando sono tornati dalla Cornovaglia, mi sono divertita a spiarli. A guardare la disperazione sui loro volti quando si sono accorti che gli avevano rubato le carte di credito e svuotato il conto in banca. A veder crescere le loro paranoie perché non capivano chi fosse stato. Ad assistere alla rovina del loro rapporto, messo a dura prova dalle paure. Ho aperto un account su un sito di e-commerce a nome di Karen e le ho fatto recapitare articoli che le ricordassero il nostro viaggio in Thailandia: una parrucca uguale ai suoi capelli di allora, uno zaino simile al nostro.

La vecchietta del piano di sopra mi ha beccato un paio di volte mentre mi aggiravo davanti casa di Karen quando lei era al lavoro, un lavoro che avrebbe dovuto essere mio. Karen invece non si è mai accorta di me. Era troppo presa dalle sue cose.

Non sapevo bene cosa volevo fare. L'unica cosa cui riuscivo a pensare era che Karen mi aveva abbandonato in quell'ostello in fiamme e per questo doveva pagare.

Un pomeriggio, mentre aspettavo che Karen tornasse a casa, ho sentito battere su un vetro e ho alzato la testa. La vecchietta mi stava guardando facendomi segno di salire. La cosa mi ha incuriosito, ma anche un po' preoccupato. Aveva cominciato a piovere e io iniziavo ad aver freddo, con la giacchetta leggera che avevo indosso, per cui - seppure con un po' di esitazione - sono salita da lei.

La signora ha schiuso appena la porta, come se avesse paura di me. Chissà cos'aveva visto da quella finestra. Stava guardando quando avevo ucciso Sean? Avevo scartato subito l'idea. Se mi avesse vista uccidere un uomo non mi avrebbe mai invitato a salire a casa sua, no? « Cercavi qualcuno, cara? Ti ho vista spesso qui sotto. Ti posso aiutare? » mi ha chiesto lei, in tono gentile.

Vecchia impicciona. La bugia mi è uscita senza fatica. « Sono la sorella di Libby. Ci siamo un po' perse di vista. Non sono proprio sicura che mi accoglierebbe a braccia aperte... » Ho abbassato lo sguardo, fingendo imbarazzo.

A quel punto lei, come mi aspettavo, ha aperto la porta e mi ha invitato a entrare. Avevo le mani così fredde che hanno cominciato a farmi male, per il contrasto col calore che c'era lì dentro. La signora è andata a preparare il tè mentre io mi guardavo intorno nel suo salotto. Era accogliente, con centrini su ogni superficie e piatti decorati alle pareti. Un po' all'antica, ma una bella casa, il tipo di posto in cui mi sarebbe piaciuto vivere da ragazzina. Invece mi era toccata una canonica coi quadri di Cristo sopra il letto. Il mio sguardo si è subito posato sulle foto allineate sul caminetto. Tutte le immagini la ritraevano in un'altra vita, in vari momenti della sua gioventù, quand'era felice e innamorata. Era bella, da giovane, e in quelle foto in bianco e nero, coi ricci e col rossetto, ricordava un po' le attrici di un tempo. Su una mensola c'era una vecchia radio, da cui veniva la voce di un uomo che parlava con voce soave. Era rassicurante.

La signora ha abbassato il volume e si è scusata. « Tengo sempre il volume troppo alto, mi fa compagnia. »

Ho annuito. Forse si sentiva sola. Come me.

« Mi chiamo Evelyn. Prego, accomodati. » Ha indicato la poltrona vicino alla finestra. Sul tavolino lì accanto ha sistemato un vassoio con sopra una teiera e due tazze di porcellana. Ha versato il tè nelle tazze e poi me ne ha offerta una. Mentre mi chiedevo cosa volesse ottenere, si è avvicinata e mi ha preso la mano, guardando il livido che avevo sullo zigomo. « Libby non mi ha mai detto di avere una sorella... »

« Eh, immagino. C'è stato uno screzio tra noi, tanto tempo fa. Le ha raccontato qualcosa della nostra famiglia? »

Evelyn ha scosso il capo. « Non molto. Una volta mi ha detto di avere perso entrambi i genitori. Libby è una ragazza molto riservata. Ma è tanto buona, di sicuro ti accoglierebbe a braccia aperte. Ne sono sicura, non dubitarne, cara. »

Ho provato rabbia, in quel momento. *Tanto buona?* Non penso proprio. Quella Evelyn era come una nonna, però, e dal modo in cui parlava di Libby, con gli occhi che brillavano di orgoglio, si capiva quanto tenesse a lei. Quanto avevo desiderato che qualcuno mi volesse bene come questa signora ne voleva a Karen. Forse mia madre un tempo me ne voleva, prima che l'infelicità la cambiasse e la indurisse. Mio padre non era mai stato affettuoso. Amava Dio e poco altro. Non ero cresciuta in una casa piena di amore e risate. Evelyn invece mi dava l'impressione di essere una buona madre, una buona nonna. E allora la rabbia ha cominciato a scemare e mi sono resa conto di avere paura. Ho iniziato a pensare alla tristissima stanza d'albergo in cui alloggiavo, a quanto mi sentissi sola perché non avevo altro che una valigia. Volevo la mia bambina. Volevo Mateo.

Guardandomi con dolcezza, Evelyn mi ha chiesto: « Cosa è successo? »

E io allora mi sono ritrovata a raccontarle che ero scappata da un uomo violento, per poi innamorarmi di un ragazzo con cui avevo avuto un bambino. Entrambi però mi erano stati portati via nel più crudele dei modi. Io non avevo più niente e Libby aveva tutto. Un « tutto » che avrebbe potuto, anzi, dovuto essere mio.

Gli occhi chiari di Evelyn si erano riempiti di lacrime mentre mi stringeva le mani, e la sua voce era così dolce e compassionevole che ha fatto venire gli occhi lucidi anche a me. « Povera cara. E Libby sa quello che ti è successo? »

« No... perché io e lei abbiamo rotto prima. Eravamo giovani e abbiamo litigato per un ragazzo. Una stupidaggine, ma sa quanto queste cose finiscano per ingigantirsi. »

Lei si è sistemata sulla poltrona e si è messa a lavorare a maglia. La guardavo incantata intrecciare coi ferri un filo di lana gialla da un gomitolo che teneva in grembo. Stava facendo delle scarpine da neonato.

« Qualcuno aspetta un bambino? » le ho chiesto, pensando al mio, nato morto, agli occhi di Mateo quando aveva capito che non avremmo giocato a fare i genitori, a mio padre che mi diceva che Dio mi aveva voluto punire.

Le sono brillati gli occhi. « Sono per Libby. »

« Libby? » Mi sono quasi strozzata e ho posato la tazza sul vassoio con mano tremante.

« Non me l'ha ancora detto, in realtà. Ma io lo so. Capisco subito quando una donna è incinta. Facevo la levatrice, da giovane, tanto, tanto tempo fa. » Si è messa a ridere come una ragazzina.

Io invece ero paralizzata dallo choc, con la rabbia che cresceva.

Evelyn se n'è accorta. « Oddio, scusami, cara. Sono proprio insensibile a parlarti di queste cose dopo quello che ti è successo. »

Sono scattata in piedi, sbattendo il ginocchio contro il tavolino. La tazza è caduta a terra rovesciando il tè sul pavimento.

A Evelyn sono caduti i ferri di mano e il gomitolo si è srotolato. « Oh, povera cara, scusami... »

« Devo andare. Devo proprio... » Sono corsa via, accecata dalle lacrime. Non era giusto. Karen non si meritava niente di tutto quello. Aveva tutto ciò che volevo io.

Quando stavo per aprire la porta, ho sentito un lamento. Mi sono girata e ho visto Evelyn che si stringeva il petto, bianca in volto. Sono corsa da lei. « Evelyn. Evelyn! »

Si è accasciata, facendo uno strano verso. Le ho alzato la testa, ma i suoi occhi erano già senza vita. Proprio come quelli di Sean. Ho sentito il cuore fermarsi e sono finita a terra, accanto alla sua poltrona. L'unica persona che era stata gentile con me negli ultimi mesi era morta.

Sono rimasta con lei finché non ha fatto buio, poi me ne sono andata dalla porta sul retro.

Mio padre aveva ragione su di me. Sono una persona cattiva. Ho il diavolo dentro. E distruggo tutto ciò che tocco.

PARTE TERZA

BATH

31

Hartley ha un'espressione spavalda mentre sbatte la foto sul tavolo di fronte a me. È un'immagine in bianco e nero dell'uomo di Lizard Point, ma risale a una decina di anni fa, quand'era ancora un bel ragazzo e non aveva il viso segnato dall'età. Dunque era lui Sean Elliot, l'ex di Beth. In tutto il tempo che avevamo passato insieme non mi aveva mai neanche accennato di essere sposata, e non mi aveva nemmeno detto come si chiamava suo marito. Mi aveva dato qualche informazione col contagocce, giusto perché sapessi che era stata con un uomo violento, che l'aveva mandata in ospedale, niente più. Posso capirla. La Thailandia rappresentava per entrambe un nuovo inizio, un posto in cui il passato non doveva più contare. O almeno così credevamo.

Beth. In questi anni mi sono dovuta sforzare di non pensare a lei, perché ogni volta che lo facevo mi assalivano i sensi di colpa.

Mi piaceva davvero tanto, all'inizio. La trovavo una ragazza frizzante e coraggiosa. Quando mi aveva detto che era entrata alla specialistica per diventare insegnante, ammetto che mi aveva lasciato interdetta. Non ce la vedevo a insegnare. Era tosta, abituata a cavarsela da sola per strada, si capiva da certe parole che le scappavano di bocca. Però era anche ovvio che ce l'aveva col mondo. Non aveva paura di niente e a viaggiare con lei mi sentivo al sicuro. Era pure manipolatrice, lo avevo capito quasi subito. Solo dopo la storia di Harry avevo capito quanto fosse stronza.

Cosa ci faceva suo marito a casa mia? Era chiaro che aveva architettato lui lo scambio di case. Il sergente Byrnes ci aveva detto che aveva lavorato a casa degli Heywood durante la ristrutturazione, dunque aveva accesso alle chiavi e forse se n'era fatta fare una copia per sé. Ma perché prendersi il disturbo?

« Riconosce quest'uomo? » mi chiede Hartley, impaziente, riportandomi al presente.

Una sua collega è seduta accanto a lui. È giovane, sulla trentina, coi capelli a caschetto biondi. Non parla.

Scuoto la testa. Con le lacrime agli occhi, mormoro quello che il mio avvocato d'ufficio mi ha suggerito di dire: « Mi avvalgo della facoltà di non rispondere ». È seduto accanto a me, rassicurante, con un abito elegante e la valigetta aperta sul tavolo.

Sono nella merda. Mi sono appropriata dell'identità di Beth senza pensare al suo passato o alle ripercussioni che avrebbe avuto. Come faccio a dire la verità senza rischiare di perdere tutto?

La mia vita come Karen Fisher faceva abbastanza schifo. Quando mia madre era morta, ero rimasta con mio padre, un alcolista. Non ci aveva mai picchiato, non diventava violento quando beveva, ma in generale l'alcol amplificava le sue emozioni. Credo che amasse davvero mia madre, a modo suo. Litigavano, spesso a causa dell'alcol, e una volta per una storiella che aveva avuto con una barista del posto. Quando restava sobrio – e ci riusciva, a volte per lunghi periodi, prima di ricaderci di nuovo –, era l'uomo più adorabile al mondo. Le regalava i fiori o la portava in gita a Scarborough o a Whitby. Alla mamma piaceva tanto il mare. Mio padre la faceva ridere. Quando tagliava le verdure sul lavandino, lui le si avvicinava di soppiatto, la prendeva per la vita e le baciava il collo. Lei allora lo cacciava, dicendogli che era uno sciocco, però si vedeva dal modo in cui le brillavano gli occhi che in realtà era felice. Non avevano mai avuto molti soldi e mio padre non riusciva a tenersi un lavoro, per via dell'alcol. Vivevamo in una casetta a due piani in un paesino. Non era granché, ma la mamma la teneva pulita e la abbelliva con ninnoli e cuscini che faceva lei. È per questo che mi è sempre piaciuto stare da Evelyn: mi ricordava casa mia.

Quando la mamma era morta, però, era tutto cambiato. Il papà era disperato senza di lei. Usciva quasi tutte le sere, si ubriacava e quando rientrava collassava sul divano. Puzzava di alcol e sigarette. Io provavo a tenere la casa pulita e in ordine, come faceva mia madre, ma il papà da sbronzo sfasciava tutto. Non buttava mai via niente, per cui la mattina trovavo lattine, mozziconi di sigarette, pacchetti mezzi vuoti di patatine sul pavimento. Dovevo sempre pulire io. Alla fine, per via dei problemi di salute che gli aveva causato l'alcol, ero stata costretta a saltare un sacco di giorni di scuola per prendermi cura di lui. Gli volevo bene e volevo che guarisse. Non potevo perdere entrambi i genitori. Anche se agli esami finali ero andata bene - considerate tutte le lezioni che avevo perso -, sapevo che non avrei mai preso il massimo dei voti e che non sarei andata all'università. Il papà prendeva il sussidio di disoccupazione, ma sapevamo che non sarebbe durato a lungo, per cui sarei dovuta andare a lavorare. Ho smesso di studiare e ho accettato qualsiasi lavoro mi capitasse. Lo stipendio faceva sempre schifo e io non avevo nessuna qualifica. Guardavo i miei amici che lasciavano il paesino per andare a studiare nelle grandi città, all'università di Manchester, Leeds, Bristol e Cardiff, posti che io mi potevo solo sognare. Quindi alla fine avevo perso i contatti con tutti.

Poi, quando avevo vent'anni, il fegato di mio padre aveva ceduto. Aveva solo cinquantatré anni quand'è morto. Non avevo più nessuno, perché quando si erano sposati i miei genitori avevano tagliato i ponti coi familiari, per cui io non avevo mai conosciuto né nonni né zii. La casa in cui ero cresciuta era stata messa in vendita, ma mio padre si era lasciato dietro così tanti debiti che alla fine mi erano rimaste poche migliaia di sterline. Non sapendo cosa fare della mia vita, avevo deciso di andarmene da quel posto in cui tutti conoscevano la mia triste storia. Non avevo più nessuno, e nessuna ragione per restare nello Yorkshire. Ero sempre stata solitaria, sempre a camminare in punta di piedi sperando che nessuno mi notasse e provasse pena per me.

Ho comprato il primo volo disponibile, e il caso ha voluto che fosse per la Thailandia.

Paralizzata dallo choc, la notte dell'incendio ero rimasta a guardare le fiamme che divoravano l'ostello e il fumo che usciva dalle finestre, pensando che Beth era intrappolata lì dentro. Era un inferno: camion dei pompieri e ambulanze che arrivavano sul posto, e le urla dei vigili del fuoco che entravano e uscivano dall'edificio e cercavano di spegnere le fiamme con enormi pompe. L'aria era rovente. Il fumo nero s'infilava nelle narici e bruciava la gola. Mi veniva da vomitare. Dov'era Beth? Era ancora a letto, sicuramente. Quando me n'ero andata lei dormiva. Mi ero avvicinata a un vigile del fuoco e gli avevo preso un braccio, urlandogli che la mia amica era ancora lì dentro, ma lui aveva scosso la testa.

Allora me n'ero andata, barcollando. Non ce la facevo più a guardare. Avevo trovato un altro ostello in cui stare, però non avevo chiuso occhio. Ero rimasta lì sdraiata, in uno stato tale che non riuscivo neanche a piangere.

Ero ritornata sul posto la mattina dopo. L'ostello era carbonizzato. Mi avevano detto che erano morte otto persone, ma non sapevano se anche Beth fosse tra loro.

« Non ancora. Non finché i corpi non verranno identificati », mi aveva spiegato un poliziotto in un inglese incerto.

Avevo telefonato ad alcuni ospedali per chiedere se Elizabeth Elliot fosse stata ricoverata da loro, ma mi avevano risposto tutti di no. Solo più tardi, nell'albergo in cui avevo trovato sistemazione, ancora sconvolta e nauseata e con la puzza di fumo nelle narici, mi ero resa conto che nella fretta di lasciare l'ostello avevo preso lo zaino di Beth al posto del mio.

Era stata una decisione istintiva. Visto quello che c'era nel suo zaino - il portafoglio pieno di soldi, il passaporto e il codice fiscale -, avevo pensato di usarlo per continuare a viaggiare, anziché essere costretta ad aspettare che l'ambasciata mi rilasciasse un altro passaporto. Non avevo dubbi che tutte le mie cose fossero andate distrutte nell'incendio.

Ero rimasta seduta sul letto, con la testa che mi girava e le sue cose davanti sul lenzuolo arancione, a chiedermi cosa fare. E allora lo avevo visto, il Buddha che Harry mi aveva regalato. Cosa ci faceva tra le sue cose?

E allora mi era caduto lo sguardo sulla lettera.

Era dell'università e offriva a Beth un posto nel corso di specializzazione per diventare insegnante. C'erano tutte le informazioni necessarie: i dettagli sul corso e sulla borsa di studio. Quanto poteva essere difficile? Ero brava a scuola. Ma non avevo fatto l'università, non avevo preso la laurea. Beth aveva appuntato a penna sulla lettera che avrebbe dovuto chiamarli per rifiutare. Lo aveva fatto?

Avevo subito allontanato quel pensiero dalla testa: non avrei mai potuto farla franca. Perché di certo avevano incontrato Beth per un colloquio. Però quanto tempo era passato? Non eravamo poi tanto diverse esteticamente. Se mi fossi tagliata i capelli e li avessi tinti, sarei benissimo potuta passare per lei, no? L'avevano vista una volta, al massimo. Una vaga somiglianza era tutto ciò che serviva. Venivamo entrambe dallo Yorkshire, per cui avevamo anche lo stesso accento.

No, non potevo farlo. Non ero abbastanza coraggiosa. Avevo accantonato l'idea e cercato di dormire. Ma una vocina nella testa continuava a tormentarmi dicendomi che dovevo farlo. Quali altre opzioni avevo? Iscrivermi all'università e prendere una laurea? Ci avrei messo anni e alla fine sarei stata sommersa dai debiti. Il pensiero era volato ai miei genitori, alla vita che avevano fatto. E io volevo di più.

Il giorno dopo avevo chiamato l'università dicendo che avrei accettato la borsa per il corso che iniziava a settembre. Poi ero andata da un parrucchiere e mi ero fatta fare una tinta color cioccolato e un taglio corto simile a quello che aveva Beth nella foto sul passaporto. Il nuovo taglio mi piaceva, metteva in risalto i miei occhi grandi e gli zigomi, per cui non lo avevo più cambiato.

Ogni tanto ero assalita dai dubbi che mi facevano battere il cuore e girare la testa. Cosa mi era saltato in mente? E se mi beccavano? Se Beth era sopravvissuta all'incendio e avesse deciso di accettare quella borsa? Poi però mi ripetevo che era morta. Non poteva essere scampata a quell'inferno. Avevo chiamato tutti gli ospedali e di lei non c'era traccia. E, se, per miracolo, era riuscita a scappare dall'ostello, di certo aveva continuato a viaggiare verso nord. Non avrebbe potuto lasciare la Thailandia senza passaporto. Non era più sicura di voler fare l'insegnante, me lo aveva detto lei stessa. E poi quel corso sarebbe durato solo un anno. Ce la potevo fare a fingermi qualcun altro per un periodo così breve.

Ora che l'idea mi era venuta, non potevo più cancellarla. Dovevo andare sino in fondo. La prospettiva di diventare insegnante, di lavorare coi bambini, mi elettrizzava. Avrei avuto un futuro, qualcosa cui aspirare.

Sapevo che era una cosa molto rischiosa, ma in qualche modo mi sentivo obbligata a tentare. Come se fosse stata la mia unica possibilità. Qual era la cosa peggiore che poteva succedere? Se scoprivano che non ero Elizabeth Elliot, mi avrebbero cacciato dal corso. Dovevo provarci. Dovevo trovare il modo d'inventarmi un futuro, perché non potevo permettermi di continuare a viaggiare all'infinito. E poi, se non avessi tentato, cosa mi aspettava a casa? Un lavoro in fabbrica o in qualche supermercato a sistemare scaffali, col salario minimo e con nessuna prospettiva di carriera. Non sapevo neanche usare il computer. Qualsiasi fosse stato il passato di Beth, e non è che me ne avesse parlato poi molto, se non altro lei aveva avuto il buon senso - o la fortuna - di prendersi delle qualifiche. Avrei lavorato sodo. Avrei studiato a testa bassa. Si trattava solo di un anno, anzi, meno, se contavo anche le vacanze.

E così lo avevo fatto. Ero diventata Elizabeth Elliot. Libby. Poi avevo incontrato Jamie, mi ero innamorata di lui e dopo un po' avevo dimenticato di essermi mai chiamata Karen Fisher.

32

Quando finalmente mi rilasciano, è un sollievo vedere che Jamie è rimasto ad aspettarmi. È teso e preoccupato, si vede da com'è seduto sulla sedia di plastica nella sala d'attesa in cui non tira un filo d'aria. Ha l'aspetto di uno che non dorme da una settimana, con la barba lunga e i capelli spettinati, come se per tutto il tempo non avesse fatto altro che passarci le mani attraverso. Ha le occhiaie e la maglietta macchiata. Non appena mi vede, si alza e corre da me. « Libby, grazie al cielo. Stai bene? Ti hanno accusato di qualcosa? »

Scuoto la testa e mi salgono le lacrime agli occhi vedendo la sua preoccupazione, il suo *amore. Crede che sia una bigama, ma è qui, vicino a me. Non me lo merito.*

Mi mette un braccio sulle spalle e mi porta fuori, dov'è parcheggiata la macchina. Sono sorpresa di vedere che il sole è basso, anche se fa ancora molto caldo. Devo essere rimasta in centrale per ore.

Mi siedo sul sedile del passeggero e comincio a tremare. Lo choc si fa sentire solo adesso, dopo tutto ciò che è successo. Devo dire a Jamie la verità. Mi perdonerà mai? Per lui è tutto bianco o nero, e io gli ho mentito dal primo giorno che l'ho incontrato. L'ho sposato sotto falso nome. Grazie all'avvocato d'ufficio, non ho ancora dovuto confessare niente alla polizia, però è solo questione di tempo.

Guardo il viso di Jamie mentre guida. Il suo naso dritto, le sue labbra carnose. È il mio dolce, adorato secchione. E non posso perderlo. Avrà un milione di domande che gli frullano per la testa, eppure non me ne ha ancora fatta neanche una. Sembra stanco.

Gli tocco la gamba, i jeans sono ruvidi sotto le mie dita. « Ti amo tantissimo, Jamie. Devi saperlo. »

Lui s'irrigidisce, la sua voce è roca. « Così mi fai paura, Libby. »

« Mi dispiace tanto. » Tolgo la mano e me la rimetto in grembo.

Gli trema il mento. Si sta sforzando di non piangere. Pensa al peggio, lo so. Pensa che ho sposato qualcuno e che non gliel'ho mai detto. Pensa pure che io sia un'assassina?

Quando arriviamo a casa di Sylvia, lei comincia a riempirmi di attenzioni. Si accerta che sia comoda sul divano, si offre di prepararmi un tè, mi sistema i cuscini dietro la schiena, coi bracciali che tintinnano. Mi tratta come una paziente, come la sospettata di un omicidio. Si capisce che vuole assolutamente sapere cosa è successo, ce l'ha scritto in fronte. Jamie invece è seduto vicino alla finestra e guarda fuori. Non ha detto una parola da quando siamo tornati. Ziggy è sdraiato ai miei piedi. Mi chino ad accarezzarlo, rassicurata dalla sua presenza.

Cosa faranno gli Hall, quando scopriranno la verità? Mi cacceranno? E io dove andrò? Sono così preoccupata che mi viene la nausea. « Dov'è Katie? »

« Oh, è uscita con degli amici », risponde Sylvia, alzando le spalle.

Mi sento più tranquilla sapendo che Katie non c'è. Il suo atteggiamento critico e accusatorio non sarebbe stato d'aiuto. Aspetto che Sylvia esca dalla stanza per andare in cucina e poi mi rivolgo a Jamie. « Dobbiamo parlare. »

Lui continua a fissare fuori dalla finestra. La strada è vuota, gli alberi dondolano un po' al vento, con gli ultimi raggi di sole che filtrano tra i rami, intensi come la luce di una torcia. Il silenzio è così profondo che si sente il cinguettio di un uccello.

«Jay...»

«Lo so», risponde lui in tono freddo, poi si gira di scatto verso di me. «Lo so che dobbiamo parlare. Ma non so se sono pronto a sentire quello che devi dirmi. Cambierà tutto. Cristo, Libs. Eri già sposata? Con quel... quell'uomo?» Si mette le mani nei capelli. «Perché non me l'hai detto quand'eravamo in Cornovaglia? Di sicuro lo hai riconosciuto. E come hai potuto sposarmi sapendo di essere già sposata con un altro? Santo cielo, non so più neanche se il nostro matrimonio è legale. Se sei davvero mia moglie.»

Mi siedo più avanti sul divano. «Ascolta, Jamie, devi credermi: non avevo mai visto quell'uomo prima in vita mia.»

La sua risposta è una risata amara.

«È vero. Era sposato con Elizabeth Elliot. Che non sono io.»

Mi guarda allibito.

«Il mio vero nome non è Elizabeth Elliot. È Karen Fisher.»

A ogni parola, lui spalanca sempre più gli occhi. Quando gli ho raccontato tutta la storia ce li ha quasi fuori dalle orbite. Segue un silenzio attonito. «Mi stai dicendo che hai rubato l'identità di un'altra persona, che l'hai usata per venire via dalla Thailandia e poter seguire quel corso di specializzazione?»

Annuisco.

«E la vera Elizabeth Elliot?»

« È morta. »

Sembra che stia per vomitare. « Come? »

« Quand'eravamo a Bangkok, c'è stato un incendio nel nostro ostello. Io... io sono riuscita a scappare. Ma lei era ancora a letto. » Mi rigiro un fazzoletto tra le mani.

Jamie mi guarda incredulo. « Non hai cercato di salvarla? »

Scuoto la testa. « No... non è andata così. Ero già fuori dall'ostello quand'è scoppiato l'incendio. Stavo... » Devo dirgli la verità. Devo dirgli che stavo scappando da lei.

Jamie aggrotta la fronte. « 'Stavi' cosa? »

« Stavo... scappando da lei. » Non l'ho mai ammesso a nessuno.

Alza così tanto le sopracciglia che gli spariscono quasi nei capelli. « Cosa? Perché? Non eravate amiche? »

« Sì, ma avevo scoperto che aveva fatto una cosa orribile. È una lunga storia, e adesso non è importante. Ti basti sapere che non mi fidavo più di lei e non volevo continuare a viaggiarci insieme. »

« E quindi sei scappata via nel cuore della notte e l'hai lasciata morire nell'incendio? »

« Vivo col senso di colpa da anni. » Abbasso la testa.

Lui si mette le mani tra i capelli. « Cristo, Libby... » Fa una risata amara. « Anzi, no. Perché questo non è neanche il tuo nome, giusto? È il *suo* nome. »

« Lei si faceva chiamare Beth... »

Si alza così di scatto che indietreggio sul divano. « Non me ne frega un cazzo di come si faceva chiamare! Non riesco a credere alle mie orecchie. Proprio non... » Esce infuriato dalla stanza.

Sylvia torna col vassoio del tè e con le tazze che tremano mentre cammina. « Tutto a posto? » Il suo tono è troppo vivace. Appoggia il vassoio sul tavolino con un tintinnio di bracciali.

Mi alzo e me ne vado senza risponderle.

Trovo Jamie nella nostra stanza. È sdraiato sul letto e fissa il soffitto, col viso privo di espressione. Le tende sono aperte ma la stanza è buia, il suo volto è pieno di ombre grigie.

Mi avvicino, fermandomi accanto al letto. Mi si riempiono gli occhi di lacrime. «Jamie, cerca di capire. Ho agito così perché dovevo fare qualcosa per cambiare la mia vita. Faceva schifo...»

Lui geme. «Vorrei che me lo avessi detto. Mi sembra di non conoscerti più... È questa la cosa che fa più male. Mi hai mentito. Per cinque anni.»

«Il mio passato e tutto quello che ti ho detto sui miei genitori è vero...»

«Sì, però neanche di loro mi hai mai raccontato molto. Sei sempre stata molto evasiva sul tuo passato. E ora so perché.»

«Ti ho detto che mia madre è morta per un embolo. Ed è vero. Ti ho... ti ho mentito solo riguardo all'università...»

«E sul tuo nome, Cristo santo. Perché non me l'hai detto? Mi hai fatto sentire in colpa per non averti detto che stavo dando una mano a Hannah e che l'avevo tradita quando stavo all'università...» Gli viene da piangere, ma fa uno sforzo per continuare. «Mentre tu, per tutto questo tempo, mi hai tenuto nascosta una cosa del genere. Sapevo che c'era qualcosa che non mi dicevi. Ho sempre pensato che fosse strano che non volessi mai tornare nello Yorkshire, che non parlassi mai dei tuoi genitori o della Thailandia. Ma una cosa del genere proprio non... Mi hai ingannato. E non ce la faccio neanche a concepire che tu sia stata capace di una cosa del genere.»

Mi siedo sul bordo del letto. Le lacrime mi rigano il viso e mi cola il naso. Mi asciugo gli occhi con la manica e mi pulisco il naso col fazzoletto ormai ridotto a brandelli. « Non avresti capito. Non potevo dirlo a nessuno. E non ho fatto del male a nessuno, Jay. Non sapevo che Beth fosse sposata. Avevamo solo ventun anni quando ci siamo incontrate. Era giovanissima. Poi lei aveva deciso di rifiutare quella borsa di studio... e io sono una brava insegnante. Io sono... » Mi nascondo il viso tra le mani e piango. Sento cigolare il letto e poi le braccia di Jamie intorno a me. « Mi dispiace tanto. Mi dispiace così tanto », dico affondando il viso sulla sua maglietta.

Quando mi sveglio la stanza è completamente buia e silenziosa. Troppo silenziosa. Jamie non è accanto a me. Le mie paure sono confermate quando mi giro e vedo che la sua parte di letto è vuota. Sono ancora vestita, ma ho freddo. Prendo un cardigan e vado di sotto in punta di piedi, per non svegliare Sylvia o Katie.

Jamie è seduto su una delle poltroncine di vimini in veranda, guarda il giardino illuminato dalla luna. Sembra un paesaggio magico. Indossa la stessa maglietta di prima e i boxer che gli ho regalato lo scorso Natale.

Mi siedo accanto a lui e gli prendo la mano. Lui me lo lascia fare. E restiamo seduti così, in silenzio, per ore.

33

Un nuovo inizio. È questo che vuole Jamie. Niente più bugie. E l'unico modo per farlo è dire tutta la verità e pagarne le conseguenze. La mattina dopo, mentre facciamo colazione con Katie e Sylvia, racconto tutto quanto.

Katie resta a bocca aperta, ma fa cadere il coltello sul piatto. « Lo sapevo! Sapevo che c'era qualcosa di *strano*! »

Lo sguardo di Sylvia è quello di una persona delusa.

Mi ferisce. Abbasso gli occhi. « Mi dispiace. » Chiedere scusa non è abbastanza.

Katie mi guarda incredula. « Ti sei appropriata dell'identità di una ragazza morta! È orribile! » Si gira verso Jamie. « Voglio sperare che non le perdonerai una cosa del genere. Ha mentito per anni. Cos'altro ti ha tenuto nascosto? Come puoi fidarti di lei, a questo punto? Ti ha sposato sotto falso nome. È una schifosa bigama. »

Jamie parla con un tono di avvertimento. « Non è vero, Katie. »

« Be', di certo non è degna di fiducia. Se non sbaglio, è un reato appropriarsi dell'identità di qualcun altro. Non posso credere che la difendi ancora. Sei un fesso. » Poi torna a guardare me, furiosa. « E tu sei una criminale. Andrai a confessare tutto alla polizia, vero? Perché, se non ci vai tu, ci penso io. »

Sylvia posa una mano sul braccio della figlia. « Katie, così non sei d'aiuto. »

Katie spinge via la mano della madre e si alza. «Per quale motivo dovrei aiutare questa stronza? Basta, me ne vado.» Prende la giacca di jeans dallo schienale della sedia e se ne va infuriata. Qualche secondo dopo, sentiamo sbattere la porta di casa.

Fisso il mio piatto, abbattuta.

La voce di Sylvia è ferma, però gentile. «Mi dispiace per come si è comportata Katie. È sempre stata impetuosa. E vuole molto bene a suo fratello. Su una cosa sono d'accordo con lei, però: devi andare alla polizia, Libby. Chiamerò il mio avvocato, d'accordo? È la migliore che c'è a Bath.» Poi mi stringe la mano. «Fai parte della nostra famiglia. Ti vogliamo bene e ti aiuteremo. Non è vero, Jamie?» Lancia un'occhiata al figlio, poi si alza e lascia la stanza.

Io la seguo con lo sguardo, incredula.

«Ho sempre pensato che tua madre mi odiasse», dico a Jamie, mentre andiamo all'appuntamento con l'avvocato.

Jamie si è fatto la doccia ed è bellissimo. Sembra molto più giovane, coi jeans e con la camicia di lino a maniche corte. Mentre ci preparavamo, prima, mi si è stretto il cuore a vederlo scegliere con cura come vestirsi. Stava facendo uno sforzo. Per me.

Il sole splende e il cielo è azzurro, c'è solo qualche nuvola. È la tipica bella giornata di primavera, in cui pensi che non possa accadere niente di brutto. Mi sento ottimista: supereremo questa storia e Jamie piano piano mi perdonerà. Volteremo pagina e da ora in avanti ci diremo solo la verità. So bene che perderò il lavoro, che probabilmente non potrò mai più insegnare, e l'idea mi devasta, ma il pensiero di perdere Jamie mi terrorizza.

« A volte è burbera, ma è leale. Come me. » Mi prende la mano e me la stringe con dolcezza. Poi si ferma di colpo, in mezzo al marciapiede.

Una signora che camminava a testa bassa gli finisce quasi addosso, poi sbuffa e se ne va.

« Cosa c'è? »

È molto serio e ho paura che stia per dirmi che ha cambiato idea. Mi sembra che il cielo si oscuri un po'.

Jamie mi prende la mano e parla in tono solenne. « Devi promettermi una cosa, Libs. Basta bugie. »

« Te lo prometto. Basta bugie. »

Arriviamo allo studio dell'avvocato, che ci riceve subito. Melanie Finch è una donna sulla cinquantina, alta, magra e molto affascinante. Ha i capelli neri neri con una ciocca bianca davanti. Mi ricorda Anne Bancroft nel *Laureato*. Mentre le racconto tutto, il più chiaramente possibile, lei prende appunti su un taccuino rilegato in pelle. Jamie mi tiene la mano per tutto il tempo. Quand'ho finito, lei si appoggia allo schienale della sedia e mi guarda.

« Verrà intentata un'azione legale contro di lei? » le chiede Jamie.

Lei guarda prima lui e poi me, e parla con voce calma e chiara. « Sì, verrà intentata un'azione legale contro di lei, perché si è appropriata dell'identità di un'altra persona. »

« Andrò in prigione? »

« È difficile, perché non ha precedenti. È probabile che le concederanno una sospensione condizionale della pena e le faranno fare lavori socialmente utili. Ma non posso prometterglielo, perché dipenderà molto dal giudice. Però rischia di essere accusata di qualcosa di molto più grave. Un uomo è stato assassinato nel vostro giardino. Lei e Jamie sarete sulla lista dei sospettati. » Consulta i suoi appunti. « Vedo che l'ispettore Hartley vi ha già interrogato. E mi pare di capire che non gli avete ancora raccontato nulla, per fortuna. Qui c'è scritto che la vittima è stata vista viva l'ultima volta mercoledì 5 aprile, e che l'ora stimata della morte è tra le cinque e le sei di pomeriggio del giorno dopo. Ricordate dov'eravate? »

Provo un enorme sollievo. « Sì. Eravamo in Cornovaglia. Mercoledì 5 era il giorno in cui Jamie si è sentito male ed è stato portato al Falmouth Hospital. Può verificare. Non possiamo essere stati noi a uccidere Sean. Siamo tornati a Bath la sera tardi di giovedì. » Sono così contenta che alzo la voce.

Melanie Finch sorride. « Verificherò, ovviamente. Ma è una buona notizia. »

Il giorno dopo, la polizia vuole interrogarmi di nuovo e Melanie Finch mi accompagna alla stazione. Mi ha consigliato di ammettere tutto.

L'ispettore Hartley e la sua collega, la sergente Trott, ascoltano in silenzio mentre registrano la mia dichiarazione.

« Sean deve avere orchestrato lo scambio di case per potermi fare qualcosa di brutto... pensando che fossi Beth. È l'unica spiegazione che riesco a darmi. »

« E la storia finisce con lui morto ammazzato. Che coincidenza », commenta Hartley con tono di scherno.

« Forse aveva dei nemici. Io e Jamie eravamo in Cornovaglia, quella settimana. Nella casa in cui Sean aveva lavorato come operaio. E il giorno in cui è stato assassinato eravamo in ospedale, perché Jamie aveva un'intossicazione alimentare... proprio a causa del cibo che Sean ci aveva lasciato in frigo... »

Melanie passa loro un foglio di carta. « Qui c'è la conferma da parte del Falmouth Hospital, ma verificate pure voi stessi. Il reato peggiore che ha commesso la mia assistita è essersi appropriata dell'identità di un'altra persona. »

Hartley mi guarda compiaciuto. È contento che la pagherò, per un motivo o per l'altro. La mia carriera è rovinata. Mi si spezza il cuore a pensare che non potrò più insegnare. Mi ritrovo al punto di partenza. Poi però penso a Jamie, a mio marito, all'amore della mia vita e al fatto che è ancora accanto a me. Allora capisco che non mi ritrovo affatto al punto di partenza. Mi aspetta solo un futuro diverso da quello che immaginavo. Tutto qua.

Jamie mi aspetta fuori dalla stazione di polizia. Quando lo vedo, corro ad abbracciarlo. Mi sento molto più leggera.

« D'ora in poi dovrò chiamarti Karen Fisher? »

« Spero proprio di no. Mi piace il nome Libby Hall. »

Mi bacia. « Lo sai che il nostro matrimonio non è più legale, vero? Significa che dovremo sposarci di nuovo. »

« Saremo solo io e te, stavolta. Una cerimonia intima. Noi due e basta », gli dico, gettandogli le braccia al collo.

Un nuovo inizio. Ricominceremo da zero. E finalmente potremo buttarci alle spalle il passato.

34

Aprile diventa maggio. Solo quando guardo il calendario mi rendo conto che non ho il ciclo da mesi. Ovviamente dopo l'aborto spontaneo mi si è sballato tutto, ma di certo a quest'ora sarebbe dovuto tornare. Potrebbe essere in ritardo per lo stress delle ultime settimane e non oso sperare, quando esco a comprare un test di gravidanza.

Quando rientro chiamo Jamie e lui mi segue in bagno, perplesso e speranzoso. Poi aspettiamo e vediamo che la lineetta blu del test diventa una croce. Positivo. Jamie s'illumina, grida di felicità, mi prende in braccio e mi fa girare, facendomi sbattere un piede contro la porta.

Nei giorni successivi oscillo tra la felicità più assoluta e l'ansia e la tristezza. Non ho altra scelta che dimettermi. Scrivo una lettera a Felicity in cui le spiego tutto, dicendole che non me la sento più d'insegnare. Le dico che adesso ho la fedina penale sporca e che ho mentito, quand'ho accettato il posto nel corso di specializzazione per l'insegnamento. Non ce la faccio neanche a pensare alla brutta figura che farà la scuola quando si saprà la notizia, perché col processo l'informazione diventerà di pubblico dominio. Già m'immagino cosa diranno i giornali. Non rispondo alle chiamate di Cara: non ce la faccio a parlarle, preferisco evitarla. E so che non posso scappare da questa situazione. Non stavolta.

Hannah ha accennato all'accaduto solo una volta,

quando io e Jamie abbiamo scoperto di aspettare un bambino. Eravamo in giardino, vicino alla dépendance, e lei mi studiava con lo sguardo freddo. Felix si rotolava sull'erba e si godeva il sole mentre io mi tenevo una mano sul grembo, incapace di non sorridere ogni volta che pensavo al bambino. Lo chiamiamo Lenticchia, perché secondo noi a quest'ora sarà più o meno grande così, anche se in realtà non ne abbiamo idea. Abbiamo deciso di non dirlo a nessuno, per ora: aspettiamo che siano passati i primi tre mesi.

Per cui Hannah non ne sapeva nulla, quando quel giorno mi ha detto, in tono calmo ma gelido: « Non ti azzardare più a farlo soffrire ». Il suo sguardo era duro, polemico, di sfida.

L'ho guardata negli occhi, esterrefatta. « Non lo farò », le ho risposto, secca, poi me ne sono andata via.

Ultimamente sembro Katie: vado avanti e indietro senza uno scopo. A volte vengono a trovarci Hannah e Felix, di solito quando lui esce da scuola e lei finisce il turno all'agenzia immobiliare in cui lavora. Non che lei mi parli. Ho la sensazione che passi solo perché le serva una babysitter. Per cui trascorro il tempo con Felix, mentre Hannah parla con Katie. Quelle due se ne stanno sempre insieme, chiacchierando fitto in veranda o in giardino, e si dimenticano di Felix. Sono sicura che parlino di me.

Ogni tanto la trovo in cucina con Jamie, davanti a una tazza di tè. Quando arrivo, il suo sguardo si spegne, come se le sue batterie si esaurissero. Sembra che riesca a ricaricarle solo con Jamie e la famiglia Hall. Quando li vedo insieme, devo ricordarmi che Jamie ama me, che è con me che avrà un bambino. Ma non riesco a togliermi dalla testa il pensiero che forse Hannah sarebbe stata una moglie migliore. Che non gli avrebbe mai mentito come ho fatto io.

Stiamo da Sylvia da quasi un mese quando ricevo la chiamata di Melanie Finch. All'inizio penso che mi debba comunicare la data del processo, e invece, con mia immensa gioia, scopro che mi ha telefonato per dirmi che è stato arrestato un uomo per l'omicidio di Sean. « A quanto pare, Sean Elliot era invischiato in un mucchio di traffici illeciti e aveva molti nemici. Un uomo cui doveva dei soldi è stato visto in zona intorno all'ora in cui Sean è stato ucciso. Lei e Jamie siete liberi di tornare a casa vostra. »

Riaggancio, sollevata. Possiamo tornare a casa. Corro da Jamie a dargli la bella notizia. Per quanto sia stata bene a casa di Sylvia - molto più di quanto mi sarei aspettata -, sono felice di potermi allontanare dall'ostilità di Hannah e dal disprezzo di Katie, che mi rivolge a malapena la parola. So di meritarmelo, ma Jamie e il resto della famiglia mi hanno perdonato. Perché non può farlo anche lei?

Quella sera, mentre siamo a letto, Jamie si gira verso di me e si appoggia a un gomito. Mi accarezza la pancia, che sporge appena. « Lo sai che dovremo vendere la casa, vero, Libs? »

Annuisco, ma è buio e non so se mi vede.

« Non ce la possiamo più permettere, ora che tu non lavori. Io non guadagno ancora abbastanza, però abbiamo un po' di risparmi. La cosa migliore, secondo me, è spostarci un po' più fuori. Magari in un paesino vicino a Bristol. Lì potremo comprare una casa più grande coi soldi che abbiamo. »

La prospettiva di una casa più grande lontano da qui mi riempie di gioia. Magari riusciamo a prenderne una col giardino per Ziggy e per Lenticchia. « Credo sia una buona idea. Un nuovo inizio. »

Jamie si mette a sedere. « Che ne diresti se ci rivolgessimo all'agenzia immobiliare in cui lavora Hannah? Ci potrebbero stimare la casa. »

Non vorrei coinvolgere Hannah, ma gli dico di sì lo stesso. Se, in questo momento, Jamie mi chiedesse di correre nuda in giardino, lo farei, pur di farlo felice e mantenere l'equilibrio che abbiamo raggiunto.

Il weekend successivo siamo di nuovo a casa nostra. Ha lo stesso odore di prima, di cane e di panni umidi. C'è però anche un profumo dolciastro, come d'incenso. Ziggy è felice di essere tornato in un posto dove può sdraiarsi sul divano, visto che a casa di Sylvia non aveva il permesso.

Mi siedo accanto a lui. « Fa un po' strano essere di nuovo qui. È cambiato tutto. » *Noi siamo cambiati.* Quando ce ne siamo andati, eravamo così di corsa che non abbiamo neanche tolto le tazze sporche dal tavolino. La bustina di tè ha fatto la muffa. Dal disordine è evidente che la polizia ha perquisito la casa. L'armadietto che Jamie usa per il lavoro è stato svuotato e c'è una pila di documenti ancora per terra. I cassetti dei comodini sono aperti. Melanie ci ha detto che hanno portato via degli oggetti per analizzarli, e a guardarsi intorno sembra che la casa sia stata svaligiata dai ladri. Degli sconosciuti hanno messo il naso nelle nostre cose. La prospettiva di vendere l'appartamento mi rende ancora più felice.

Jamie sta alla finestra e guarda fuori. Sono certa che è preoccupato di chi possa presentarsi alla nostra porta. Uomini senza nome e senza volto che ci tengono d'occhio per colpa di quel sito porno. La polizia è riuscita a farlo disattivare, ma abbiamo ancora paura: il nostro indirizzo è rimasto visibile troppo a lungo.

Jamie sospira. « Quante cose sono successe. Non riesco a capacitarmene. »

« So che non faccio che ripeterlo, Jamie, però mi dispiace tanto. Sarebbe potuta andare molto peggio, comunque. »

« Cosa intendi? » È allarmato, come se temesse che stia per rivelargli un altro segreto, un'altra bugia.

La cosa mi rende molto triste. Perché è solo colpa mia. Chissà se le cose torneranno mai come prima.

« Parlo di Sean. Penso a quello che avrebbe potuto farci. Chiunque lo abbia ucciso, ci ha fatto un favore », dico, rabbrividendo. È stato qui dentro, in casa nostra. Cosa aveva in mente di farci? Ci ha rubato i soldi dal conto e ha inviato bigliettini d'amore a una vicina fingendosi Jamie. Un uomo davvero maligno. Per la prima volta penso a ciò che ha passato Beth. Non mi meraviglia che quella poveretta fosse scappata in Thailandia per sfuggirgli.

Jamie è turbato. « Credo che avrebbe potuto ucciderci. È per questo che ci pedinava quando stavamo in Cornovaglia. E il corpetto trovato in giardino era una minaccia. Non sapremo mai cos'aveva in serbo per noi. »

Mi sveglio nel cuore della notte. È caduto qualcosa al piano di sopra. Mi metto subito a sedere, col cuore in gola. Jamie continua a russare di fianco a me. Ascolto i rumori confortanti della casa: il ronzio del frigorifero, i ticchettii dei termosifoni, lo sfrecciare sporadico di una macchina. Forse mi sono sbagliata? Tendo le orecchie. Niente. Sto per rimettermi sotto le coperte quando lo sento di nuovo.

Sì, qualcosa è caduto al piano di sopra. Il mio primo pensiero è che siano entrati i ladri a casa di Evelyn.

Sveglio Jamie, scuotendolo piano. «Jamie. C'è qualcuno di sopra.»

Lui si lamenta e prende il cellulare. Lo schermo illumina la stanza mentre Jamie si sforza di leggere l'ora. «Oddio, ma sono le quattro del mattino.»

«Hai sentito quel rumore? C'è qualcuno a casa di Evelyn. Dobbiamo chiamare la polizia?»

Ormai è del tutto sveglio anche lui. Ha i capelli spettinati e in circostanze diverse mi metterei a ridere, però adesso ho così tanta adrenalina in corpo da avere il capogiro.

Jamie piega la testa, come fa Ziggy quando ascolta qualcosa. «Io non sento niente.»

Ho il cuore che batte all'impazzata. Mi metto una mano sul petto per cercare di calmarlo. Quest'agitazione non fa di certo bene al bambino. «Ho sentito un tonfo.»

Jamie si passa una mano tra i capelli. «Non ci vive più nessuno, a casa di Evelyn. Perché dovrebbe andarci qualcuno?»

«Per rubare?» Mi tolgo il piumone e mi alzo dal letto. Vado alla finestra e guardo attraverso le tende. La strada è buia, il cespuglio di rose sbatte contro il vetro per via del vento. Non so bene cosa mi aspetti di vedere, ma comunque non c'è anima viva là fuori, solo un gatto che attraversa la strada e il coperchio di un bidone per terra. Forse è quello che ho sentito? Il coperchio del bidone che cadeva a terra? Eppure mi era proprio sembrato che venisse dal piano di sopra. Forse è solo la mia immaginazione, visto che mi manca Evelyn. È triste che non ci sia più, con le sue stramberie, la radio troppo alta e le sigle delle sue soap opera preferite. A volte dimentico che non è più di sopra a preparare il tè e a lavorare a maglia.

« Torna a letto. Sarà stato un animale o qualcosa del genere. »

Mi rannicchio accanto a lui, che si riaddormenta subito, mentre io resto sveglia. Anche casa di Evelyn è stata messa in vendita. È stato un suo nipote a prendere la decisione. Per quanto ne sappia, però, tutte le sue cose - foto, mobili, vestiti - sono ancora lì. Mi piacerebbe tanto salire di sopra, nel suo bel salotto, in cui mi sono sempre sentita al sicuro. Ci sarà davvero qualcuno in casa sua, adesso? O è solo una paranoia? Dopo tutto quello che è successo negli ultimi mesi, non me ne stupirei.

Passiamo la domenica a pulire casa, cercando senza successo di togliere l'odore di cane dal divano e dai tappeti. Accendo candele, passo l'aspirapolvere, spolvero e sistemo. Mi ci vogliono tre ore, ma alla fine posso dirmi soddisfatta. Finalmente è pronta. Domani possiamo contattare l'agenzia immobiliare e iniziare a cercare un'altra casa.

Jamie porta Ziggy a fare una passeggiata mentre io finisco di sistemare la cucina. Domani ho un appuntamento dal medico. Secondo i miei calcoli, sarò alla sesta o settima settimana di gravidanza, il che spiegherebbe il senso di nausea che mi porto dietro dalla Cornovaglia e che non era quindi dovuto solo all'ansia. Cerco di non pensare a come faremo coi soldi, adesso che non lavoro più. Mi mancano la mia classe e la scuola. Voglio restare positiva, però. So di essere fortunata. Le cose si aggiusteranno, ne sono sicura. Mi ritrovo a canticchiare mentre finisco di pulire e allora accendo la radio e cerco qualcosa di ballabile. Nonostante tutto, mi sento ottimista. Oggi è una bella giornata serena e fa caldo, ma non troppo. Io e Jamie siamo più vicini che mai, ora che non ci sono più segreti tra noi. Lui continua a chiamarmi Libby, che è proprio ciò che voglio. Karen ormai è un'altra persona.

Alla radio passa una canzone di Justin Timberlake e mi metto a ballare, quando sento la porta di casa che sbatte. Sarà Jamie, rientrato prima del solito dalla passeggiata. Vado in corridoio, felice che sia tornato e di potergli mostrare quant'è carina la casa, adesso che è pulita e sistemata. Il suo volto però è preoccupato.

« Cosa c'è? » gli chiedo, ma subito dopo vedo Ziggy, che è accasciato e ha gli occhi tristi. Mi accovaccio vicino a lui. « Ziggy, come stai, bello? »

Gli accarezzo la testa, però lui si muove a malapena e fa un lamento che mi spezza il cuore.

Jamie gli toglie il guinzaglio, ma Ziggy rimane fermo. « Mi sa che dobbiamo portarlo dal veterinario, Libs. Ha qualcosa che non va. »

In quel momento Ziggy rantola, poi comincia a tremare e riversa gli occhi indietro.

Mi prende il panico e mi alzo. « Cos'ha? »

« Sembra una crisi epilettica. Dobbiamo portarlo in macchina. Andiamo, il veterinario è aperto ventiquattr'ore su ventiquattro. »

Ziggy è così pesante che dobbiamo portarlo in due. Lo adagiamo sul sedile posteriore, poi io torno in casa a prendere una coperta e un asciugamano. Quando sono di nuovo in macchina, Ziggy non ha più le convulsioni. È fermo. Troppo fermo.

Salgo sul sedile posteriore vicino a lui e gli metto una mano sulla pancia. Sono sollevata quando la sento alzarsi e abbassarsi. « È svenuto. Svelto, Jay. Dobbiamo andare dal veterinario, ora! »

Jamie sbianca. Accende il motore e sgomma fuori dal parcheggio. Io alzo lo sguardo e mi sembra di vedere un'ombra alla finestra, come se qualcuno ci osservasse da dietro le tende ingiallite della finestra di Evelyn.

35

Beth

Sono rimasta ferma a osservare e ad aspettare il momento giusto.

Ho visto la polizia che andava e veniva, portando via il corpo di Sean in un sacco. Ho guardato la scientifica che perlustrava il giardino e la casa. Quando ho capito che i poliziotti non sarebbero tornati, sono entrata in casa di Evelyn. Non avevo scelta. I soldi che ho me li devo far durare e il B&B in cui sono stata nelle ultime sei settimane era troppo costoso. Devo decidermi ad andare dall'avvocato di mio padre per vedere se quello stronzo mi ha lasciato qualche spiccio. La foto di Karen sul giornale aveva fatto passare questa cosa in secondo piano.

E poi, ieri, li ho visti arrivare e scendere dalla macchina tutti felici e contenti, con quel cane rincoglionito al seguito. Sono riusciti a riprendersi la loro vita con la stessa facilità con cui ci s'infila un paio di jeans.

Se le hanno permesso di tornare a casa vuol dire che non è tra i sospettati. Di certo non lo sono neanch'io. Perché io sono come un fantasma, vado e vengo senza lasciare traccia. Ho pagato tutto in contanti, i *suoi*.

È facile rovinare qualcuno che ti crede morta.

Non ho molte cose. La maggior parte l'ho lasciata a Barcellona. Ho solo una valigia, passaporto e telefono.

E la foto. La guardo tutte le sere. È l'unico ricordo che ho di lei, la mia bellissima principessa. Dormo in una delle stanze che Evelyn non usava, e si vede: c'è uno spesso strato di polvere su tutte le superfici, sulle foto e sui tappeti. C'è puzza di umidità e di chiuso.

Hanno messo un cartello alle finestre per annunciare che la casa è in vendita. È un po' rischioso stare qui, quando potrebbe venire gente a visitare in qualsiasi momento. Se penso ai possibili acquirenti, me li immagino come cornacchie che girano tra le cose di quella cara signora e gracchiano davanti ai suoi mobili d'epoca. Ma è un prezzo basso da pagare per stare vicino a Karen.

Perché non ho ancora finito con lei, deve ancora soffrire. Non sa proprio cosa l'aspetta.

Domenica sento un po' di confusione. Corro alla finestra, scosto la tenda di merletto di Evelyn e vedo Karen e Jamie che mettono il cane sul sedile posteriore dell'auto. Non sono un'amante dei cani, preferisco i gatti. I cani sono troppo appiccicosi, troppo bisognosi di piacere e di essere amati. Ed è verissimo che voglio che Karen soffra, però non vorrei mai che ci rimettesse il cane, che è solo un essere indifeso, alla fine.

Karen alza lo sguardo verso la finestra, ha gli occhi pieni di dolore e di lacrime. Io mi ritiro subito nell'ombra. Come un fantasma. Perché è così che mi piace.

36

Libby

Ci dicono che Ziggy è in condizioni critiche. Non riesco a frenare le lacrime mentre lo saluto e gli do un bacio tra il naso e la bocca, dove gli crescono i baffi. È il mio punto preferito. « Ti voglio bene. Ci vediamo domani. » A vederlo su quel gelido tavolo di metallo, con la flebo in una zampa e gli occhi chiusi, mi si spezza il cuore. « Non può morire. » Piango, col naso che cola e con le lacrime che bagnano persino la camicetta.

« Non morirà », insiste Jamie. Mi prende la mano. La sua è calda e sudata. Si vede che non ci crede neanche lui, il sorriso e il tono sono forzati. Ha gli occhi rossi e non riesce a staccarli dal nostro amato cane.

Il veterinario, Owen, entra nella stanza in divisa verde e con un asciugamano. È abbastanza giovane, ma ha comunque un'aria molto calma e professionale. È il dottore di Ziggy da quando lo abbiamo preso con noi. « Sarà in buone mani, stanotte. State tranquilli: faremo tutto il possibile. La flebo dovrebbe aiutarlo a espellere il veleno. Vi chiamo se ci sono novità. »

Veleno? Stringo forte il braccio di Jamie mentre torniamo all'auto. « È stato avvelenato, Jay. Chi farebbe mai una cosa del genere? » Penso alla figura che ho visto alla finestra di Evelyn. Perché non riesco a togliermi di dosso la sensazione che qualcuno ci stia ancora alle calcagna, benché Sean Elliot sia morto?

«Potrebbe aver mangiato qualcosa durante la passeggiata. Però sto sempre molto attento. E poi era un po' strano anche prima di uscire, non era il solito Ziggy. Non l'hai notato anche tu?»

Saliamo in macchina e restiamo per un po' davanti allo studio del veterinario. Non ce la facciamo ad andarcene. Sembra davvero brutto lasciare Ziggy lì da solo. Mi tocco il ventre. La pancia sporge solo un po', così poco che quasi non si nota, ma mi sento già protettiva nei confronti del bambino. Il mio ottimismo comincia a vacillare, messo a dura prova dal pensiero di tutti i pericoli che potrebbero esserci per nostro figlio. Sono così in ansia che comincio a tremare. Riuscirò a proteggerlo? E se succede di nuovo qualcosa di brutto?

«Non voglio lasciarlo qui, Libs», dice Jamie, affranto. Poi scoppia a piangere.

Sono senza parole. Non credo di averlo mai visto piangere, non così, almeno. Singhiozza disperato, e la cosa mi spaventa. Gli metto una mano sulla spalla e sussurro parole di conforto, per lui ma anche per me stessa. Lui allora si gira e mi tira a sé con forza. Ci abbracciamo con la leva del cambio in mezzo. Sebbene la posizione sia scomodissima, restiamo così per un sacco di tempo.

Il sole comincia già a calare quando arriviamo a casa. Il nostro marciapiede è all'ombra. Sono consapevole di avere gli occhi rossi e il viso gonfio di pianto. Sono contenta che la nostra via sia molto tranquilla come tutte le domeniche pomeriggio. All'ombra fa freschetto e rabbrividisco mentre Jamie tira fuori dalla tasca le chiavi di casa.

L'appartamento sembra così vuoto senza Ziggy che ci corre incontro. Il dolore si rinnova quando vedo il guinzaglio a terra, dove l'abbiamo lasciato nella fretta di uscire. Lo raccolgo e me lo stringo al petto, inspirandone l'odore.

Mentre Jamie si china a slacciarsi le scarpe, noto che c'è una busta infilata nella fessura della posta. Sono sicura che prima non c'era. O forse sì? Anche se ci fosse stata, sicuramente non l'avremmo notata, preoccupati com'eravamo per Ziggy. La prendo e la apro, ma me ne pento subito. Leggo quello che c'è scritto e le parole mi si confondono davanti agli occhi. Parole terribili, dolorose.

« Cos'è? Come mai ti hanno inviato le tue cartelle cliniche? Le hai richieste tu? » mi chiede Jamie sbirciando da dietro.

« No, così... niente. » Cerco d'infilare i fogli nella busta, però si piegano nel verso sbagliato.

« Libby, che succede? »

« Niente... niente... Vado a mettere su il tè. » Me le infilo sotto il braccio e affretto il passo verso la cucina, ma lui mi viene dietro.

« Come mai non rispondi? Perché hai richiesto le tue cartelle cliniche? »

Come faccio a dirgli che non l'ho fatto? Le metto a faccia in giù sul tavolo e vado ad accendere il bollitore. Quando mi giro, vedo che Jamie ha preso i fogli. Glieli strappo di mano, furiosa. « Ma cosa fai? Sono cose private! Cosa diavolo credi di fare? »

Lui mi guarda, ferito. « Cose private? Guarda che è mio figlio che porti in grembo! Perché non posso vedere le tue cartelle cliniche? Se vuoi leggi pure le mie... io non ho niente da nascondere. Tu, invece? »

Niente più bugie. Glielo avevo promesso. Trattengo a

stento le lacrime. « Mi dispiace... » Gli consegno i tre fogli e resto a guardare mentre lui legge la prima pagina e il suo sguardo diventa a mano a mano più cupo.

Quando ha finito di leggere, mi guarda. « Hai avuto un aborto? »

Prendo in considerazione l'ipotesi di mentirgli, di dirgli che quelle sono le cartelle mediche di Elizabeth Elliot, non le mie. Ma non avrebbe senso. E poi le date non tornerebbero. Ormai sa quando ho smesso di essere Karen Fisher. Annuisco e abbasso lo sguardo sul mio grembo, come se avessi tradito il bambino che cresce dentro di me.

« Perché? »

Faccio un sospiro. « Io e il padre non stavamo insieme. L'avevo conosciuto in Thailandia. Credevo di essere innamorata. Non sapevo di essere incinta. Ero tornata in Inghilterra con una nuova identità, avevo voltato pagina per sempre. Avevo cominciato il corso di specializzazione solo da un mese quando ho scoperto di essere incinta. Non potevo... tenerlo. Avrebbe significato dover rinunciare a tutto quanto. »

« Perché non me l'hai detto? »

Lo guardo negli occhi. Sono pieni di delusione. « Perché... » Mentre parlo risento le parole di Katie, come se fosse qui in cucina davanti a me. *Non essere perfetti non vuole dire essere deboli, sai?* « Perché non volevo che pensassi male di me. Non volevo che questa cosa rovinasse l'opinione che hai di me. Perché io in teoria sono un'insegnante, amo i bambini. Eppure ho scelto di abortire il mio. »

« Credi davvero che lo avrei pensato? Che non avrei capito? Non sono contro l'aborto. E non avrei pensato male di te. Sono le bugie che mi fanno pensare male. E te lo avevo chiesto. Ti avevo chiesto se c'era qualcos'altro che ancora non mi avevi detto. Avresti potuto dirmelo. Ma non l'hai fatto. Non credo che tu sia perfetta, Libby. Non mi aspetto che tu lo sia.» Scuote la testa, perplesso. «Che diavolo ti passa per la testa, Libby? Anzi, Karen, o come cavolo ti chiami. Chi sei?»

Sto piangendo. «Sono Libby. Sono la tua Libby.»

«No, non lo sei.» È gelido. Mi ridà i fogli e io me li stringo al petto. La carta fa rumore quando si accartoccia. Jamie esce dalla cucina e io gli vado dietro.

Lo guardo in silenzio mentre si rinfila le scarpe da ginnastica che si è appena tolto. Poi prende la giacca dall'appendiabiti ed esce senza dire una parola.

Mi addormento tra le lacrime, quella notte, rannicchiata nel letto con la coperta sopra la testa. Jamie torna a casa tardi. Lo sento che sbatte addosso ai mobili e mi chiedo se sia ubriaco. Con chi è stato? Sua madre? Hannah? Quando non lo vedo venire in camera, mi metto la vestaglia e vado in salotto, dove lo trovo già addormentato sul divano. Russa, ancora vestito.

La mattina dopo mi sveglia il telefono. So già che è il veterinario. Owen mi spiega con delicatezza che Ziggy non ce l'ha fatta, nonostante tutti i loro sforzi: il suo cuore ha ceduto. Mi cade il cellulare a terra e lo schermo si spacca sulla foto che ho come salvaschermo: uno scatto di me, Jamie e Ziggy insieme. Come una famiglia felice.

37

Corro in bagno e vomito nel water. Poso la testa sul bordo della tazza, con l'odore di detergente per il bagno che mi fa tornare i conati.

Ziggy se n'è andato. Il pensiero mi stravolge e ricomincio a piangere. Poi sveglio Jamie. Mi fa male dovergli dare una notizia del genere.

Lui si gira sulla schiena. Puzza di sudore e di alcol. Mi guarda e richiude gli occhi. « Non mi va di parlarti. »

« Jay. Si tratta di Ziggy. »

Spalanca subito gli occhi. Sono rossi e assonnati. « Che c'è? Che è successo? »

Le lacrime mi scorrono sul viso. « Non... non ce l'ha fatta. »

« No. » Gli trema la voce.

Nonostante le nostre divergenze, lo abbraccio e lui piange sulla mia spalla. Più tardi, dopo essersi rasato e fatto la doccia, si mette a sedere sul divano, il più lontano possibile da me. Questa distanza mi ferisce. Perché stiamo sempre seduti vicini, abbiamo sempre qualche parte del corpo a contatto: le mani, i piedi, le cosce. Si schiarisce la voce. « Senti, mentre ti vestivi ho chiamato Owen. Ziggy è stato avvelenato. Ma non sappiamo con cosa. Ovviamente con della roba molto forte, visto che l'ha ucciso. » Gli fa male doverlo dire. « Non riesco a non pensare che qualcuno lo abbia fatto apposta. »

Mi vengono i brividi. «Cosa?»

«Non è morto perché ha mangiato qualche bacca o erba velenosa. Aveva una grossa quantità di veleno in corpo, Libs. Abbastanza da causargli un arresto cardiaco. Ho raccontato a Owen di Sean. Di tutto. La mia preoccupazione è che Sean non agisse da solo.»

Non riesco a seguirlo. «Ma chi può essere?»

«Che tu sappia, Beth aveva altri nemici? E tu ne avevi? Con chi altro viaggiavate?»

Alzo le spalle. «Gli altri li conoscevo poco.» A parte Harry. Riflettendoci, sapendo quello che aveva fatto con Beth, forse non conoscevo neanche lui. Alla fine era diverso da come credevo che fosse. «Abbiamo viaggiato insieme per qualche mese, però che motivo avrebbero di volermi fare del male?»

Jamie aggrotta la fronte. «Sei sicura? Che mi dici del ragazzo che ti ha messa incinta?»

Le sue parole sono affilate, mi trafiggono il cuore. «Harry non farebbe mai una cosa simile. Perché dovrebbe?»

«Eri incinta di suo figlio. Te ne sei andata e hai abortito.»

Abbasso gli occhi, toccandomi nervosamente la fede. «Sì, ma lui non ha mai saputo che ero incinta. E con ogni probabilità non si ricorda neanche il mio cognome. Perché è facile che sia stata solo una delle tante.»

Jamie si schiarisce la gola, evita di guardarmi negli occhi. «C'è un'altra cosa. Una cosa che non ti ho ancora detto e che ho scoperto solo venerdì. Volevo aspettare il momento giusto per parlartene, ma poi, con quello che è successo a Ziggy...»

«Cosa? Cosa vuoi dirmi?»

«Non voglio spaventarti, ma ho controllato in banca. I

soldi... ce li hanno presi *dopo* che siamo tornati dalla Cornovaglia. Quando Sean era già morto.»

Non riesco a credere alle mie orecchie. «Non è stato Sean a rubarci i soldi?»

«Non avrebbe potuto. E poi gli articoli che ti sono stati recapitati... anche quelli sono stati ordinati dopo. Probabilmente solo il sito è stato opera sua. Perché gli ci sarà voluto un po' a metterlo su.»

Mi prendo la testa tra le mani. Ho le vertigini. Dovrebbe essere un momento felice per noi questo: il primo anno di matrimonio, l'attesa del nostro bambino. Com'è possibile che vada tutto così storto?

Jamie non riesce a stare fermo. Quand'è preoccupato per qualcosa, fa sempre così.

«Che c'è?»

«È possibile, secondo te...» Esita e si passa una mano sul viso non rasato. «Insomma, potrebbe darsi che Beth *non sia* morta in quell'incendio?»

Scuoto la testa. «Assolutamente no.» Ma non gli posso dire perché ne sono tanto sicura. «Non è possibile che sia sopravvissuta. Te l'ho già detto. Era a letto e dormiva. Io sono riuscita a salvarmi solo perché ero già fuori.»

«Però mi hai detto che ci sono stati sopravvissuti.»

«Ho telefonato a tutti gli ospedali. Sono tornata all'ostello la mattina dopo. Niente.» Mi stringo nella vestaglia, ho freddo. «Senti, Jay, lo so che stai male per Ziggy. Ci soffro anch'io. Ma non possiamo pensare che qualcuno lo abbia avvelenato di proposito con l'intento di ucciderlo.» Forse è che non ci voglio credere. Perché non posso avere sulla coscienza anche la sua morte. «Per quello che riguarda i soldi che ci hanno preso, mi viene da pensare che magari chiunque abbia ammazzato Sean poi sia entrato in casa nostra, abbia trovato i dettagli del conto e ne abbia approfittato per rubarci i soldi.» Gli prendo la mano. «Adesso però lasciamoci tutto alle spalle, Jay. È stato un periodo terribile, tra la morte di Ziggy, la perdita del lavoro e tutto il resto. Ma avremo un bambino...»

Lui spinge via la mia mano e si alza. «Non posso. Mi dispiace. Ho bisogno di tempo.»

La paura mi attanaglia. Sembra così arrabbiato, così distante. Lo sto perdendo. «D'accordo. Sappi però che mi dispiace. Per le bugie. Ti amo e voglio riguadagnarmi la tua fiducia.»

Lui si sfrega il collo e non mi guarda. Ha gli occhi bassi, sul tappeto beige che avrebbe bisogno di una pulita. Tiene le spalle curve, è ferito. Vorrei tanto poterlo consolare, ma non me lo permetterebbe. «Non... non voglio lasciarti da sola a casa, però ho bisogno di stare un po' per conto mio. Andrò a lavorare dalla mamma durante il giorno. La sera tornerò a casa, così non dormirai da sola.» Si mette le mani in grembo. Non mi guarda. «Onestamente non lo so se riuscirò a perdonarti per avermi mentito di nuovo.»

L'ansia mi accompagna tutto il giorno. Provo un senso di lutto: ho perso Ziggy, Jamie, la mia vita. Quella vita bella e felice. Sì, certo, non era perfetta. Avevamo problemi di soldi e attriti con la madre, Hannah e Katie. Ma adesso mi sembrano tutte sciocchezze. Se mi dice che il nostro matrimonio è finito, allora niente avrà più senso.

Cerco di tenermi occupata durante il giorno, però è dura, considerato che non ho più un lavoro. Prendo appuntamento con la ginecologa e scopro di essere incinta di nove settimane. Mi dice che è ancora presto, che i rischi di un aborto spontaneo sono alti fino alla dodicesima. Cerco di non pensarci.

Piove e tira vento, in perfetta sintonia col mio umore. È buio e gli edifici sono tristi, grigi. Ogni tanto scoppio a piangere perché penso a Ziggy e a Jamie. Mi sento come se perdessi contatto con la realtà. Non riesco a non passare davanti alla scuola in cui lavoravo. Da fuori, attraverso il cancello, guardo i bambini che giocano in giardino. Resto dall'altra parte della strada, nascosta sotto l'ombrello, in modo che non mi riconoscano. Vorrei andare a consolare il piccolo Zac McMurray che è caduto a terra e si è sbucciato il ginocchio, oppure fare una carezza a Katrina Simmons che è stata messa in castigo e cerca di non piangere. Mi mancano così tanto che sento un peso nel petto che si espande come un tumore, togliendomi l'aria. Mi ricordo dell'attacco di panico che ho avuto a casa di Sylvia e cerco di fare come mi aveva detto lei: inspiro dal naso, espiro dalla bocca. Inspiro, espiro.

La casa adesso mi sembra troppo grande, vuota e inospitale. Ogni tanto dal piano di sopra sento un rumore, oppure le assi del pavimento che scricchiolano o l'eco di voci. Forse qualcuno è venuto a vedere la casa di Evelyn. Volevamo mettere in vendita anche la nostra, ma chissà cosa accadrà adesso. Se Jamie vuole che ci separiamo, dovrò trovarmi un altro posto in cui andare a vivere da sola. Se ci penso, mi prende il panico. Sarò una madre single, senza uno stipendio, costretta a vivere del sussidio, sempre che riesca a prenderlo. Dove andrò a stare? Il futuro sembra così incerto.

I giorni passano. Vedo Jamie solo la sera. Ceniamo insieme, quasi senza rivolgerci la parola, e poi ci mettiamo a letto. Ma è come se ci fosse un muro invisibile tra noi. Lui dice che ha bisogno di tempo e io cerco di essere paziente, di non mettergli fretta. Alcuni giorni dopo mi ritrovo a vagare per strada senza una meta, immaginando Ziggy al mio fianco che tira il guinzaglio, tutto contento di stare fuori. Sono tentata di chiamare Cara, però mi vergogno troppo. Non ce la farei a parlarle di quello che è successo, non ce la faccio a parlarne con nessuno.

Un giorno Florrie passa a trovarmi e mi porta un pasticcio di carne e patate fatto da lei. Si accomoda e mi tiene la mano mentre Jacob guarda i *Teletubbies*. Mi dice che sarà sempre mia amica, qualsiasi cosa decida di fare suo fratello. La sua visita mi solleva un po' il morale, e per qualche giorno mi sento un po' meno sola.

M'impongo di uscire a fare una passeggiata tutti i giorni. A volte mi sembra di essere seguita e mi vengono i brividi. Quando mi giro a controllare non c'è nessuno, a parte un passante o un turista che ammira gli edifici o sbircia nelle vetrine.

Jamie mi chiede del bambino tutte le sere. Vuole sapere se ho le nausee, se sto male, se mangio bene. Ma, quando provo a fargli domande sulla nostra relazione, lui si trincera dietro il muro e allora lascio perdere.

Un mercoledì, circa dieci giorni dopo l'inizio di questa nuova routine, il sole splende e il cielo è sereno. Sento il rumore di un trapano o di un tagliaerba quando esco di casa per andare a fare la mia solita passeggiata, che prevede una sosta davanti alla scuola. Mentre salgo i gradini che portano dal seminterrato al marciapiede, vedo Hannah che guarda casa di Evelyn. Mi stupisco sempre di quanto sia alta, quasi quanto Jamie. Indossa una giacca color tortora e una gonna a portafoglio abbinata. È bella ed elegante, coi capelli biondi e mossi che le cadono morbidi sulle spalle.

« Hannah! Cosa ci fai qui? »

Sembra stupita di vedermi, come se avesse dimenticato che abito qui, nel seminterrato che adesso è diventato il mio regno solitario. Farfuglia qualcosa. Mi accorgo che ha i denti macchiati di rossetto. Non so se dirglielo, non vorrei metterla in imbarazzo, ma allo stesso tempo non mi dispiacerebbe. « Ah... Libby, ciao. Ti fai chiamare ancora Libby, vero? » Il suo tono è compiaciuto.

Annuisco. Non ce la faccio neanche a risponderle.

Si sistema la borsa pesante sulla spalla e indica casa di Evelyn. « Sto aspettando delle persone che vogliono vederla. Sono in ritardo. » Sembra infastidita, e immagino che preferirebbe essere da qualsiasi altra parte piuttosto che qui a parlare con me. Forse si sente una specie di traditrice perché fa conversazione con la quasi ex moglie di Jamie. Non mi guarda negli occhi, continua a fissare dritto davanti a sé. Non abbiamo mai avuto granché da dirci, però in questo momento l'imbarazzo si taglia col coltello. Ce ne stiamo impalate sul marciapiede un po' dissestato. In una crepa dell'asfalto cresce dell'erbaccia.

« Hai... hai parlato con Jamie? » Mi odio per averglielo chiesto, ma non riesco a impedirmelo.

A questo punto finalmente si gira e mi guarda, dalla testa ai piedi. « Mi ha detto del bambino. Auguri. » Lo dice a denti stretti, come se le costasse fatica.

Imbarazzata, armeggio con la zip della giacca. « Grazie... be', non è facile. Con tutte le paure legate alla perdita dell'altro bambino. Avevamo deciso di aspettare la dodicesima settimana prima di dirlo. Le cose tra me e Jamie non vanno benissimo... »

« Sì, mi ha detto tutto. Pranziamo insieme, adesso che lavora da sua madre. Se non altro sono contenta di potergli stare vicino. Con tutte le cose che sono successe, Ziggy e il resto. »

Mi dà fastidio che glielo abbia detto. Me li immagino, i loro pranzetti intimi a casa di Sylvia, con Hannah che gli fa gli occhi dolci mentre lui le racconta quanto sia infelice.

« Immagino che se deciderete di lasciarvi non ci sarà bisogno di divorziare. Jamie dice che probabilmente il vostro matrimonio non è valido, considerato che ti fingevi un'altra persona. »

È come se mi avesse dato un calcio nello stomaco. Divorzio? Le cose sono messe davvero così male?

Lei continua implacabile: « E non ti nascondo che essere una mamma single non è facile. Felix è impegnativo, ma il padre non vuole avere niente a che fare con lui ». Non mi ha mai parlato così.

Mi sento le guance che vanno a fuoco. « Sì, be', Jamie non si comporterebbe mai così. Anche se finissimo per lasciarci. »

« Oh, lo so. Jamie sarà un padre fantastico. L'ho sempre pensato. Un padre devoto. » Sorride tra sé, come pensando a qualcosa di privato. « Ma dov'è che stai andando? » Mi guarda di nuovo dalla testa ai piedi, pensando di sicuro che sono sciatta, con la giacca di jeans vecchia di almeno sette anni, i pantaloni zebrati, le Birkenstock ai piedi e lo smalto rosa smangiucchiato.

« A fare una passeggiata. »

« Eh, lo so. Ho saputo che ti hanno sospesa dal lavoro perché dei genitori hanno avuto da ridire. Terribile. »

Ma lei che ne sa? È una cosa che ho detto solo a Jamie. Gliel'avrà raccontato lui. In fondo non era un segreto, però mi pare che ultimamente si confidi un bel po' con lei.

« A loro lo hai già detto che non sei Elizabeth Elliot? »

« Sì, ho dato le dimissioni. »

« Ci saranno rimasti male. Tanto avrebbero dovuto comunque licenziarti, no?» È evidente che ci prova gusto, e io devo costringermi a mordermi la lingua per non risponderle male.

«Ho fatto degli errori. Un po' come tutti, no?» Decido di cambiare argomento e le chiedo come stanno andando gli appuntamenti coi possibili acquirenti.

Lei aggrotta la fronte e si toglie una ciocca di capelli da davanti al viso. «Non benissimo. Ne abbiamo avuto giusto un paio. La casa avrebbe bisogno di un bel po' di lavori. Gli impianti andrebbero rifatti, per esempio. Ma con l'arrivo dell'estate comunque speriamo di riuscire a fissare qualche appuntamento in più.»

«È un peccato che quella casa resti vuota.»

«Non è vuota. Ci abita la nipote di Mrs Goodwin, adesso. Almeno fino a quando non riusciamo a venderla.»

«Ah... certo.» La nipote? Non ricordo che Evelyn mi abbia mai parlato di una nipote.

Hannah guarda l'orologio pacchiano che ha al polso. «Adesso devo andare, scusami. Credo che i miei clienti siano arrivati.» Si scherma gli occhi dal sole e guarda in fondo alla strada. Una giovane coppia si avvicina camminando a braccetto.

Sto per girare i tacchi e andarmene quando mi ricordo di una cosa. «Hannah, guarda che hai del rossetto sui denti.»

Scocciata, lei infila una mano nella borsa e cerca lo specchietto. Dopodiché, tutta falsi sorrisi e moine, va incontro alla coppia.

Me ne vado, più determinata che mai a riprendermi Jamie.

38

Lo chiamo mentre cammino.

Risponde al secondo squillo. «Tutto bene col bambino?»

«Tutto bene. Ho appena incontrato Hannah. Doveva far vedere casa di Evelyn a dei possibili acquirenti. Mi ha detto che adesso ci vive la nipote. Ma Evelyn non mi ha mai parlato di una nipote. Di un nipote sì, però mai di una nipote.» Parlare e camminare a passo svelto mi ha fatto venire il fiatone, per cui rallento.

«Allora è per questo che hai sentito quei rumori.» Sembra distratto. Probabilmente lavorava e l'ho disturbato.

Prendo una boccata d'aria fresca. Sento odore di erba tagliata, benzina e catrame. Hanno appena riasfaltato una strada qui vicino. Una signora anziana fa giardinaggio. La schiena curva e i capelli grigi mi ricordano Evelyn e mi mettono tristezza. «Hannah mi ha detto che le hai raccontato tutto. Di noi. Dei nostri problemi.»

Segue qualche secondo di silenzio. «Se hai chiamato solo per litigare, possiamo benissimo farlo stasera quando torno a casa.»

«No, non voglio litigare. Volevo solo dirti che sono cose nostre.»

Addolcisce il tono. «Lo so, Libs. E infatti non ho raccontato niente a Hannah. Non lo avrei mai fatto perché sono affari nostri.»

Sembra sincero. Ma come fa allora lei a sapere del bambino? «Mi manchi. Mi manca quello che avevamo.» Mi si riempiono gli occhi di lacrime, tanto che non vedo più bene e devo fermarmi e appoggiarmi al muro.

«Vorrei solo riuscire a...»

«Perdonarmi?»

Jamie non risponde, non ce n'è bisogno. Il suo silenzio dice tutto.

Ho una strana sensazione quando rientro a casa, come se ci fosse stato qualcuno. Una sedia è stata tirata fuori da sotto il tavolo, c'è un bicchiere sul tavolo che prima non c'era. Forse Jamie è passato mentre non c'ero? Lo chiamo e lo cerco in giro, ma la casa è vuota. E poi me lo avrebbe detto quando ci siamo sentiti. C'è uno strano odore nell'aria. Lo stesso che ho sentito il giorno in cui siamo tornati dalla Cornovaglia. Speziato, come se qualcuno avesse acceso delle candele profumate (anche se io non ho candele con quella fragranza).

Un po' confusa, vado in camera da letto e mi metto alla finestra a guardare il giardino di Evelyn. È ridotto persino peggio di quand'è stato trovato il corpo di Sean. Le foglie degli alberi vicini s'infilano nella recinzione rotta, alcune piante sono state invase dall'edera che adesso pare strangolarle, ci sono erbacce ovunque e il prato è fangoso e rovinato dalle impronte di tutti i poliziotti che ci sono passati. Solo adesso me ne accorgo: c'è un'impronta su uno dei lastroni fuori dalla finestra della mia camera da letto. Mi prende subito il panico. Sembra fresca, lasciata da poche ore. Ha piovuto stanotte, un acquazzone improvviso e violento che mi ha svegliata. L'impronta sarebbe stata lavata via se fosse stata lasciata ieri.

Forse è della coppia che è venuta a vedere casa di Evelyn. Oppure di Hannah? Magari ha sbirciato dalla nostra finestra per vedere la stanza in cui dormiamo io e Jamie. O forse è stata questa nipote misteriosa che vive a casa di Evelyn.

Non so cosa me lo faccia fare. Forse il fatto che Evelyn non mi abbia mai parlato di una nipote o il modo in cui si è comportata prima Hannah. In ogni caso, poco dopo sono in cucina a rovistare nel cassetto in cerca delle chiavi di scorta.

Prima di poter cambiare idea, salgo le scale con la scusa già pronta nel caso in cui la nipote fosse in casa. Tanto lei non può sapere che prima ho parlato con Hannah. Mi tranquillizzo mentre infilo la chiave nella serratura e la porta si apre.

È doloroso ritrovarmi qui e ricordare l'ultima volta che ci sono stata. Mi aspetto quasi di vedere Evelyn seduta alla sua poltrona vicino alla finestra coi ferri. Sempre a sferruzzare.

È proprio quando entro in salotto che mi accorgo che c'è lo stesso profumo che ho sentito in casa mia prima. Una candela profumata? Incenso? Dove ho già sentito questo odore?

La stanza è esattamente come l'ha lasciata Evelyn. L'unica cosa diversa è lo strato di polvere sui soprammobili, sul tavolino di mogano e sulle fotografie. Entro in cucina. Non è come la nostra, che è un angolo cottura che comprende anche la zona pranzo. La sua è lunga e stretta, e ha mobili su entrambi i lati. In mezzo c'è una porta. Apro la credenza. Niente sembra fuori posto. Ci sono dei barattoli di conserva e una scatoletta di tonno in uno scomparto, tazze e bicchieri nell'altro. Torno in salotto. È tutto troppo ordinato. Non è possibile che ci abiti qualcuno.

Con un po' di trepidazione, salgo le scale che portano alle stanze che Evelyn non apriva mai. Mi fermo sul pianerottolo. È un po' inquietante, quassù. Le pareti sono scure e ricoperte con tavole di legno. Il profumo d'incenso non è arrivato al piano di sopra, nelle camere c'è odore di muffa e umidità. Le controllo tutte. Ma dov'è che dorme questa nipote? E alla fine lo trovo. Il piumone è spiegazzato e c'è un libro sul comodino. Lo prendo e lo guardo. La bandella promette un thriller cupo e contorto. Una fotografia spiegazzata e rovinata scivola per terra sulla moquette marrone.

La raccolgo e la studio. Ritrae un uomo dagli occhi scuri e gentili. Ciò che più mi colpisce è il dolore che traspare dal suo viso. È così intenso da essere tangibile. Ha in braccio un bambino coi capelli neri avvolto in una copertina gialla. Il bambino ha gli occhi chiusi, e dal colore della pelle pallida, quasi cinerea, capisco che in realtà è morto. Rinfilo la foto tra le pagine del libro e torno di sotto, col cuore pesante.

Chi è la persona che abita a casa di Evelyn?

Mi sento a disagio a stare qui. Sto per andarmene quando vedo una cartellina di plastica sulla credenza in mogano. Incuriosita, la prendo e la giro. È trasparente, per cui si vede quello che contiene. Sfortunatamente si tratta solo di volantini di case. Sarà di Hannah.

Decido d'impicciarmi lo stesso ed è allora che, tra i volantini, trovo un biglietto. Aggrottando la fronte, lo tiro fuori dalla sua busta. *Al mio amore*, c'è scritto davanti, sulla schiena di due pinguini abbracciati. A chi sarà destinato? So che non dovrei, ma lo apro lo stesso, e quando leggo quello che c'è scritto è come se si fermasse tutto. Sento solo il sangue che mi pulsa nelle orecchie.

Penso sempre e solo a te.
Jamie xxx

Mi tremano le mani. Jamie ha mandato questo biglietto a Hannah? È innamorato di lei? Non può essere! Era sincero quando mi ha detto di no. Ma forse sono stata io a spingerlo tra le sue braccia, con le mie bugie. La scrittura però non sembra la sua, che solitamente è un po' scarabocchiata. Questa invece è tutta precisa e ordinata. Infilo il biglietto nella tasca interna della giacca. Forse risale a tanti anni fa, a quando stavano insieme, e lei lo conserva ancora. Però non sembra vecchio di dieci anni. È vero che Hannah potrebbe averlo custodito in un posto sicuro, in cui il passare del tempo non lo ha ingiallito...

Sto per uscire dal salotto quando sento infilare la chiave nella serratura. Sono paralizzata, non so cosa fare. Potrei nascondermi, ma ormai è troppo tardi. Devo restare dove sono e usare la mia scusa: ho sentito un rumore e ho deciso di salire a controllare. Rimetto la cartellina di plastica dove l'ho trovata e vado verso l'ingresso.

È Hannah. Mi dà le spalle mentre richiude la porta. Quando si gira, si spaventa un po'. «Libby, che ci fai qui?» Sembra stupita, anche se il suo sguardo è gelido.

«Potrei chiederti la stessa cosa.»

Lei si avvicina, coi tacchi che ticchettano sul pavimento. «Ho dimenticato la mia cartellina. Come hai fatto a entrare?»

«Ho una chiave di scorta.»

«Non puoi entrare qui.»

«Ho sentito un rumore.» Non so se sia il caso di chiederle ora delle spiegazioni. Decido che è meglio parlarne prima con Jamie. Dargli la possibilità di spiegare.

Mi guarda incredula. « Scusami, ma te l'ho detto prima che adesso ci vive la nipote di Mrs Goodwin. È proprietà privata, sai. Non puoi entrare quando ti pare. » Sembra distratta. Va in salotto a riprendere la cartellina, se la stringe al petto e ritorna all'ingresso. « Potresti chiudere a chiave, quando te ne vai? Io devo andare a prendere Felix e sono in ritardo. » Se ne va sbattendo la porta.

Tiro un sospiro di sollievo. Mi tocco la giacca per assicurarmi di avere ancora il biglietto che voglio mostrare a Jamie e poi faccio per aprire la porta. Sto per abbassare la maniglia quando sento un cigolio sulle scale.

Resto immobile. C'è qualcuno dietro di me. Sento degli occhi che mi trafiggono la schiena. Mi volto lentamente e la vedo, sulle scale di Evelyn. Dopo tutti questi anni.

È cambiata molto. Ha i capelli che le arrivano fino alla vita, lunghi e sfibrati. Ha le borse sotto gli occhi e il viso tirato e stanco. Sullo zigomo destro ha un livido. Per qualche secondo è tutto tranquillo. Sento un vicino che porta fuori la spazzatura, gli uccellini che cantano e un gatto che miagola.

Ma sono rumori lontani, come se al mondo in questo momento ci fossimo solo io e lei.

« Bene, bene, bene, ecco la piccola Karen Fisher. »

39

Beth

Mi guarda a bocca aperta. È sbiancata. Sembra che abbia appena visto un fantasma. Lo so, è un cliché, però in questo caso è proprio così. Allora pensava davvero che fossi morta.

Ma perché ne era così sicura?

«B... Beth.» Si è aggrappata al termosifone e ha il labbro superiore imperlato di sudore. Suda sempre quand'è nervosa. Come quella volta che doveva farsi il tatuaggio.

«Ne abbiamo di cose da raccontarci, eh?» Scendo le scale.

Lei si gira per vedere se ha una via di scampo.

Prima che possa fare qualsiasi cosa, la prendo per un braccio e stringo forte. «Spero non te ne vorrai andare.»

«No, no...» Mi guarda come se non credesse possibile che sia davvero qui davanti a lei. C'è paura nei suoi occhi.

Vederla mi dà energia e motivazione, come una scarica elettrica. Aspetto questo giorno da quand'ho visto la sua foto sul giornale, mesi fa.

È quasi divertente. La porto in salotto. «Quasi come vedere un fantasma, eh? Dobbiamo parlare un po', che ne dici?»

Lei apre e richiude la bocca ma non emette nessun

suono, come il pupazzo di un ventriloquo. Mi viene quasi da ridere. Come sempre, nel nostro rapporto, chi comanda sono io. Sono contenta di constatare che niente è cambiato.

« Beth... »

La colpisco al petto e la faccio cadere sul divano.

« Posso spiegarti tutto. »

« Bene, ti ascolto. » Mi siedo di fronte a lei, sulla poltrona accanto al camino, sotto le foto di Evelyn, e accavallo le gambe. Le borchie sui miei stivali tintinnano.

Lei mi guarda le scarpe, confusa. « Mi hai seguito? »

« Per settimane. Sì, sono stata io a mandarti quei regalini. E a ripulirti il conto in banca. È stato facile, se consideri che abbiamo lo stesso codice fiscale. E non solo quello... »

« Sei entrata in casa mia, prima? »

Mi stringo nelle spalle e tiro un filo che pende dai jeans strappati al ginocchio. « Forse. »

Sembra sconvolta. « Ma... come? »

« Ho i miei metodi. Uno dei vantaggi di essere stata con Sean. »

Esita e mi guarda come se ancora non riuscisse a crederci. « Come hai fatto a trovarmi? »

« Ho visto la tua foto sul giornale. Sei una piccola eroina, no? Hai portato in salvo tutti quei bambini! Peccato che non hai potuto fare lo stesso con me e gli altri poveracci morti nell'incendio all'ostello. »

« Credevo che fossi morta. »

Mi sporgo e appoggio i gomiti sulle ginocchia. « Quello che voglio sapere è come hai fatto a scappare. »

Lei non mi guarda, fissa il ricamo sul tappeto di Evelyn. « Io... io... avevo già lasciato l'ostello. »

«Lo sapevo! Ne ero certa. Ti avevo sottovalutata, eh, Karen? Insomma, cos'hai fatto?»

Lei alza la testa. È spaventata, come un animale in trappola. Poi però qualcosa cambia, l'espressione s'indurisce e mi guarda in cagnesco, quasi ringhiando. «Ti odiavo per quello che avevi fatto con Harry. Lo sapevi che ero incinta?»

No, ma l'ho sospettato dopo. Era pallida e apatica, a Bangkok. Credevo che soffrisse per Harry. «L'ho scoperto leggendo le tue cartelle cliniche. O dovrei dire 'le mie'?»

«Non volevo che andasse a finire così. Ho visto un'opportunità e l'ho colta.»

Le lancio un'occhiataccia. Non è cambiata affatto. Continua a non volersi prendere le sue responsabilità. «E questo dovrebbe sistemare tutto? Non volevi farlo e quindi non hai colpa? Comunque dimmi, come hai fatto a scappare?»

Si guarda le mani e capisco che è di nuovo preoccupata. «Ho messo della droga nella Coca-Cola che hai bevuto. Non so che roba fosse. L'avevo trovata nella tua borsa. E poi ti ho lasciata lì, semisvenuta.»

«Mi hai drogato?» Ricordo il senso di stordimento che avevo provato quando mi ero svegliata nella stanza piena di fumo. Mi alzo, col batticuore. «E quindi eri convinta che fossi morta perché pensavi che fossi troppo fatta per scappare. Evidentemente ce ne hai messa troppo poca, di droga, perché mi sono svegliata e mi hanno salvato.»

Anche Karen si alza. È rossa in viso e ha i pugni stretti. «Non riesco proprio a capire con che coraggio fai la vittima, adesso. Era tua, quella roba. Quando l'ho trovata ho capito cos'avevi fatto. A me. A Harry, alla festa in spiaggia. Sei cattiva, Beth. Hai rovinato tutto. Io lo amavo. Amavo Harry e tu hai rovinato tutto. Quando sei andata in bagno, quella sera, ho messo della droga nella mia lattina e ho fatto finta di dormire perché sapevo che te la saresti scolata. Sei sempre stata una puttana. »

Quanto mi fa incazzare. Le mollo un ceffone in faccia.

Lei è sorpresa e indietreggia, mettendosi la mano sulla guancia.

« Anch'io lo amavo. Lo amavo anch'io, ma te lo sei dovuto prendere tu. Non te ne fregava niente dei miei sentimenti. Non mi avevi neanche detto che vi eravate messi insieme. Non eravamo amiche, Karen? Sapevi che stavo scappando da una relazione violenta. Che avevo passato l'inferno. Stare con Harry mi avrebbe fatto bene. Ma a te non te ne fregava niente, vero? Sei una stronza egoista. Però ci dovevi pensare un po' meglio, prima di fregarmi il passaporto, il nome e la vita! »

« Non ti ho fregato la vita! Non ce l'avevi, una vita! Volevi rinunciare al corso di specializzazione per l'insegnamento e io ero disperata. Non avrei fatto male a nessuno. Tu eri morta e c'era un posto libero che sarebbe andato sprecato. »

« Che carina. Credevi che fossi morta e l'unica cosa che t'interessava era prendere il mio posto. Se fossi morta, sarebbe stato per colpa tua, Karen. Tua! »

Karen si lascia cadere sul divano, con le lacrime che le rigano le guance. Sembra piccola e indifesa, e mi rendo conto che di Harry non me ne frega più niente. E nemmeno di lei. Questa storia doveva essere solo una distrazione, per non pensare a Lilianna. Ma ciò che dovrei fare adesso è tornare a casa, in Spagna. Da Mateo. A cercare di risolvere le cose. Mi chiama tutti i giorni. Non rispondo mai. Lui allora mi lascia messaggi imploranti in cui mi chiede di tornare, di fargli sapere se sto bene. Dice che mi ama ancora, che dovremmo piangere insieme la nostra bambina. Che potremo averne altri. Che niente potrà sostituire Lilianna, però saremo lo stesso felici.

Ma me lo merito, di essere felice?

Mi siedo sulla poltrona e accendo una sigaretta. Inspiro profondamente, con le mani che tremano. Cosa sto facendo? Non sono migliore di Karen. Ho fatto cose stupide, sbagliate. Perché ero arrabbiata, gelosa, infelice. Ho passato tutta la vita a essere sottomessa. Prima a mio padre, poi a Sean. E, quando alla fine incontro un uomo come Mateo, penso di non meritarmelo. Volevo così tanto ferirla, punirla, però, adesso che sono qui, adesso che ho distrutto il suo matrimonio e la sua carriera, mi sembra tutto così... *deludente*.

Perché non fa passare il dolore.

Perché non mi riporta la mia bambina.

« Mi dispiace per quello che ho fatto con Harry », le dico alla fine.

Lei alza la testa di scatto. « Davvero? » Le è colato il mascara e ha gli occhi neri. Sembra che qualcuno le abbia dato un cazzotto.

« In quel momento non mi dispiaceva. Ma adesso sì. Anch'io pensavo che tu fossi morta. Ero convinta che fossi a letto. Non mi ero accorta che eri scappata prima che scoppiasse l'incendio. »

« Lo scambio di case lo hai organizzato tu per vendicarti? »

Prendo un altro tiro dalla sigaretta, soffio e scuoto la testa. « No. È stato Sean. Eravamo ancora sposati. E lui era un bastardo... »

Lei fa una risata amara. « Già, comincio a rendermene conto. »

« Credeva che fossi io quella sui giornali. Voleva vendicarsi. Perché lo avevo lasciato. Perché ero scappata coi suoi soldi. E così ha orchestrato tutta la faccenda per spaventarvi, credendo che fossimo io e mio marito. »

« La tassidermia... il corsetto insanguinato... sono opera sua? »

« La tassidermia? »

Annuisce. « Animali impagliati. Animali morti. Nel freezer... »

Rabbrividisco. « Sono le mie paure. Ho la fobia degli animali impagliati. So che è strano, ma mi terrorizzano. Lui lo sapeva e credeva che mi avrebbe fatto uscire di testa. Il corsetto insanguinato doveva essere una minaccia, evidentemente. Se in quella casa ci fossi stata io e avessi visto tutte quelle cose, avrei capito che mi aveva trovata. »

Karen si scosta la frangetta dagli occhi. Il taglio di capelli le dona. Più di quanto donasse a me all'epoca. Ha la guancia ancora rossa dove le ho dato lo schiaffo, e mi dispiace per quello scatto d'ira. « Assurdo che si sia spinto a tanto. Quella casa in Cornovaglia era rimasta vuota per mesi. Ha avuto un sacco di tempo per elaborare il suo piano. »

Spengo la sigaretta in uno dei piattini di Evelyn. « Ti sorprenderebbe scoprire di cosa era capace quell'uomo. Le cose che mi ha fatto quando stavamo insieme. Voleva uccidermi. Mi sono presentata alla tua porta, credendo che avresti aperto tu. E invece mi sono ritrovata davanti lui. »

« Oh, Beth... »

« Sono così stanca. » Mi rendo conto che lo sono davvero. « Quand'ho visto la tua foto sul giornale ti ho odiato. Avevi tutto quello che avrebbe dovuto essere mio. Una famiglia felice... e un bambino in arrivo. »

« Come fai a saperlo? »

« Me lo ha detto Evelyn. »

Karen sbianca. « L'hai conosciuta? »

« È stata gentile con me. Mi aveva visto aggirarmi qui intorno... »

« Ah. »

Aggrotto la fronte. « Perché fai quella faccia? »

Lei ridacchia. « Credo che avesse paura che Jamie si vedesse con un'altra. A quanto pare ti aveva visto più volte davanti a casa nostra e aveva pensato che mio marito mi tradisse. Infatti ha anche provato a mettermi in guardia. »

« Ero con lei. Quand'è morta. »

« Eri *qui*? »

Annuisco, cacciando le lacrime, perché mi viene da piangere se ci penso. « Me ne stavo andando e lei ha avuto un infarto. È successo all'improvviso. Una cosa di un attimo. »

« E Sean? L'hai ucciso tu? »

Non ha senso negarlo. « L'ho fatto per legittima difesa. Stavo scappando e lui voleva ammazzarmi. O lo ammazzavo, o lui ammazzava me. »

Lei si guarda intorno, nel panico. « Dio mio. Cosa farai adesso, Beth? Andrai alla polizia? Gli dirai di Sean? »

Non lo so, non lo so proprio.

40

Libby

Avrei dovuto capire che era tornata non appena avevo messo piede in casa di Evelyn. Il suo profumo è ovunque. Nell'aria, sui suoi vestiti, sui suoi capelli. Solo adesso ricordo dove l'avevo già sentito: nella nostra stanza a Koh Lanta. Il caldo, l'odore d'incenso, quello di vomito in sottofondo. Beth accendeva bastoncini d'incenso in continuazione, come durante una messa.

È seduta sulla poltrona accanto al camino. Sembra così vulnerabile, nonostante la giacca di pelle e gli stivali da dura. Chissà che non soffra di esaurimento nervoso. Mi rendo conto che in realtà non la conosco molto. So che ha perso i genitori quand'era giovane, ma è tutto. Ripenso alla fotografia che ho trovato di sopra. Ha perso un bambino.

Mi brucia la guancia. Quello schiaffo me lo sono meritato. Mi merito tutto quello che mi ha fatto. « Beth, ho visto la foto. Di sopra. Era tuo figlio? »

Mi guarda, gli occhi tristi. « Mi sono dovuta nascondere sotto il letto quando sei entrata nella stanza. » Improvvisamente sembra esausta, come svuotata di tutta la rabbia. « Comunque, sì. Era mia figlia. Lilianna. Ci sono state delle complicazioni. È morta... era già morta quando l'ho data alla luce... »

Mi porto le mani sul ventre. « Oh, Beth. Mi dispiace tanto. »

Le lacrime le rigano il volto. Non l'ho mai vista piangere. È così inaspettato che non posso fare altro che guardarla. Si asciuga il volto, imbarazzata. « È stato difficile. »

« Me lo immagino. Anch'io ho perso un bambino. Lo so che non è la stessa cosa... ma... »

Alza una mano e si ricompone. « Sì, però non parliamo di queste cose, adesso. Non siamo amiche, Karen. Non più. »

« Lo so. Lo so. »

Osserva i jeans strappati e tira i fili che pendono. « Insomma, com'è stato vivere la mia vita? »

Mi metto a ridere, nonostante tutto. « Non semplice come credi. Il corso di specializzazione è stato tosto, per me, visto che non avevo mai preso neanche la laurea. Ho dovuto studiare molto. Non ho mai imparato a guidare... »

Sembra confusa. « Perché? »

« Perché avevi già la patente. Non potevo mica prenderla di nuovo. »

« Sì, ma avresti potuto comunque prendere qualche lezione inventandoti una scusa, no? »

Mi metto a ridere. « Non ci ho mai pensato. Mi sono messa al volante una volta sola, e non avendo la minima idea di come si guidasse ho rischiato di ammazzare sia me sia mio marito. Da allora non ci ho più provato. »

Sorride, però sembra distratta, come se non mi stesse davvero ascoltando. « Cosa facciamo, adesso? »

All'improvviso mi viene in mente una cosa terribile. « Sei stata tu ad avvelenare Ziggy? »

Lei aggrotta la fronte. « Ziggy? »

« Il mio cane. È morto. Il veterinario ha detto che è stato avvelenato. »

Beth è furiosa. « Certo che no. Sì, è vero che volevo farti soffrire e fare in modo che tuo marito ti lasciasse. Volevo farti stare male come sono stata male io, ma non avrei mai toccato un povero animale. »

Dall'indignazione con cui lo dice capisco che è la verità. Se non è stata lei ad avvelenare Ziggy, però, chi è stato? O forse si è trattato solo di un orribile incidente?

Beth si alza e io faccio lo stesso. Cosa mi farà, adesso? Ha ucciso Sean. È un'assassina. Ucciderà anche me? Non so perché, ma penso di no. E le credo quando dice che ha agito per legittima difesa. Avrei fatto lo stesso, al posto suo. Uccidi o muori. Ho notato dei cambiamenti in lei, nel tempo che abbiamo passato insieme, come se parlando con me si fosse resa conto di quanto tutto questo non sia importante.

« Cosa farai adesso? Hanno arrestato un uomo per l'omicidio di Sean. Non so se abbiano chiuso il caso, ma hanno scoperto che Sean doveva un mucchio di soldi a un sacco di gente. Era in un giro losco. »

« Non mi sorprende, avendolo conosciuto. »

« Questo vuol dire che te ne puoi andare. Sono l'unica a sapere che sei stata qui, e non dirò niente. »

Mi guarda indecisa. « Lo faresti per me? Perché? »

« Ti ho fatto una cosa bruttissima, mi sono appropriata della tua identità. Ho mentito e non avrei mai dovuto farlo. Mi merito tutto quello che è successo, Beth. Adesso però voglio voltare pagina. Provare a salvare il mio matrimonio. Avere una seconda possibilità. »

Sembra scettica. « Ma ti ho rubato dei soldi. »

« Be', allora siamo state in due a rubare. Diciamo che siamo pari. »

Rimaniamo a guardarci. Poi, inaspettatamente, lei mi abbraccia. È una cosa breve e un po' impacciata.

Esco da casa di Evelyn. So che Beth mi guarda mentre scendo le scale. Mi chiedo cosa farà adesso. Tornerà a vivere dove viveva prima? Spero che riesca a essere felice. Ci siamo fatte del male, però adesso voglio buttarmi quest'incubo alle spalle.

Perché, davvero, le devo tutto.

41

Beth

Mentre la guardo andare via sento svanire il risentimento, l'amarezza, la rabbia. Che viva pure come Libby Elliot, se vuole. Perché io voglio vivere come Elizabeth Perez, la moglie di Mateo. Voglio tornare da lui, se mi vuole ancora.

Quando mi ha chiesto di sposarlo, tre anni fa, ho detto a Mateo che non potevo chiedere il divorzio a Sean. Però siamo andati a vivere insieme, ed è stato come essere marito e moglie. Alla fine avevo trovato qualcuno che mi amava e che non mi trattava male, né fisicamente né psicologicamente, come avevano fatto Sean e i miei genitori prima di lui. Un brav'uomo. Avevo cominciato a stare bene, e le cose non sarebbero precipitate se non fosse stato per Lilianna.

Quando l'ostetrica mi ha dato la terribile notizia, quel giorno in ospedale, mi è sembrato che tutte le profezie di mio padre si fossero avverate. Ero cattiva e Dio mi aveva portato via Lilianna perché non meritava di avere una madre come me.

Quand'ho scoperto che Lilianna era morta già prima di venire alla luce, tutti i miei sogni e le mie speranze sono morti con lei: diventare madre, portarla a casa nella stanzetta che avevamo dipinto per lei, con la culla bianca che Mateo aveva passato un pomeriggio intero a montare, i pupazzetti, le tutine, i vestitini, i bavaglini e le scarpine sistemate nel suo armadio. Non l'avrei mai vista muovere i primi passi o dire le prime parole. Non l'avrei mai vista imparare ad andare in bicicletta o iniziare la scuola, innamorarsi e sposarsi. Tutte queste cose mi erano state strappate via e io non riuscivo ad accettare di averle perse per sempre.

Rivedere Karen, affrontarla, parlarle, è stata una specie di terapia. Mi è servito per mettere un punto fermo. Non vado fiera di quello che è successo in Thailandia e di ciò che ho fatto a Karen da quando sono tornata in Inghilterra. Ma devo perdonare me stessa, non solo lei.

Mi aveva drogato per assicurarsi che non l'avrei seguita. Mi odiava fino a questo punto. E mi ero meritata il suo odio.

Mentre cala la sera, seduta sulla poltrona di Evelyn, chiamo Mateo. Mi vengono le lacrime agli occhi non appena sento la sua bellissima voce ed è come se fossi lì con lui, nella casa vicino alla spiaggia con la veranda, i pavimenti in legno e i panni stesi al sole che si asciugano con la brezza del mare. Voglio stare con lui, così tanto che fa male.

Lui scoppia a piangere. « Beth. Oh, Beth. Grazie al cielo stai bene. Ero preoccupato da morire. »

« Mi dispiace tanto. Mi dispiace di essere scappata. Ma sto malissimo. Mi manca così tanto... » Anch'io ho la voce rotta dal pianto.

« Lo so, amore mio, lo so. Però, ti prego, torna a casa. Ho bisogno di te. »

« Davvero mi vuoi ancora? Dopo tutto quello che ti ho fatto passare? »

« Certo, *chica hermosa*. Ti amo. Se ti servono soldi, te li posso mettere sul conto. Ma, ti prego, torna, torna a casa da me... »

Il mio cuore gioisce. Rido tra le lacrime mentre gli dico che sarò a casa domani. Che lo amo. Che mi dispiace.

È lì che mi aspetta quando arrivo in aeroporto, ventiquattr'ore dopo. Si è fatto crescere la barba nei mesi che sono stata via e gli vengono gli occhi lucidi quando mi vede. Gli corro incontro, lui mi prende in braccio e mi fa volteggiare. Mi bacia le labbra, gli occhi, felice. Mi accarezza il livido sullo zigomo e io provo una gioia così improvvisa e assoluta che mi manca il respiro. Sean non c'è più. Non dovrò più avere paura di lui. Sono libera di essere felice, con Mateo.

Lo stringo, piangendo e ridendo allo stesso tempo. Poi mi porta fuori dall'aeroporto, tenendomi stretta, come se temesse che sparisca di nuovo. Finalmente posso smettere di scappare. Finalmente sono al sicuro. *Finalmente sono a casa.*

42

Libby

Mentre la luce si affievolisce e scende la sera, resto seduta ad aspettare che torni Jamie, ma non arriva. Devo parlargli del biglietto che ho trovato. Provo a chiamarlo, però scatta subito la segreteria.

Probabilmente è a casa di Sylvia. Con Hannah.

Devo lottare per riprendermi mio marito. Per salvare il nostro rapporto. Altrimenti tutto questo non sarà servito a nulla. Chiamo un taxi e dieci minuti dopo sono davanti a casa di Sylvia.

Mi guarda sorpresa quando apre la porta. « Che ci fai qui? »

Entro senza neanche risponderle. « Dove sono? »

Senza perdere la calma, Sylvia chiude la porta. « Libby. Cos'è questa storia? »

« Dov'è Jamie? »

Lei incrocia le braccia. « In sala da pranzo... Mi dici cosa succede? »

Ma io me ne sono già andata.

Li trovo seduti intorno al tavolo ovale nella bella sala da pranzo di Sylvia, con le pareti verdazzurre e la tenda floreale davanti alla portafinestra che dà sul giardino. Ci sono tutti: Katie e Gerard, Jamie e Hannah.

Quando Jamie mi vede, ha un'espressione così sconvolta che mi viene quasi da ridere. Tutti gli altri mi guardano, aspettando che parli. Katie fa un sorrisetto. Hannah arrossisce e resta con la forchetta a mezz'aria.

« Eccoti qua, Jamie. Non hai intenzione di tornare a casa stasera? »

Gli cadono sul piatto coltello e forchetta e si alza, spingendo via la sedia. « Libby, che ci fai qui? E cos'hai fatto alla faccia? Sei tutta rossa da un lato. »

Mi porto la mano alla guancia. È ancora calda. Per un istante penso se non sia il caso di andarmene, mollare Jamie e tutto il resto. Ricominciare daccapo. Tanto l'ho già fatto. Poi però infilo la mano in tasca e tiro fuori il biglietto sbattendolo sul tavolo. « Ho trovato questo. »

Anche Hannah mette giù la forchetta. Mi guarda con disprezzo. Katie e Gerard continuano a fissarmi, ma nei loro occhi c'è trepidazione. Come se stessero per assistere a un bello spettacolo.

« Dove... dove l'hai preso, quello? » chiede Hannah.

Jamie prende il biglietto e lo guarda. « Aspetta un attimo... questo è... » Si gira a guardare Hannah, arrabbiato. « Cosa ci facevi con questo? »

Hannah è imbarazzata, in difficoltà. Non riesce a guardarlo negli occhi. Si morde il labbro e sembra che stia per scoppiare a piangere. Per un attimo mi domando dove sia suo figlio. Katie e Gerard continuano a guardarci senza farsi troppi problemi. Si vede che si stanno divertendo.

Nonostante tutto mi dispiace per la situazione in cui si trova Hannah in questo momento, con gli occhi di tutti addosso. Pronti a giudicarla. « Jamie, Hannah, perché non andiamo a parlarne di là? »

Ma lei si alza di scatto, così veloce che fa ribaltare la sedia. « Non farmi favori, grazie. »

Sylvia è sulla soglia, confusa.

« Davvero vuoi che ne parliamo davanti a tutti? » le chiede Jamie. Mi lancia un'occhiata d'intesa, e da quello sguardo capisco che non è stato lui a scrivere il biglietto.

« Hai spedito biglietti di questo tipo alla nostra vicina Anya, vero? Volevi farmi credere che Jamie avesse una storia con lei? »

Invece di rispondere alle mie domande, mi lancia un'occhiata di fuoco e scoppia in una risata crudele. « Non lo meriti. Avrebbe dovuto sposare me, non una bugiarda presuntuosa come te. »

« Adesso basta, Hannah », interviene Sylvia.

« E tutte le altre cose che sono successe? Anche quelle sono state opera tua? » chiede Jamie.

Avrei potuto parlare. Dire che è stata Beth a mandarci lo zaino e a svuotarci il conto in banca. Ma non lo faccio. Aspetto. La tensione è così densa che si potrebbe tagliare col coltello.

Jamie è furioso. « Sei stata tu ad avvelenare Ziggy...? »

Hannah abbassa la testa. « Non volevo che morisse. Volevo solo che voi due vi allontanaste. Credevo che così saresti tornato... che saresti tornato da me. » Cerca di prendergli la mano, ma lui la scaccia.

« Hannah, non accadrà mai. » Lo so che gli costa molto non urlarle contro per quello che ha fatto a Ziggy. « Mi dispiace, ma è Libby che amo. È con lei che voglio stare. La nostra storia... appartiene al passato. »

Per un attimo temo che possa saltarci al collo, a me o a Jamie. E invece se ne va, senza dire una parola. Qualche secondo dopo la sentiamo uscire di casa sbattendo la porta.

43

Ho trovato un lavoro part-time in un bar dove mi pagano in contanti e non fanno domande. Finora non ho subito denunce. Secondo Melanie me le devo aspettare, ma spera che me la caverò coi lavori socialmente utili. Insegnare mi manca e il futuro è incerto. Questa cosa mi spaventa, ma se non altro ho Jamie e il bambino, e sono grata. Abbiamo messo la casa in vendita e speriamo di riuscire a concludere in fretta. Vogliamo un nuovo inizio.

Dopo che Hannah ha ammesso di avere scritto i biglietti, Sylvia le ha intimato di lasciare la dépendance e di stare lontana da Jamie. Mi ha sorpreso in positivo il modo in cui ha gestito la situazione. Nelle ultime settimane ci siamo avvicinate. Finalmente sembra che accetti che sono io la nuora.

Io e Jamie parliamo molto della nostra relazione. Non facciamo altro che parlare, come se avessimo entrambi bisogno di mettere in tavola pensieri e paure, per liberarcene.

« Non mi ero reso conto che passando del tempo con Hannah la stessi illudendo », ammette una sera, a letto. « Ancora non riesco a credere che sia stata capace di fare quello che ha fatto. Avvelenare Ziggy, scrivere quelle lettere, truffarci. Sarà stata sempre lei a farci recapitare lo zaino e il resto? Non lo ha ammesso... ma a questo punto non mi stupirebbe. »

Non gli ho detto la verità. Farlo significherebbe dirgli di Beth, e voglio che resti un segreto tra me e lei.

«Conosco Hannah da una vita. Da quando avevamo diciotto anni. Non sai mai quello che può passare per la testa alla gente. Ti fa passare la voglia di fidarti.»

Mi accoccolo contro di lui e cerco di rassicurarlo: «Tu conosci me e io conosco te, Jay. Di me ti puoi fidare. Te lo giuro. Adesso dobbiamo pensare al futuro. A noi. A Lenticchia. E lasciarci il passato alle spalle».

Si gira a guardarmi. «Basta bugie?»

Gli sorrido e gli do un bacio. «Basta bugie.»

Credo che sia possibile conoscere qualcuno, sapere cosa c'è davvero nel suo cuore. Non mi sono mai fidata di Hannah, sapevo che era gelosa. Non staccava mai gli occhi da Jamie, mi odiava perché lui aveva sposato me. Viviamo le nostre vite cercando di fare del nostro meglio, commettiamo errori e senza volerlo – o, a volte, facendolo apposta – facciamo arrabbiare delle persone. Ma come facciamo a sapere se poi si vendicheranno? Come facciamo a sapere se ci porteranno rancore, o quanto a lungo?

Guardo Jamie che dorme. Ha un braccio sugli occhi per cui riesco a vedere solo le sue labbra carnose, il mento scolpito e l'incavo alla base del collo. So che mi ama, però come faccio a essere certa che non abbia incoraggiato Hannah, in qualche modo? Che ciò che è successo non sia in parte anche colpa sua, sebbene non se ne sia reso conto? Quanta responsabilità ha ognuno di noi?

Bugie. Ci saranno sempre bugie. Quelle innocenti che non riusciamo a confessare al nostro partner e ai nostri amici. A volte vogliamo proteggere loro, a volte noi stessi.

So di avere promesso a Jamie di raccontargli tutto, di

confidarmi con lui, di smetterla di voler sembrare perfetta a tutti i costi. Ma non posso dirgli di Beth. E non posso dirgli che l'ho perdonata. Perché in parte anch'io sono colpevole.

Dopo avere trovato le droghe che Beth mi aveva messo nel drink, la rabbia e il risentimento erano cresciuti in me come una pianta infestante. Era colpa sua se avevo perso Harry. Ci aveva manipolato entrambi. Allora avevo preso le pillole e le avevo messe nella lattina di Coca-Cola mentre lei era in bagno. Poi, quand'era tornata, avevo finto di dormire. Non ci era voluto molto prima che le droghe facessero effetto e la stordissero. Avevo aspettato fino ad avere la certezza che fosse completamente andata, prima di prendere quello che credevo il mio zaino, mettermelo in spalla e sgattaiolare fuori dalla stanza. E poi avevo appiccato l'incendio nel bagno delle donne, quello vicino alla nostra stanza. Avevo acceso uno dei fiammiferi di Beth e lo avevo gettato nel cestino pieno di carta. Doveva essere solo un fuocherello. Doveva servire solo da diversivo nel caso Beth si fosse svegliata. Credevo che sarebbe scattato l'allarme antincendio e l'edificio sarebbe stato evacuato. Le autorità poi avrebbero interrogato lei e tutti gli altri. Questo mi avrebbe dato il tempo di allontanarmi il più possibile. Come facevo a sapere che gli allarmi antincendio erano difettosi, che avrebbero lasciato che l'incendio divampasse in quel modo? Come facevo a sapere che sarebbero morte delle persone? Ho passato tutta la vita a cercare di espiare la mia colpa. Di diventare una brava persona, una brava insegnante. E adesso diventerò una brava madre.

Solo una volta lasciato l'ostello mi ero accorta del fumo nero e denso che usciva da una delle finestre al secondo piano, e mi ero resa conto del mio sbaglio. Il fuoco era divampato molto più velocemente di quanto non mi aspettassi. Ero corsa in un albergo lì vicino e avevo urlato di chiamare i pompieri. Poi ero rimasta a guardare mentre i camion dei vigili del fuoco arrivavano sul posto, pensando a Beth, intrappolata nella stanza, probabilmente ancora svenuta.

Il motivo per cui ero così sicura che Beth fosse morta era che pensavo di essere stata io a ucciderla. E non mi perdonerò mai per quello che ho fatto.

Non possiamo sfuggire alle conseguenze delle nostre azioni.

Jamie si gira sbuffando nel sonno e il suo braccio scivola su di me. Mi stringo contro di lui e mi metto una mano sul ventre, pensando alla vita che cresce dentro di me. Siamo al sicuro, noi tre. Ho una seconda possibilità e farò di tutto per non sprecarla.

EPILOGO

Abbiamo avuto un'offerta per la casa la settimana dopo che l'abbiamo messa in vendita. Abbiamo trovato una bella casetta non troppo lontano, a Saltford, vicino al fiume. Ha anche il giardino, e pensiamo di prendere un cucciolo non appena ci trasferiamo, così riusciremo a addestrarlo prima che arrivi il bambino. Il lavoro di Jamie va sempre meglio e io ho fatto la morfologica. Avremo un maschietto. Le maglie cominciano a starmi strette sulla pancia. Dovrò cominciare a comprare vestiti premaman. Sono emozionata se penso alla vita che ci aspetta. Non sarà come pensavo, perché l'insegnamento mi mancherà sempre, ma non vedo l'ora di diventare mamma.

È una calda giornata estiva, il cielo è sereno con qualche nuvola sparsa. Sto sistemando i nostri documenti in previsione del trasloco. Sono seduta in salotto, circondata di carte.

Jamie mi passa davanti con una tazza vuota. Ha l'aria stanca e distratta, tipica di quand'è preso dal lavoro. Sembra che non riesca a smettere di pensare a numeri e codici e il cielo solo sa cos'altro. Va ad accendere il bollitore. « Vuoi un caffè? »

« Decaffeinato, mi raccomando », gli dico, accarezzandomi la pancia.

« Lo so. » Si mette a ridere, perché facciamo la stessa identica conversazione ogni giorno.

Sentiamo bussare alla porta e ci guardiamo stupiti. Di solito non ci viene a trovare nessuno, a quest'ora. Nemmeno Sylvia. Spesso e volentieri aspetta che andiamo noi da lei, per non disturbare.

Vado ad aprire e sono sorpresa di trovarmi davanti l'ispettore Hartley. Mi sale il cuore in gola. Non ho più saputo niente di possibili accuse a mio carico. Melanie Finch non si fa sentire da settimane.

« Elizabeth Elliot. » Mi mostra il distintivo, anche se non ce n'è bisogno, visto che so benissimo chi è.

« Elizabeth Hall... »

« La dichiaro in arresto per l'omicidio di Sean Elliot. Ha il diritto di rimanere in silenzio. Tutto quello che dirà potrà essere usato contro di lei in tribunale e presentato come prova. »

Sgrano gli occhi, incredula. « Cosa? Non potete farlo. Mi avete già arrestato per questo motivo e mi avete lasciato andare. Credevo aveste preso il colpevole... credevo... » Sono in preda al panico.

Jamie corre all'ingresso e sbianca quando vede l'ispettore. « Perché è di nuovo qui? »

« Nuove prove evidenziano che sua moglie sia la responsabile della morte di Sean Elliot, Mr Hall. Mrs Hall, ora può scegliere di seguirmi senza fare resistenza o... »

Scuoto la testa. « Va bene, vi seguo. Ma non ho fatto niente. Mi dia solo il tempo di mettermi le scarpe. » M'infilo un paio di ballerine e seguo l'ispettore Hartley nell'auto che aspetta davanti a casa.

Jamie mi segue fuori, scalzo. « Libs, chiamo subito Melanie Finch. Ci vediamo alla stazione di polizia. »

Tutto ciò che riesco a fare è annuire, con un nodo in gola, mentre mi aiutano a salire sull'auto.

Non riesco a frenare le lacrime mentre Melanie Finch mi spiega cosa succede. Siamo in una stanza degli interrogatori. È diversa da quella dell'ultima volta - più piccola, senza finestre - e puzza di chiuso.

Lei è seduta davanti a me, serissima. Ha il rossetto di un colore troppo acceso, sembra che si sia colorata le labbra con un pennarello. Non riesco a smettere di fissarle la bocca mentre parla. « Sono in possesso di un oggetto preso in casa vostra che credono sia l'arma del delitto. »

« Un oggetto? »

« Una statuetta di Buddha. È sua? » Mette una fotografia sul tavolo.

Aggrotto la fronte. È la statuetta che mi ha regalato Harry, che era sul mio comodino. L'avevo messa dentro l'armadio, sotto una pila di vestiti. Come fa la polizia ad avercela? « Sì, è mia. Dove l'hanno trovata? »

Lei sbatte le palpebre, gli occhi ingranditi dalle lenti. « Purtroppo non posso dirglielo, in questo momento. »

« Perché? Cosa succede? »

« La forma della statuetta corrisponde alla ferita sulla testa di Sean Elliot e sopra ci sono le sue impronte. »

Dunque Beth ha usato il mio Buddha per uccidere Sean. E poi cos'ha fatto? L'ha pulito per cancellare le sue impronte e l'ha lasciato sul comodino perché lo vedessi? Se non l'avessi preso, se l'avessi lasciato lì, tutto questo non starebbe accadendo.

Bevo un po' d'acqua da un bicchiere di plastica. Mi tremano le mani. « Certo che ci sono le mie impronte. Era in casa mia. Ma non sono stata io a ucciderlo. Deve credermi, Melanie. Non sono stata io. Ero in ospedale con Jamie in Cornovaglia quando Sean è stato ammazzato, ricorda? »

Qui dentro fa un caldo terribile, manca l'aria. Ho la maglietta incollata alla pelle e sento una chiazza di sudore sulla schiena.

Melanie si toglie gli occhiali e si strofina gli occhi. Sembra stanca. « È a conoscenza di qualcosa che non mi sta dicendo? » mi chiede, rimettendosi gli occhiali.

Mi dispiace, Beth. Faccio un respiro profondo e le racconto tutto.

Quando ho finito, Melanie mi guarda incredula. « Quindi mi sta dicendo che la vera Elizabeth Elliot non è morta in quell'incendio in Thailandia, che è tornata in Inghilterra perché era arrabbiata con lei e poi ha ucciso il marito? »

Annuisco. « Sì, è andata così. »

« Glielo devo chiedere, Libby. È stata lei? Ha ucciso lei Sean Elliot? »

« No. Gliel'ho appena detto. È stata Elizabeth Elliot. Non io. Io sono Karen Fisher. »

Melanie consulta i suoi appunti con aria torva. « Be', in realtà qui c'è scritto che la vera Karen Fisher è morta in un incendio. In Thailandia. Nel 2008. I suoi documenti sono stati ritrovati nell'ostello. Si pensa che l'incendio sia stato doloso, Libby. »

« Quelli erano i miei documenti. Io ho preso quelli di Elizabeth Elliot quando sono scappata dall'ostello. La vera Elizabeth Elliot è stata qui qualche mese fa. Viveva in casa della mia vicina. L'ho vista. Le ho parlato. » Ma mi rendo conto che è come parlare al vento.

Melanie non mi crede. Pensa che mi stia inventando tutto. « Lasci fare a me. »

Si alza e se ne va, mentre io resto seduta ad aspettare. Alla fine torna con l'ispettore Hartley e la sergente Trott. Lei si siede accanto a me, i due poliziotti davanti a noi.

« Abbiamo abbastanza prove da incastrarla. Finirà in tribunale. Ma renderebbe le cose molto più semplici se confessasse, Mrs Elliot. »

Mi viene da piangere. « Non confesserò, perché io non ho fatto niente. »

« Abbiamo già appurato che la statuetta appartiene a lei. »

« Sì, è vero. »

« E ha le sue impronte sopra. Di nessun altro. Solo le sue. »

Mi agito, comincio a sudare. Com'è possibile che stia succedendo davvero? « Me lo ha detto Beth, che è stata lei a ucciderlo. È stata legittima difesa. Era uno psicopatico. L'avrebbe ammazzata. Ho trovato la statuetta sul mio comodino. Di solito la tenevo nell'armadio. L'ho presa e l'ho rimessa a posto. Credevo fosse stato Jamie a metterla là... »

« Ha dei testimoni? Qualcun altro ha visto questa Beth? Suo marito? Qualsiasi altra persona? » mi chiede il sergente Trott, col suo caschetto biondo che le incornicia il viso. Ha all'incirca la mia età, magari capirà, magari sarà più disposta dell'ispettore Hartley a comprendermi.

Scuoto la testa. « No. Nessuno. Ma potete controllare i movimenti bancari, no? I passaporti? Credo che sia arrivata in Inghilterra dall'estero. Ha perso una bambina da qualche mese. È un po' instabile... »

L'ispettore Hartley sembra scettico. « Non le credo. Penso che abbia ucciso il suo ex marito e poi si sia inventata questa storia inverosimile dello scambio d'identità per salvarsi la pelle. Credo che abbia ucciso il suo ex marito perché minacciava di smascherarla. È così che è andata, vero, Elizabeth? »

« No... no, non è andata così. Come avrei potuto ucciderlo? Eravamo in Cornovaglia. Jamie era in ospedale. » Mi sembra un incubo.

L'ispettore Hartley sorride. Sembra una volpe, con quel naso affilato e gli occhietti penetranti. « Sì, abbiamo verificato anche questo. Lei in realtà ha lasciato l'ospedale alle sei e mezzo del pomeriggio del 5 aprile. Sean Elliot è stato ucciso fra le tre di quel giorno e le sei del giorno seguente. Per cui lei avrebbe avuto tutto il tempo di venire a Bath in macchina, ucciderlo e poi tornare in Cornovaglia per andare a prendere suo marito, la mattina dopo. »

Mi passo una mano sulla faccia, esasperata. « Ma perché? Per quale motivo avrei dovuto farlo? »

« Dai tabulati telefonici risulta che lei abbia chiamato Sean Elliot intorno alle... undici di quella mattina », dice la sergente Trott, consultando i suoi appunti.

Mi mostra un foglio in cui è riportata una serie di numeri telefonici. Riconosco subito il mio.

« Sto mostrando a Mrs Elliot i tabulati telefonici », dice, avvicinandosi al registratore senza staccarmi gli occhi di dosso.

« Sì, ma credevo di parlare con Philip Heywood. Non con Sean Elliot. »

Lei rimane impassibile. « Crediamo che, quando ha parlato con lui, ha capito cosa aveva in mente. Per questo gli ha dato appuntamento a casa vostra e poi l'ha ucciso. »

Evidentemente mi sbagliavo a credere che sarebbe stata più bendisposta nei miei confronti. « No. Avevo un braccio rotto. Quello destro. Non avrei potuto guidare. Anzi, non so guidare. »

« Lei ha la patente e una macchina col cambio automatico, Mrs Elliot. Avrebbe benissimo potuto guidare sfilandosi il gesso, se ce ne fosse stata l'urgenza. E lei, questa urgenza, ce l'aveva. »

« Ma no... io non... non so guidare. Karen Fisher non ha la patente. »

La sergente Trott mi guarda a lungo, facendomi innervosire. « Le capita di avere attacchi di rabbia, Elizabeth? »

« No, certo che no. »

Abbassa lo sguardo su alcuni fogli. I capelli le scivolano davanti al viso e se li sistema dietro le orecchie. « Qui abbiamo una dichiarazione di un certo James Penton. Dice di essere stato aggredito da lei. »

James Penton? Capisco chi è. È quel Jim. « Aggredito? Io non l'ho aggredito. Gli ho dato una spinta perché continuava a entrare nella proprietà degli Heywood senza permesso. Volevo solo che ci lasciasse in pace. Sì, gli ho dato una spinta, ma nemmeno troppo forte... » Guardo Melanie Finch, disperata. Guardo gli agenti. Non dicono niente, mi guardano e basta, serissimi.

Sono stata formalmente accusata dell'omicidio di Sean.

Ora sono in attesa del processo. Non mi hanno concesso il rilascio su cauzione, sebbene sia incinta, per la gravità del crimine di cui sono accusata. A quanto pare temono che possa scappare all'estero, il che è assurdo, visto che non ho più lasciato l'Inghilterra da quando sono tornata dalla Thailandia.

Melanie Finch cerca di rimanere ottimista, dicendomi che abbiamo buone possibilità. Ma lo so che mente. Non abbiamo prove che Beth sia mai tornata in Inghilterra. Melanie ha provato a rintracciarla, però è stato tutto inutile. Se è andata all'estero, potrebbe essere ovunque.

Jamie viene spesso a trovarmi. Lui è l'unico che mi crede, ma giorno dopo giorno la sua fiducia vacilla e so che sparirà del tutto quando saremo in tribunale e sentirà tutti i fatti. Perché, se io fossi un giudice, non mi crederei. Ormai nessuno accetta il fatto che io non sia Elizabeth Elliot, bensì Karen Fisher. Ho chiesto a Melanie di cercare i miei vecchi compagni di scuola o i colleghi con cui lavoravo al supermercato per chiedere loro di confermare chi sono. Di sicuro qualcuno si ricorderà di me. Non ero poi così invisibile.

Lei ha cercato di accontentarmi, ma alla fine mi ha detto che non conta più chi io sia davvero, perché le impronte su quella statuetta sono comunque le mie. «Se riusciamo a provare che è Karen Fisher, allora verrebbe a mancare il movente che l'avrebbe spinta a uccidere Sean Elliot. La sua storia risulterebbe più credibile e ci sarebbe una speranza.»

Speranza. È tutto quello che mi resta, qui in prigione. È la mia punizione. Per ciò che ho fatto in Thailandia. Per l'incendio. Non avrò ucciso Sean Elliot, ma sono responsabile della morte di otto persone. Non sono innocente. Quella notte di follia mi è costata molto. Se mi condanneranno, perderò anni preziosi della vita di mio figlio. Mi perderò i suoi primi passi, la sua prima risata, le sue prime parole. E sarebbe la punizione peggiore.

Ho troppo tempo per pensare, per tormentarmi, da sola in questa cella. Come ha fatto la polizia a trovare la statuetta? Beth ha ammesso di essere stata a casa nostra. Era tornata a prendere il Buddha per poi mandarlo alla polizia, sapendo che avrebbero trovato solo le mie impronte?

È l'unica cosa che avrebbe senso. Ha passato una vita intera a scappare, e incastrare me era la sua unica possibilità di essere libera.

Beth e Libby. Libby e Beth. Siamo più simili di quanto non abbiamo mai voluto ammettere. Se mi fossi trovata al suo posto, avrei fatto esattamente la stessa cosa per salvarmi la pelle. Perché io e lei siamo sopravvissute. E sopravvivrò anche a questo. Proverò la mia innocenza. Perché mi rifiuto di farmi battere da Beth.

RINGRAZIAMENTI

Un enorme grazie alle mie editor Maxine Hitchcock e Eve Hall, che hanno reso migliore questo libro, e alla mia redattrice, Eugenie occhio-di-falco Todd. Ringrazio inoltre tutta la squadra della Penguin, che ha fatto un lavoro magnifico, dai grafici al commerciale. Vi sono molto riconoscente.

Grazie alla straordinaria Juliet Mushens, la migliore agente del mondo (e proprietaria del gatto più carino del mondo!) e a Nathalie Hallan. Siete incredibili e io sono onorata di essere parte della squadra Mushens.

Grazie al gruppo The Prime Writers, che mi ha sempre incoraggiato, e in particolare a Sarah Vaughan, per tutte le volte in cui le nostre sfide all'ultima parola mi hanno tenuto attiva e lontana da Facebook!

Alle mie compagne di scrittura, Fiona Mitchell, Joanna Barnard, Liz Tipping, Gilly Macmillan e Nikki Owen, per le chiacchierate, il supporto e le risate.

A tutti i blogger; rimango sempre stupefatta dalla quantità di libri che leggete e recensite e dal supporto che date a noi scrittori.

A tutti i lettori che hanno comprato, regalato, prestato e consigliato i miei libri e a tutti coloro che mi hanno contattato tramite Twitter o Facebook: i vostri messaggi significano molto per me.

A tutti i miei adorabili amici, che sono stati così carini

da leggere e consigliare i miei libri; qualcuno l'ha persino scelto per il nostro bookclub scolastico. Siete i migliori! Nicky Jones: l'unicorno rosa peloso è per te!

Infine per la mia famiglia. A mia madre, Linda, e a mia sorella Samantha, per essere sempre state le mie prime lettrici, per i loro consigli e il loro sostegno. A mio padre, Ken, per la fiducia incrollabile che ha sempre riposto in me e per aver sempre creduto che un giorno sarei stata pubblicata. Al mio patrigno, John, e alla mia matrigna, Laura (i migliori genitori acquisiti del mondo) e a mio marito, Ty, per avermi aiutato a ideare nuove trame per i miei romanzi, per avermi sempre detto onestamente quando una non funzionava e per aver sempre creduto in me. Sono fortunata ad avervi come famiglia; vi voglio bene.

Ai miei figli, Claudia e Isaac, che amo più di qualsiasi altra cosa al mondo. Ogni giorno ringrazio la mia buona stella di avervi nella mia vita. Questo libro è per voi (anche se lo potrete leggere solo quando sarete più grandi!)

Anna Ekberg

UN MARITO FEDELE

Mai sottovalutare una donna tradita...

Oggi. La aspetta dietro la curva. Non appena la vede, Christian accelera, la investe, si ferma. Poi ingrana la retromarcia e passa di nuovo sopra il corpo della moglie. Deve essere sicuro di averla uccisa, altrimenti non sarà mai libero. Christian torna a casa, ma si rende conto che l'incubo non è finito. È appena cominciato...

Due mesi prima. Christian dovrebbe essere felice. Dopo aver lottato a lungo contro la malattia, suo figlio Johan è stato dichiarato fuori pericolo. Eppure, in quegli anni di preoccupazioni e sacrifici, la fiamma del suo matrimonio si è consumata e ora restano solo le ceneri dell'abitudine. Perciò, quando sua moglie Leonora lo sorprende a letto con l'amante, Christian è quasi sollevato. Almeno non dovrà più mentire; anzi, ora che Johan è guarito, non c'è più nulla che gli impedisca di chiedere il divorzio. Tuttavia, nel momento in cui Christian affronta il discorso con lei, Leonora non piange, non impreca, non grida. Leonora lo ricatta. Conosce tutti suoi torbidi segreti e, se lui la lascerà per quell'altra donna, lei lo rovinerà. Christian è sconcertato: è vero, in passato ha preso decisioni discutibili, ma soltanto per garantire a Johan le cure migliori. Leonora non può rinfacciargli di aver salvato il loro unico figlio. Ciò che Christian non ha ancora capito, però, è che Leonora è una moglie troppo orgogliosa e determinata per non fargli pagare il prezzo dell'umiliazione...

EDITRICE NORD

B.A. Paris

NON DIMENTICARE

Lei è scomparsa. Lui ha mentito. E adesso ha paura.

Erano giovani, impulsivi e innamorati. Si conoscevano da poco, eppure erano certi che sarebbero rimasti insieme per sempre. Durante il viaggio di ritorno da una vacanza sulle alpi francesi, Finn si è fermato a una stazione di servizio. Ha lasciato Layla sola in macchina per qualche minuto. Quando è tornato, lei era svanita. Questo è ciò che lui ha raccontato alla polizia. Ed è la verità. Ma non è *tutta* la verità...

Dodici anni dopo, Finn è un uomo più maturo, pacato, consapevole. Il ricordo del suo primo amore non si è mai sopito, eppure lui è riuscito ad andare avanti, trovando conforto tra le braccia di Ellen, la sorella di Layla. Insieme, Finn ed Ellen si sono costruiti una nuova vita e adesso hanno deciso di sposarsi. Ma, per Finn, quest'atmosfera di serenità si sgretola prima con una telefonata - in cui il suo ex vicino di casa sostiene aver visto Layla aggirarsi nel loro vecchio quartiere - e poi con un ritrovamento inquietante: la bambola più piccola di un set di matrioske, lasciata da qualcuno sul davanzale di casa. È la conferma che la peggiore paura di Finn potrebbe avverarsi. E questo è solo l'inizio...

EDITRICE NORD

Norebäck Elisabeth

SO CHI SEI

«Il miglior thriller psicologico degli ultimi anni.»
Blekinge Läns Tidning

Stella Widstrand è una stimata psicoterapeuta. Un giorno, però, una nuova paziente entra nel suo studio e, in un attimo, Stella torna a vent'anni prima, sulla spiaggia dov'era scomparsa Alice, la sua figlioletta di poco più di un anno. All'epoca, la polizia aveva concluso che la bambina era annegata, sebbene il corpo non fosse mai stato ritrovato. Però Stella non ha mai creduto alla versione ufficiale e, adesso, ne è convinta: quella ragazza è Alice. E, per dimostrare di avere ragione, Stella è pronta a fare qualsiasi cosa. Anche a rischiare la propria carriera. Anche camminare in bilico sul baratro della follia. Perché il confine che divide speranza e ossessione è sottile come un filo invisibile...

Isabelle Karlsson ha dovuto lottare per frequentare l'università a Stoccolma. Se fosse dipeso da sua madre, sarebbe rimasta nel paesino in cui è nata e cresciuta. Isabelle era quindi lontana quando il suo adorato padre è morto all'improvviso, e al dolore si è sommato lo sconcerto nel momento in cui la madre le ha rivelato che non era lui l'uomo che l'ha concepita. Confusa, Isabelle decide di rivolgersi a una psicoterapeuta. Tuttavia non può sapere che entrare nello studio della dottoressa Stella Widstrand scatenerà una serie di eventi che la travolgerà...

Kerstin ha dedicato la sua esistenza alla figlia Isabelle. E adesso non può permettere che un'altra donna si avvicini troppo a lei...

EDITRICE NORD

Fotocomposizione Editype S.r.l.
Agrate Brianza (MB)

Finito di stampare
nel mese di novembre 2018
per conto della Casa Editrice Nord s.u.r.l.
da Grafica Veneta S.p.A. di Trebaseleghe (PD)
Printed in Italy